摩西！摩西！

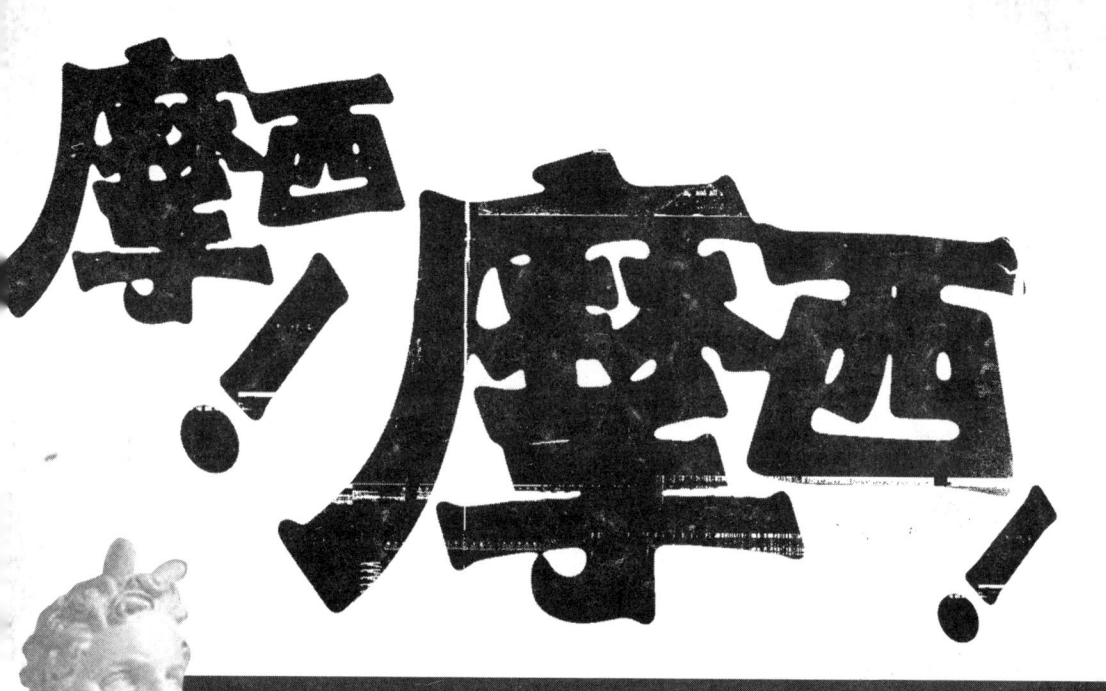

犹太民族四千年史诗式小说

沈恒 ◎ 著

重庆出版集团 重庆出版社

序言

沈恒的这部书生动地叙述了犹太人从上古到现代三千多年的主要历史。犹太人的历史是传奇的历史。历史上可曾有过其他的民族像犹太人这样，整个民族辗转千里、万里，并经常流浪四方，散落各处，到处被猜疑、防范、隔离或压制，甚至在几个世代里被他族奴役，然而却还是在历史上一次次地被重新整合、复元、成长和壮大？

犹太人的历史也是信仰的历史。甚至我们可以说，犹太人传奇的秘密主要就在他们的信仰。犹太人是靠精神信仰凝聚起来的，而且凝聚了数千年。如果没有信仰，没有一种渗透到日常生活习惯和礼仪制度中的精神信仰，他们很可能早就被打败了，早就像历史上许多其他的人群一样在后世湮没无闻了。但是，尽管他们依然经常受到排挤、压制和迫害，在20世纪更是遭受了种族灭绝、大屠杀这样的大劫难，他们仍旧没有被打败，而且，直到今天仍然在向世界、向人类贡献许多的智者、巨人和天才——我想按人口比例是最多的，尤其是在观念和精神的领域内。有了这种精神的凝聚力量，他们也就有了一种紧密的团契，有了互相的倾心关照和支持。耐人寻味的是，一种具有社会主义特征的共同体的试验在犹太人中持续最久，而且一度相当成功。犹太人在世界文明历史上的极为独特之处在于它不是以人多取胜，不是以国大取胜，即不是以"量"取胜，而是以"质"取胜，尤其是精神的"质"。这是无比强大的"软实力"，是真正的精神的光芒，不朽的光芒。

在犹太人的传奇中，最激动人心、最具传奇色彩的大概是他们三千多年前在摩西的带领下逃出埃及，来到迦南的这一段历史了。摩西是弃儿，又是"王子",有一天他看到了一个埃及监工毒打一个希伯来奴工,几乎要将其打死时,激发了他心中的正义感,他也开始认识到了他所属民族的命运和处境。而又有一天他看到了一丛"燃烧的荆棘"烧而不尽时,引发了他心中的神圣感,他开始体悟到了一种超越的存在。犹太人开始了他们历史上的一次伟大"长征",这不仅是政治军事的"长征",更是精神信仰的"长征"。他们终于克服千难万险,到达了一个应许之地,而就在看到这片土地的时候,他们的领袖、他们的"船长"倒下了。但他不仅留下了与世长存的"摩西十诫",更留下了一种永久不灭的精神。

追溯历史,我们所属的民族大概是一个最注重"此世"的民族;观察现实,今天全球化了的人类也是生活在一个大概最注重"此世"的时代。什么时候,我们中有人再看见那"燃烧的荆棘"并举起为引领人们的火把呢?无论如何,一个人文精神成熟最早的民族,一个历史和犹太人同样悠久的民族,应当向这样一个饱经沧桑的民族致意。这不仅是向文明致意,也是向精神致意。

何怀宏
2010年初冬写于褐石

目录

引子

从吾珥出发，开启数千年漂泊　003

第一章　亚伯拉罕

1. "希伯来"登上历史舞台　006
2. 亚伯兰把妻子当妹妹送给法老　007
3. 亚伯兰和罗得分家　009
4. 四王与五王之战　010
5. 从亚伯兰到亚伯拉罕　011
6. 罗得的遭遇　015
7. 时间的力量是无穷的　017

第二章 以撒

1. 美丽也是一种错误 020
2. 双胞胎 022

第三章 雅各

1. 雅各骗取了父亲给以扫的祝福 026
2. 爱情俘虏 028
3. 雅各养家 029
4. 翁婿斗智 031
5. 兄弟和解 035
6. 示剑惨案 039
7. 伯特利之行 041
8. 以色列一家 043

第四章 约瑟

1. 多梦少年 046
2. 兄弟的谋害 047
3. "桃花劫" 050
4. 皇家监狱里的解梦师 053
5. 从囚犯到宰相 055
6. 兄弟啊，兄弟 059
7. 定居埃及 066

第五章 ◉ 摩西

1. 埃及往事 074
2. 最崇高的怠工 078
3. 流泪的尼罗河 081
4. 法老的使命 084
5. 旷野逃犯 086
6. 米甸的牧羊人 090

第六章 ◉ 出埃及

1. 大厦将倾 096
2. 西奈山上的神谕 098
3. 讨债者摩西 100
4. "十灾"之祸 103
5. "希伯来人——你们回家吧" 114

第七章 ◉ 旷野旅程

1. 红海波涛 118
2. 沙漠苦旅 120
3. 天降美食 123
4. 荒野大战 127
5. 大漠深处的改革 132

6. "十诫" 契约　138

7. 贪欲的坟墓　145

8. 手足之争　147

9. 何珥马大败　151

10. 大叛乱　158

第八章 迦南

1. 西珥山麓的流浪者　170

2. 群雄四起　172

3. 不期而至的战争　177

4. 争执再起　181

5. 攻占希实本　183

6. 巴珊巨人　186

7. 什亭之乱——美丽军团　188

8. 摩西的最后时刻　193

9. 耶利歌之战　196

10. 艾城与伯特利之战　202

11. 歼灭五王，铲平南方　207

12. 悲壮的米伦河　214

13. 分地　223

第九章 士师时代

1. 士师秉政　228

2. 赶走亚述人的俄陀聂　229

3. 忍辱负重的以笏　231

　　4. 了不起的底波拉　235

5. 庄稼汉基甸　241

　　6. 自立为王的亚比米勒　249

　　　　7. 旷野英豪耶弗他　255

8. 悲情英雄——士师参孙　262

　　9. 最后的士师——伟大的撒母耳　275

人类是地球上最神奇的物种。人类的历史就像孕育各大文明的河水，从远古的先祖，历经一代代人骨血相传，流向亘古的未来。

三千多年前，有一个弱小的民族——犹太人，开始在两河流域悄悄安家立业。他们至今人数不多，但却深深影响了人类三千多年的历史。当我们揭开历史的面纱，由远及近，观望这个从西亚大漠的风沙中蹒跚走来的弱小民族：出埃及、战迦南、离散于世界、最终回归故乡。他们跨越了几千年的风风雨雨，虽几经灭族性的屠杀却依然顽强生存，并且成为当今世界公认的最有智慧、最有财富、最有凝聚力的民族之一，甚至在人类精神进步中，仅在社会科学知识和自然科学知识领域，走在前列的大智者群体中，犹太人占了惊天动地的比例。这个顽强进取、永不言败的民族，也给我们现在的每一个人，更给我们面临西风东渐的中华民族以深远的启示：一个民族存在的真谛在何处？一个民族的文化传承如何进行？

引 子

从吾珥出发，开启数千年漂泊

  年迈的他拉先生是个大家族的族长。每天早晨，他会透过自家窗户，看着吾珥城人来人往的街头。吾珥城位于米索不达米亚（两河流域）南部，在现在的伊拉克境内。在4200年前的时间坐标上，吾珥城就像现在的纽约、上海、东京这样的繁荣商业城市那样，每天，络绎不绝的商旅赶着成群的牛羊，携带着来自全世界的商品财物，来到这个都市中进行交易。

  他拉先生来自闪族。闪族可是一个伟大的民族。闪族人，同时泛指使用闪族语言的种族，又被称为闪米特人。最早有记载的闪族的历史，是大洪水之后，诺亚的儿子：闪、含和雅弗。这三个儿子分别朝亚洲、非洲和欧洲发展，从而奠定了这三大洲许多古老民族的基础。闪族的分支极多。如今中东的大多数民族都是闪的后代，其中就包括阿拉伯人和犹太人。

  和那个时代所有富裕、安详的老人一样，他拉先生有成群的牛羊奴仆，有房屋有家眷，本应在这座繁荣的中心大城市里享受着无忧无虑的幸福晚年，可是有两件事让晚年的他拉耿耿于怀。

  第一件，他的儿子哈兰去世了。没有史书记载哈兰是如何死的，但是我们不能排除非自然死亡的可能性。当时社会正处于纷乱时期，吾珥这样的经济重镇难免首当其冲。因为有战争就会有伤亡，而在战争中伤亡最重的往往是百姓平民——古今中外，概莫能外。老他拉埋葬了儿子，忍受着白发人送黑发人的痛苦，于是对哈兰留下的小儿子——罗得格外关爱。

  另一件令他拉不高兴的事情，也跟战争和时局动荡有关。大约在公元前2193年，吾珥的末代国王去世，这个繁荣的王朝土崩瓦解。虽然此时的吾珥依然繁荣，但是来自于两河流域、爱琴海边和波斯高原的入侵者却已经在脆弱的帝国疆界外磨刀霍霍了。也许正是在这个大背景下，他拉家族才不得不迁出动荡的故乡，走上流浪的旅程。

他拉老先生带着牛羊、家眷，牵着孙子的小手，走出吾珥城门。那一天，离现在有4200多年。这位当时平凡的老人，也许不会想到他的这一举动，开启了后世子孙4000年寻找灵魂家园的漂泊史，也不会想到他的长子亚伯拉罕和手中牵着的小孙子罗得，将把他的血脉、足迹和灵魂，带到世界每一个角落，一直影响到今日世界的形成和格局。因为亚伯拉罕是后来赫赫有名的以色列人和阿拉伯人的祖先，而罗得以后也会成为一个庞大民族的祖先。

他拉离开吾珥向迦南走去。那时候的迦南，是一个自然环境优越的好地方，正好可以安顿他拉庞大的牛羊群。但是，当他拉走到"哈兰"这个地方的时候，他就停住，不再向迦南迁移了。

有意思的是，这个叫做哈兰的地方，和他拉死去的儿子——哈兰的名字发音完全一样。我们不知道：是他拉给这个地方取了自己死去儿子的名字，抑或是原本这个地方就叫这个名字？我们也不知道：是由于路途过分艰难，抑或是有强敌阻挡？总之，他拉一家在这个地方停留下来。他拉没有再走出哈兰，他留在这个和儿子同名的地方，直到205岁离世。

从史料看，他拉家族估计是朝着不同地方迁徙的。因为他的后代中，以撒和雅各都回老家从本族找女子结婚。一个大家庭朝着不同的方向走，这也符合沙漠民族多方向迁徙以保留种族一脉的特点。无论如何，当我们今天想到他拉时，仿佛看到一位老人，在他沟壑纵横的脸上，深陷的眼窝中，那双衰老昏暗的眼睛里，流露出的是温情慈爱的一瞥。这慈祥的目光穿越数千年的时空，在深夜漫天的繁星下，依然是那么明亮与炽热。

第一章 ● 亚伯拉罕

他拉去世后,亚伯兰安顿了父亲后事,接替了家族领导权。此后,他又带领亲人们继续前往迦南。从此,一个伟大的族长——亚伯兰(就是以后的亚伯拉罕)登上了历史舞台。

1."希伯来"登上历史舞台

他拉去世后,亚伯兰安顿了父亲后事,接替了家族领导权。此后,他又带领亲人们继续前往迦南。从此,一个伟大的族长——亚伯兰(就是以后的亚伯拉罕)登上了历史舞台。

他拉给这个长子取名——亚伯兰,按照希伯来文原意是"尊贵之父"的意思。当然,这很正常,就像如今的父母亲望子成龙,往往给孩子取一个富有寄托意义或者励志性的名字一样。

所有的旅途中人都希望自己能够找到一个比原先要好得多的居住之所,但是理想和现实往往会有较大的差距——亚伯兰就遇到了这样的麻烦:亚伯兰的家族迁移到迦南,但是这里突然发生了大灾荒。无奈之中,亚伯兰只好再次收拾行装,举族迁移到埃及去。

在这个看上去似乎枯燥的迁移历史中,发生了两件并不简单的事情。

第一件比较有纪念意义的事情,是"希伯来"这个民族名称的由来。

我们知道,亚伯兰的家族向西越过幼发拉底河,到达迦南地区。

这里原本有居民,当然,由于上古时代地旷人稀,资源紧张倒是没有凸现出来。迦南当地的原住居民,比较轻蔑地称呼这个远来的家族为"越河者"。根据他们的语言,"越河者"为 Iberi,相当于后来英语中的 Hebrew,即"希伯来"。

亚伯兰的家族作为外来者,居然接受了这种充满贬义的称呼,并且将这个称呼作为族名一直沿用至今。希伯来这个古老的民族诞生了。现在希

亚伯拉罕接替家族领导权，带领亲人们长途跋涉前往迦南

伯来民族依然巍然屹立，而当年贬称他们的迦南原住居民已经不知道消失到什么地方去了。

希伯来名字的产生，从另一个方面，将这个民族忍辱负重、坚持顽强的性格体现了出来。

2. 亚伯兰把妻子当妹妹送给法老

亚伯兰离开哈兰向迦南去的时候，已经75岁了。他们到达埃及之前，就听说埃及的法老正在广招美女。那个时候，亚伯兰没有子女，本来不用担心这个国家政策会对自己有什么影响。可他偏偏很有先见之明地把目光投向自己65岁的妻子！根据记载，他的妻子"极其美丽"。亚伯兰非常害怕埃及人做出杀夫谋妻的举动，于是央求自己的妻子自称是自己的妹妹。这样，即使埃及法老看上他的妻子——撒拉，他依然可以活着。

也许我们会疑惑于埃及法老的审美观，什么会让他对风沙中走来的满面灰尘和皱纹的60多岁的老妇人产生如此强烈的兴趣，一定要杀其夫而夺之呢？

然而，亚伯兰的妻子撒拉真的被埃及法老看中了！多亏亚伯兰"神机妙算"，法老给了这位自称"大舅子"的人无数金银财宝、牛羊僮仆，亚伯兰迅速地发财致富并扬眉吐气了！

然而纸包不住火，撒拉的身份最终掩盖不住。埃及法老终于知道了这件令人恶心的事情。他把亚伯兰招来，愤怒地喝斥：你这干的是什么事情啊！

当然，亚伯兰也很委屈：如果他当时不撒这个谎，恐怕自己这把老骨头早就不知道被哪里的野狗消化成肥料了！因为当时徘徊于旷野中的家族如果不能进入埃及躲避灾荒，会全部饿毙荒郊。

埃及法老觉得很没面子，于是急急忙忙驱逐亚伯兰离开。为了切断与这个人的一切联系，他赐给亚伯兰的所有牛羊僮仆，也让他全部带走！当然，妻子撒拉也被送了回来。

不知道亚伯兰当时到底是何想法，总之妻子失而复得，尽管是从法老的龙榻上送回来的——对于所有的人来说，这都是心理上的伤痕吧。这件事情的三个当事人，法老、亚伯兰和撒拉，都或多或少地受到了伤害。而伤害最重的是谁呢？我的答案是：撒拉。

可怜的红颜，无论古今中外，多少次两国交战，最终以一个男人占有另一国的某个女人而告终；多少次，两个家族为了利益与双方关系的维护，以女人的一生换取这个纽带的维系。如今，无论是故意的或是无奈的，撒拉用自己的身体换来了亚伯兰的生命和财富。

事实上，5000年的风风雨雨中，又有多少同样的悲伤与无奈在重复地上演呢？

3. 亚伯兰和罗得分家

虽有"吃软饭"之嫌，但毕竟亚伯兰的家族比进入埃及的时候壮大繁荣了许多。他们离开埃及，再一次进入了迦南。此时的希伯来人渐渐迁移到伯特利到艾这两处之间的地方。

伯特利，曾经是亚伯兰支搭帐篷的营地和设立祭坛的地方，以后慢慢发展为城市。这是一座英雄的城市，曾经在后来反抗罗马统治者的玛喀比大起义中成为一座据点，但终被破城，至今这座曾经在2000多年前繁荣一时的古城的遗址还在，叫做巴亭（Beitin），在耶路撒冷以北18公里处。

艾，又称做废墟，曾经是迦南的一座古城。艾城距离伯特利大约3公里。大约公元前3000年，这里已经有人生活，之后的1000年间，这座城市极其繁荣，是迦南的著名堡垒。

据记载，这个时候，亚伯兰的金、银、牲畜是极多的。他的侄子罗得这个时候也有了大群的牛羊。这么多牛羊、人口，在这样一个相对狭小的空间里讨生活的确比较困难。于是，我们终于看到了有史实可查的、希伯来人的第一次分家。

按照大多数民族的传统，男人到一定年龄就要分家单独立户。只不过行走于旷野中的希伯来人由于实在太弱小，只有团结一体才能面对强敌，所以一直没有出现分裂。然而今非昔比，亚伯兰和罗得的财产、牛羊、手下的随从都越来越多，在这片狭小的土地上自然难以回转。

矛盾的导火索来自于亚伯兰和罗得手下的放牧者发生的争端。本来，牧人之间发生一点小摩擦并不是什么值得大惊小怪的事情。问题是，这次的冲突可能相当严重，以至于惊动了各自的头领——亚伯兰和罗得。

现在看来到了非摊牌不可的程度了。亚伯兰首先表态："你我不可相争，你我的牧人也不可相争，因为我们是骨肉。"他表示，可以任由罗得首先选择安顿的地方——看来这的确是一个宽宏大量的长辈。

当仁不让的罗得选择了当时水草极其丰美的约旦河大平原，那里的气候与埃及三角洲地区的接近。于是，罗得的族人向约旦河平原迁移，逐渐淡化纯粹的游牧色彩，离开了帐篷，迁入了繁荣的城市所多玛。亚伯兰则在原地驻扎了一段时间后也慢慢迁移，到达了希伯伦，在那里安营、游牧。

虽然家庭的纷争暂时消停，各方似乎都得到了一个圆满的结局，按照中国传统的思维方式，这应该是一个大团圆的结局了。然而，一个更大的麻烦，正悄悄向希伯来人袭来。

4. 四王与五王之战

希伯伦——世界上最古老的城市之一，坐落在耶路撒冷以南偏西30公里处，距离伯利恒21公里。现在也有称这座城市为哈里尔（AlKhalil）的，意思为"上帝的朋友"。

这个名字是阿拉伯人为了纪念他们的祖先亚伯拉罕起的。但是，当时希伯伦的名字很有意思，意为"友谊"或者"联盟"。

上古时代，约旦河流域土地肥沃、水草丰美、物阜民丰，是兵家必争之地。因此，在这个地区经常性地发生战争也不足为怪。那个时代的小王国，实际上是一个又一个割据的城邦，其形态可能和希腊的城邦国家比较接近。这些城邦之间分分合合，基本上属于军阀割据混战的场面，几乎没有一个可信赖的同盟可言。直到公元前21世纪，古巴比伦王朝在这里建立了统一国家，两河流域才相对稳定了一段时间。

这次战争的导火索，是由于种种朝觐关系，约旦河流域上的五位国王组成同盟，不再受以拦王的欺压。没想到，以拦王为了继续压迫这五位国王，纠合三位其他的国王组成同盟，悍然发动了进攻。这就是两河流域著名的

"四王战五王"。

并不是所有正义战争都会有令人满意的结果。很不幸，五王联军大败，四王继续对他们奴役和欺压。

更不幸的是，罗得——亚伯兰那个分家离开的侄子，当时就住在战败者之一的所多玛城中。占领者攻破城池，肆无忌惮地抢劫屠杀。城门失火，殃及池鱼——原本与这些势力无关的外来者罗得也被卷进了这场灾难。他的牛羊、家产统统被占领军作为战利品掳走了，连罗得本人也成了阶下囚！

罗得的手下逃到亚伯兰那里，告诉亚伯兰他们所遭遇的飞来横祸。此时亚伯兰的势力已经进一步扩大，兵强马壮。当他听说四王联军捉走罗得的消息时，毫不犹豫地召集丁壮和同盟部落，一彪人马如同狂风暴雨一样迅速袭向洋洋得意的四王联军。一场大战展开了。

我们不知道能够战胜五王联军的四王部队在亚伯兰面前为什么这样不堪一击。亚伯兰带领区区三百一十八人，居然以迅雷不及掩耳之势将四王部队打得落花流水。亚伯兰把罗得被四王部队掠夺的财富、牛羊都夺了回来，也救出了他的侄子罗得和属于罗得的其他家产、亲人。

被四王侵略者打败的五王欣喜若狂，连忙出城接应亚伯兰。劫后余生的罗得更是感激涕零，对自己当初分家时的计较行为又羞又愧。

亚伯兰不愧为一位出色的族长。他不但解救了罗得，保全了五座城市人民的生命财产，而且对缴获的财产器物分文不取。

此后，亚伯兰回到他的希伯伦，罗得回他的所多玛，五王、四王们继续他们之间的打打杀杀、分分合合。生活似乎还在一成不变地继续着，只不过有一个方面悄悄发生了变化：没有谁再敢轻视希伯来人。这一仗，希伯来人用实在的战斗换来了尊重与相对均势下的和平。

5. 从亚伯兰到亚伯拉罕

如今亚伯兰率领的希伯来人成了迦南举足轻重的一支势力。虽然那个地方面积不大，人口也不是很多，但是，处于四通八达的国际热点地区，暂时的低密度不等于人员流动的稀少。事实上，企图征服、侵占这片土地的各方势力从来就没有消停过，从几千年前直到如今，所有的人都可以拿出至少一打的凭据来，告诉别人自己自古就是这里的主人。而且，大家说得似乎都有几分道理。可如果仅仅是有理可说就行，那我们的世界早就进入君子时代了。于是，谁的力气大，似乎就会显得更有道理些——虽然用武力证明自己的尊严和存在十分无聊和无奈，可是在这种无聊与无奈面前，似乎大家又都没有什么选择。在那个盛行丛林法则的时代，只有战场上的胜利才是硬道理。

不过，因为膝下无子，亚伯兰七八十岁时还在统兵打仗。亚伯兰从来没有纳妾，为了消除亚伯兰的无子困惑，那个保全了丈夫性命、为丈夫换来万贯家财的撒拉，决定为丈夫纳妾。撒拉把自己从埃及带出来的使女送给亚伯兰为妾。而且，这个使女居然真的怀孕了。她生下了一个儿子，叫做以实玛利。这一年，亚伯兰86岁！

以实玛利出生13年以后，也就是亚伯兰99岁的时候，他改名字叫做亚伯拉罕。这个名字在希伯来语里面的意思是"万国之父"。意思是说：他的后裔将会极大繁盛地遍布各地。如今，亚伯拉罕的后人，尤其是阿拉伯人的确是极大繁荣、遍布全球，但是在亚伯拉罕的时代，取这个名字是需要勇气的。

亚伯兰改名一年后，也就是以实玛利出生14年后，撒拉的肚子突然争气，亚伯拉罕的嫡传儿子终于出生了，这就是以撒。那一年，撒拉90岁，亚伯兰100岁。

犹太民族以色列人的历史从此正式开始，他们以亚伯拉罕和撒拉为自己的始祖。

亚伯拉罕爱自己的孩子们的心思与其他父亲差别不大，但就在第二个孩子出生之后，女人之间的争斗开始了。与亚伯拉罕风雨同舟多年，忍辱负重帮助他兴旺家庭的结发妻子撒拉，虽然多年来一直未曾生育，但是她的家庭地位之高无法撼动。此前她的使女所生之子——以实玛利虽为庶出，不过考虑到撒拉的具体状况，倒也可以勉强接受。但是当撒拉自己生育之后，情况就大大不同了。作为对家族发展居功至伟的女人，撒拉首先要做的是保住自己亲生儿子在这个家族中的地位，顺利地继承父亲的家业（这份家业也是撒拉本人历尽艰辛甚至是屈辱换来的）。因此，她首先要求亚伯拉罕驱逐长子以实玛利，不但驱逐以实玛利，连孩子的亲生母亲也一并赶走！

亚伯拉罕忍痛将以实玛利和他的母亲赶走

我们可以想象，要赶走14年朝夕相处的亲生儿子，亚伯拉罕心里是何等的难受。但是，撒拉的要求似乎也有其合理之处——日渐长大成熟的以实玛利一旦认识到攫取家产的重要性，对年幼的弟弟下手怎么办？许多情况下，温情主义之于生存需要，往往是不堪一击的。

在经历无奈的抉择之后，亚伯拉罕将以实玛利和他的母亲赶走。刚刚14岁的以实玛利不得不跟随母亲，被自己的亲生父亲逐出家门。艰苦的环境锻炼了逆境中的王子，为了生存必须战斗！这位曾经娇生惯养的以实玛利，居然在大漠和旷野中历练成为一个强悍的勇士，而且成为阿拉伯民族当之无愧的始祖之一！

在男女关系上，男人一旦失足，之后往往一发不可收拾，这大概是一定的。嫡生子以撒出生之后，老当益壮的亚伯拉罕又娶了一个妻子，这个妻子很厉害，一下为他生了六个孩子！

百岁得子，本来就是大人的奇迹，更何况亚伯拉罕的成果基本上都在百岁以后！经历了一次不负责任的驱逐（以实玛利母子），亚伯拉罕的心理底线似乎被突破了：他把这六个孩子全部都打发出家门，向东方发展。不过还好，亚伯拉罕把自己的财产分给他们，让他们不再面对以实玛利与母亲的窘境。这六个孩子，以后发展出许多中东、西亚地区赫赫有名的剽悍部族。

饥渴难耐的以实玛利和他绝望的母亲

6. 罗得的遭遇

根据《圣经》上的记载，我们追根溯源，可以总结出阿拉伯人大约有三个来源（当然，经过几千年的民族交融之后情况可能更加复杂，阿拉伯人这样一个庞大的民族绝对不可能只有几个可数的源头）：

一、以实玛利——亚伯拉罕的长子；

二、以扫（就是以东）——以撒的长子；

三、被同化的多个民族。

在被阿拉伯人祖先同化的部族中，很可能包含着曾经在中东古代历史上赫赫有名的数十个大小民族，其中可能包括米甸人、亚押利人、摩押人、亚扪人和非利士人等。在这大大小小的民族中，有两个来自于同一个始祖——罗得。

自从上次发生大变故之后，罗得仍然回到所多玛居住。这个所多玛是一个什么地方呢？从《圣经》上介绍的只言片语，我们可以看出：这个城市的商业和第三产业极其繁荣，人们生活优越，从而穷奢极欲、放荡淫乱。《圣经》上说，上帝决定毁灭这座城市（同时被毁灭的还有俄摩拉）。两位天使下凡来执行上帝的命令，可怜的老罗得因为也住在这里，想保存这座城市，因此迎候天使，将他们请到家中殷勤招待。所多玛城里的人听说老罗得家来了外人，群涌到他家门前，让他交出两人任他们处置。天使非常愤怒，让这些人眼盲，再也找不到罗得家的门。天使告诉罗得，考虑到罗得是一位"义人"——也就是心地纯正的人，让他赶紧带着全家逃走，因为所多玛城就要被毁灭了。天使叮嘱他们往山上跑，绝不可以在逃命时停留站住和回头看。罗得匆忙之间只好带着一家人上路了，但是罗得的妻子挂念他们在所多玛家中的财产、家当，没有遵从天使的嘱托，忍不住回头望

所多玛城被毁，罗得携妻子和两个女儿逃难

了一眼，她立即变成了一根盐柱，永远地立在了那里。罗得伤心欲绝，只好带着两个女儿躲在山洞里。恐惧、绝望之中，他喝了很多酒，糊里糊涂地跟两个女儿行了苟且之事。他的两个女儿分别怀孕生下了儿子，一个叫做摩押，一个叫做便雅米，后来他们成为亚扪人的祖先。

不管怎么说，自从罗得离开亚伯兰之后，运气一直不怎么好。相信当他看着两个女儿生下的孩子时，心地本来纯正的罗得肯定整天生活在自责与痛苦中。我们没有他到底活了多久的依据，但是也许他不会比他的爷爷他拉更长寿（205岁），也不一定活得过他的叔叔亚伯兰（175岁），因为人在忧郁中往往会短命。

7. 时间的力量是无穷的

　　与亚伯拉罕一同离开家乡漂泊62年之后，亚伯拉罕的妻子撒拉于127岁的时候去世，那一年亚伯拉罕137岁。一起生活了漫长的一个多世纪，如今他们却不得不分开。

　　亚伯拉罕与撒拉原本是同父异母的兄妹。上古时代，人们的伦理观念尚未成型，虽然像罗得与女儿乱伦生育的事情属于不能接受的败德行为，但是像这种同父异母兄妹之间的婚配，还在可以容忍的范畴内。对"近亲交配，其生不藩"这个朴素规律的认识，是人类在漫长的岁月中慢慢了解和摸索出来的。

　　我们不知道亚伯拉罕是否属于那种冷峻、面对山崩地裂也能保持镇静的男人中的男人。不过作为一个沙漠民族的领袖，亚伯拉罕必须带领自己的家族和部众游牧于危机四伏的旷野，时刻面对挑战的强敌。稍有不慎，自己的牛羊牲畜就要受到损失，甚至于整个家族面临灭顶之灾。在这漫长的一百多年的时间里，亚伯拉罕也许经历过无数流血、死亡的考验，但是，我们从来没有见过他流泪。然而，在记载希伯来人历史的《圣经》上，我们却看到：亚伯拉罕为他死去的妻子撒拉哀号恸哭。为一个女人哀哭，这在大男子主义盛行的中东，几乎是没有的。在各国的古代历史中，为妻子的去世而如此痛苦的君王也是凤毛麟角的。可见，这份跨越一个多世纪的爱情，是何等真挚。虽然亚伯拉罕在这漫长的一百多年里有过软弱，甚至是阴暗与卑鄙，但撒拉始终一心一意地跟随着自己的丈夫，并且尽其所能地协助亚伯拉罕克服一个又一个难关，走向一个又一个高峰。

　　时间的力量是无穷的，无论是撒拉还是亚伯拉罕，老一代人的时光必然会过去，他们的身躯将会归于黄土。但他们会留下一些不可磨灭的东西。

亚伯拉罕的妻子撒拉去世

不一定是万贯家财、僮仆牛羊，更多的可能是一种精神领域的宝贵遗产。这些精神遗产往往以他们的后代为载体，以教育为表达形式，以新生一代在新世界广阔舞台上的活动为展现，最终将前辈未尽的理想在后代身上以各自不同的形式，不同程度地体现出来。

当撒拉安睡于小小的坟茔之中，亚伯拉罕却不得不继续自己的生活。他要领导家族、组织生产生活，更要教育、呵护自己与撒拉所生的唯一儿子——以撒。这个过程持续了几十年，直到他175岁谢世。

于是，亚伯拉罕的儿子以撒继承了父亲的职位——一个充满传奇色彩的新篇章由此展开。

第二章 ◉ 以撒

以撒和自己的妻子利百加来到基拉耳。很不幸,他的妻子又被别人盯上了。跟自己的父亲一样,以撒宣称利百加是自己的妹妹。

1. 美丽也是一种错误

以撒在亚伯拉罕的精心呵护下长大。他生长的环境，没有庶出兄弟的竞争，不用面对父亲年轻时所面对的战争、灾荒与苦难，以撒的生活基本上是无忧无虑的。

到了结婚的年龄，由老人做主，以撒娶了亚伯拉罕本族的姑娘——利百加。《圣经》上记载：利百加极其美丽。看来，亚伯拉罕家族的确是基因优良：男人强大、女人美丽。

拥有一个美丽的妻子，任何丈夫都会感到幸福。但是，无论多么强大的男人，往往都会因为自己妻子的美丽而心存戒备——周边的危险时刻袭来，令人防不胜防。以撒的父亲亚伯拉罕曾经两次谎称妻子是自己的妹妹（一次在埃及，另一次在南地）。虽然时代变了，以撒是不是也会遇到类似的事情呢？

事实是，拥有美丽妻子的以撒也遇到了同样的挑战——灾荒年到了。记得上一次灾荒年，亚伯拉罕到了埃及，差一点丢掉妻子，虽然因此致富，但毕竟是小概率事件。而这次，以撒选择了近邻迦南的基拉耳。统治这个地方的，是非利士人。

这里，我们有必要用一点笔墨介绍一下非利士人：自从以色列人生活在迦南以后，尤其是出埃及落户这里之后，非利士人成了以色列人的传统邻居和传统敌人。非利士人不是闪族人，而是含的后代。闪、含、雅弗是三兄弟，他们都是诺亚的后代。有史可查的、最早和非利士人发生战争的国家是古埃及。埃及称他们为"海上之民"（The Sea People）。

非利士人本不是迦南地区的原住居民，他们来自于爱琴海，乘船侵入

亚伯拉罕差遣忠心的老仆人回到本乡，为以撒寻找一个女孩做妻子，老仆人走到吾珥，在井边遇到了年轻美丽的利百加。

埃及尼罗河畔、地中海沿岸的赫梯人地区、塞浦路斯（Cyprus）和迦南地。后来，非利士人和埃及发生大战，失败后被埃及人强行迁往迦南而正式居住下来。这个漂泊流浪的民族很快适应了这里的一切并且全面融入这一地区的生活。有人认为，非利士人就是现在的巴勒斯坦人，这个观点还有待商榷。因为在亚述帝国之后，公元前5世纪希腊史学家希罗多德（Herodotus）提到迦南地西南部分的住民时，已经没有非利士人，只有阿拉伯人的记载了。可见，此时的非利士人可能已经被同化、消亡或者毁灭了。

以撒和自己的妻子利百加来到基拉耳。很不幸，他的妻子又被别人盯上了。跟自己的父亲一样，以撒宣称利百加是自己的妹妹。不过，比起埃及的法老，非利士国王要文明得多，他只是窥视一下漂亮的利百加，但是已经有非利士人准备去抢亲了。古代游牧民族中，抢亲是一件很平常的事情。我们熟悉的成吉思汗的母亲，就是从别的部落抢来的新娘；成吉思汗自己的老婆后来也被别的部落抢走了。不过，与成吉思汗相比，以撒则显得懦弱许多，与自己的父亲相比，他也没有太多长进。

夫妻毕竟是夫妻，一次，非利士国王窥视的时候，发现以撒正在很亲昵地与利百加嬉戏！而且那动作、神态什么的，一看就是夫妻。国王把以撒召来，一顿呵斥——因为以撒说谎，险些造成他和他的手下做出抢人妻子、伤天害理的事情。不过，非利士国王还是非常宽宏大量、以德服人的。他厚待以撒，使以撒得以在这里发财致富。当然，我猜测这种厚待可能更多来自于他对利百加的**爱慕**。

以撒跟非利士国王结成了同盟。

2. 双胞胎

后来，以撒的妻子利百加怀孕生下了双胞胎，大的叫以扫，小的叫雅各。这雅各是抓着以扫的脚后跟生下来的。估计两个人在娘胎里已经开始竞争和战斗，事实上，这种竞争一直伴随了他们一生。

要说这两兄弟面目到底有几分相似我们不知道，但是从大的外形上，恐怕不同之处更多。以扫这个词的意思是"有毛"，出生的时候，以扫通体发红，还长着毛，这副尊容大概很像毛孩儿；雅各就比较正常，白白净净的，手抓着哥哥的脚丫，所以叫做雅各，意思是"抓住"。

与哥哥比起来，雅各确实很善于抓住点什么。

虽说孩子都是娘身上掉下来的肉，但是利百加更喜欢雅各。一方面雅各像个正常孩子，而以扫更像是个野兽；另一方面，以扫喜欢整天在旷野草原上奔跑狩猎，而雅各喜欢在营帐中帮助母亲打理家务。

有一句话，"要想抓住男人的心，首先抓住男人的胃"——这本来是女人拴住男人的经验之谈，但这次抓住以撒胃的不是女人，而是他的长子以扫。以撒常常吃到以扫打来的野味，所以他很喜欢以扫。但是，利百加很喜欢雅各。

不要认为利百加太不可思议了，其实，她的心情完全可以理解。利百加是一个出众的美女，那个时候没有选美大会，如果有的话，恐怕"迦南小姐"的尊号非她莫属。可问题是，大美女居然生出以扫这样一个浑身是毛的怪物，相信这个高傲的美女至少从心理上不会接受。

无独有偶，中国春秋时代郑国郑庄公的故事，几乎是以撒家问题的翻版：郑庄公的夫人生了两个儿子。大的是难产生的，叫做寤生（有人据此说是做梦生的，认为不吉利。但是人并不是北极熊，不太可能在睡梦中生孩子。倒是"寤"和"忤"相通，字面上的意思是脚朝下生出来的，属于逆生），郑寤生的模样就别提了，身上长毛，皮肤发黑。第二个孩子却很英俊，叫做段。老太太一心想让段执掌国家大权，但是无奈长幼有序，难以办到。于是，她唆使二儿子起来造大儿子的反，结果事情败露，两个儿子火并，段战死。

利百加的心思，与许多年后的郑国国君夫人基本暗合。

我们知道，以扫是一个相貌看上去怪怪的人，浑身发红，遍布黑毛——这个模样不要说其他女子，就是他的母亲利百加看了也惊心动魄。多亏当时以撒的眼睛看不见了，否则不知道可怜的以扫还要受多少歧视与冷眼。亚伯拉罕的家族，女子的确都很美丽，估计像以扫这样的没人愿意下嫁给他。有时候，人生就是这样不公平：勤劳如以扫，朴实如以扫，就因为相貌受到冷落；而伶俐英俊、巧言令色的雅各，却总是受到母亲的关爱与呵护。

得不到多少家庭温暖，以扫更多地与周边部落的孩子混在一起、玩在一起，估计他们在狩猎的过程中也结下了深厚的友谊。以扫的头两个妻子全部都是赫梯人的女儿。

这赫梯人是迦南地区强大的游牧部落，据说男子个个都是勇猛剽悍的战士，女子则个个高大健美。后来赫梯人与埃及这个强大的帝国公开对战，埃及军队大败，最终于公元前1296年，两国在孟斐斯签订了"银板和约"。埃及承认了强大的赫梯国家的存在。公元前13世纪末以后，赫梯人受到亚述的攻击，最终灭亡。

在以撒的年代，赫梯人正处于部落繁荣、生养众多的发展时期。而希伯来作为一个人口和实力都弱小许多的民族，不得不奉行本族本家内部通婚的办法。否则，一旦形成和周边民族通婚的传统，希伯来族就会很快消失，从亚伯拉罕时期积累起来的庞大族产也会很快消散。正是出于这种民族与经济的双重原因，利百加和以撒对于以扫的婚姻状况很是不满，但也无计可施。

利百加清醒地认识到：雅各的妻子必须是本族本家的女孩子，否则这个家族基本上就要被别族同化消失了。于是，她开始一手安排雅各在本族本家中寻找配偶、组建家庭的事情。

第三章 ◉ 雅各

　　四个妻妾一个比一个较劲,陆陆续续给他生下十来个儿女。加上后来拉结生的最小的儿子便雅悯,雅各一生有了十二个儿子,日后分别成为以色列人十二支派的祖先。

1. 雅各骗取了父亲给以扫的祝福

　　利百加对于两个儿子的区别对待,具体表现在老以撒晚年给儿子祝福这件事情上。

　　古代中东,老人晚年给儿子的祝福有着非常深刻的内涵:其中既有祝愿,也有预言,还有确认对被祝福者继承关系的嘱托。以撒意识到自己年老,眼睛已经基本看不到东西了。他叮嘱长子毛孩以扫去搞些野味来,给自己吃了,然后祝福他——这基本上等于把家族的领导权禅让给以扫。

　　利百加得到这个消息,赶快告诉了雅各。雅各就弄了个把羊羔,搞了两个菜,为了糊弄老父亲,还特意把羊羔皮裹在身上,双胞胎嘛,声音自然很接近,于是糊里糊涂的老以撒就这样给二儿子祝福了。等到大儿子回来,禅让基本上结束,没给以扫留下多少权力。

　　以扫这下子可恨死弟弟了。年轻气盛的以扫一心要找雅各把问题搞明白,但是雅各跑了。

　　平心而论,虽然年龄基本没有差距,但以扫这个哥哥还是比较称职的。尤其是面对弟弟的那点小把戏,他的容忍的确令人感动,从下面这件事中就可体现出来。

　　以扫在野外打猎,又热又渴,急匆匆赶回家里。看到雅各正在煮汤,以扫跟弟弟要汤喝。雅各对哥哥说:"喝汤可以,但是你要把长子的名分卖给我。"设身处地想一下,有这样的兄弟,任何人都会感到很不以为然。但是以扫说:"给你给你,人都快渴死了,还要这个名分干什么?"可怜的以扫就这样被雅各把长子名分用如此不平等的方式给骗走了。

如今,雅各在这个基础上变本加厉,居然连哥哥的那点家庭权力也剥夺掉,天理何在啊!利百加给雅各通风报信,不过这次不是造反而是逃跑。雅各一直逃到距他所在地相当远的舅舅那里躲了起来。

雅各骗取了以撒原本给予以扫的祝福

2. 爱情俘虏

　　雅各逃到舅舅家里寄居期间,重复了无数适龄男女青年的故事：他与自己的表妹拉结相爱了。这倒也符合利百加安排雅各逃来这里的初衷。既然相爱,婚配就是顺理成章的事情,但是雅各的舅舅、女孩儿的父亲拉班却站出来作梗——他要雅各拿出聘礼来。拉班的要求多少有点趁火打劫的意思：一方面他知道以撒一家经济状况良好,与这个家族的小儿子结亲无论如何自己不吃亏,另外他可能是隐隐约约得到了消息——雅各这个穷小子居然是富裕的以撒家族的继承人（尽管获得名分的手段不怎么光明正大）。那么,即使是逃祸在外,雅各总不会什么贵重东西都不带吧。从此后的一系列举动看,拉班是一个贪婪而又缺乏远见的人。因此,在这里他以女儿为诱饵,尽可能地榨干雅各钱包的行为也就不难理解了。

　　自古以来,想要娶人家的女儿,没有聘礼怎么可以？而雅各偏偏又因为避祸在外,身无分文,拿不出聘礼。怎么办呢？

　　人们常说,犹太人天生会做生意。我想这个基因恐怕就是遗传自雅各。精明的雅各苦思冥想,终于有了办法：他跟自己的舅舅谈妥——他给拉班白当七年长工,七年之后,舅舅把拉结嫁给他。

　　成功的人不可能是光有想法的,还要配合行动和毅力,否则一切都是空中楼阁般的幻想。

　　对美丽的拉结的爱,使雅各每天拼命工作。无论是烈日当空的绿洲草原,还是风雪交加的荒凉戈壁,处处留下雅各看护牛羊、勤勉放牧的身影。夕阳西下、大地苍茫的时候,雅各独坐在跳动的篝火边,夜空里闪烁的星辰,在雅各心中仿佛都成了美丽的拉结那闪动的目光。

　　爱情这东西很奇妙,几千年来人类一直企图破译它的密码,却仍然束手无策。爱情这东西有时候可以让人消沉,但更多时候却让人突然爆发出从未有过的潜能。雅各在类似于劳改一样艰苦的条件下，为了羊群的安全，不得不与豺狼虎豹为伍，与敌对部落战斗——如此殚精竭虑，一手拿武器一手拿羊鞭，提心吊胆地为爱情守候七年的煎熬。

好在这番苦痛终有结束的一天——七年期满了，勤劳的雅各满心欢喜地要收获爱情的果实了！

雅各是一个聪明得近乎诡诈的人，但跟他的舅舅比起来，仍然小巫见大巫，"姜还是老的辣"。雅各到来之前，他的舅舅拉班只是当地的一户普通中等人家，经过雅各七年的辛苦工作，拉班的家产迅速扩大。他确实很看好雅各这个尽职尽责而又几乎可以说是免费的长工。

婚礼晚上，在举行完仪式之后，拉班将女儿送进雅各漆黑的帐篷里。一夜无话。第二天早上，雅各起来，发现昨晚上送到自己帐篷中的不是拉结，而是她的姐姐——利亚。

受骗了！

气愤的雅各找到拉班，为这件明显的欺诈和不诚信之事质问自己的舅舅。狡猾的拉班告诉雅各：拉结当然可以给你，但前提条件是，你再无偿为我工作七年！

拉结美貌，她的姐姐利亚也不会差到哪里去。利亚的缺陷是"眼睛没有生气"，估计是有天生的眼疾。在上古时代，一个有残疾的女人是没有男人愿意娶的。亏得拉班用心良苦，连哄带骗地把这个大女儿嫁了出去。七天之后，拉结终于被送了过来，雅各不得不为此再给舅舅白干七年活儿。

因为爱，雅各接受了这个娶一送一的强迫交易。

3. 雅各养家

雅各继续辛苦工作，既是为了养家也是为了承诺。这个当初耍耍小聪明就骗得家中长子权力的年轻人，今天却不得不陷入舅舅的诡诈陷阱中。

以色列各支派分布图

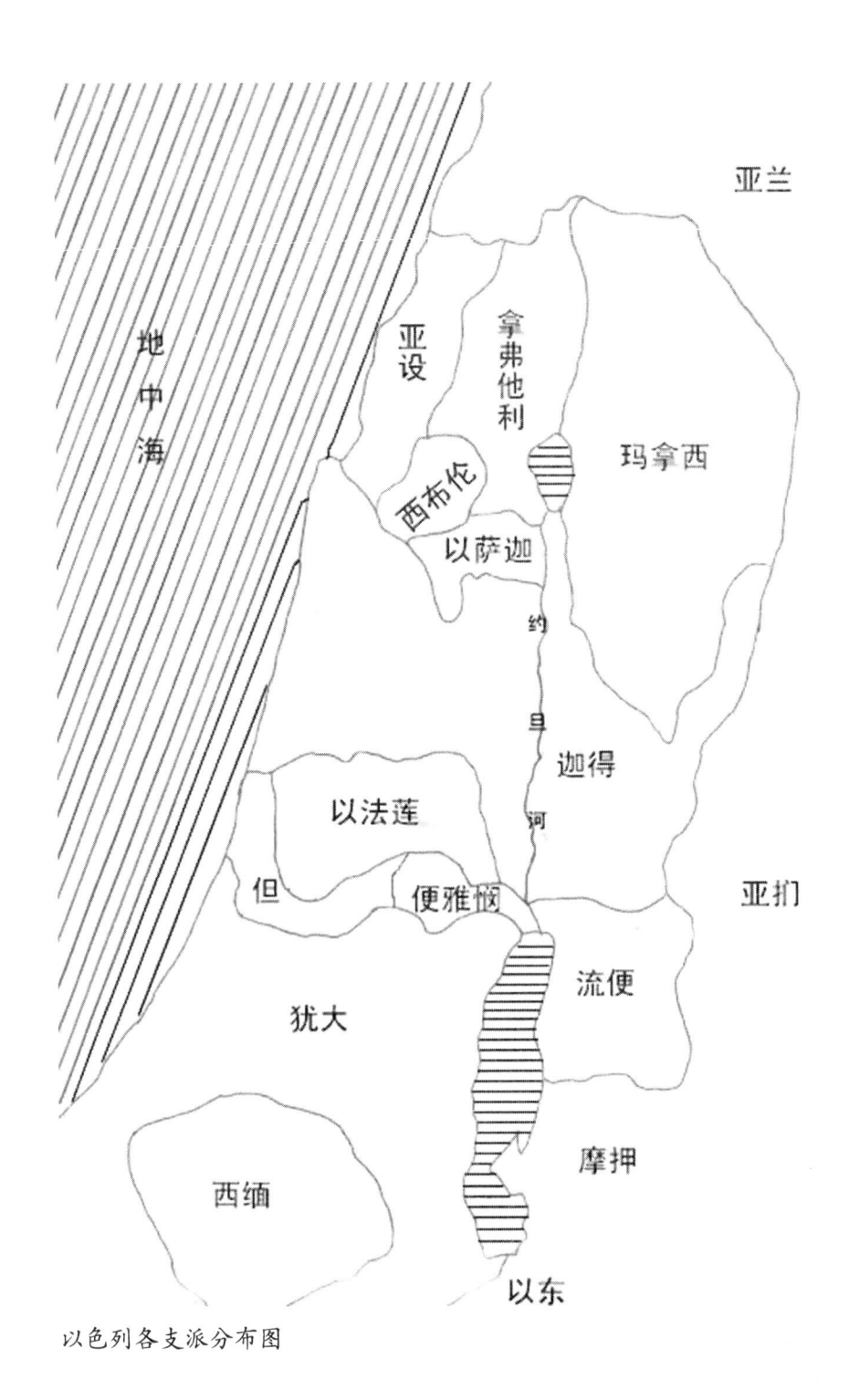

即使成了亚伯拉罕家族名义上的继承人，雅各依然两手空空、不名一文。他除了两个互相心存竞争的姐妹妻子，就只剩下一身还没用完的力气。说不定，许多次遥望星空，回忆自己的过去，雅各终于清醒地认识到，自己的确欠兄长太多了。世界并不都如迦南的父亲家里那么美好，世人也不尽如自己的哥哥对待自己那样宽厚纯朴。此后的雅各白手起家，并且最终与哥哥和好，终其一生也没有再向哥哥追讨所谓长子应当继承的家产。也许这14年的苦难，带给雅各更多的是心灵的洗涤与教育吧。

利亚和拉结是姐妹，但却成了同一个丈夫的两个妻子。爱情都是自私的，古往今来概莫能外。拉结很美丽，但生育能力差。利亚眼睛有疾病，但肚子却格外争气。为了给自己争得尊严，拉结把自己的使女送给雅各，生的孩子算自己的——看来，女人要较起劲来，是会丧失理智和不顾一切的。为了扩大战果，利亚也如法炮制，于是雅各又有了一个妾。

面对两妻两妾的日夜竞争，雅各可谓是尽心竭力。后来，拉结终于也生育了，竞争迅速从两派三方扩大到两派四方甚至四派四方！

雅各没有时间再怀念父母和哥哥了，他每天的任务就是放羊和回家安抚各个妻妾！

又是一个七年，雅各在忙忙碌碌中度过。我们说起来轻巧，可雅各要是熬过去确实也不容易。家里外头忙碌，筋疲力尽的雅各还是寄人篱下、两手空空。四个妻妾一个比一个较劲，陆陆续续给他生下十来个儿女。加上后来拉结生的最小的儿子便雅悯，雅各一生有了十二个儿子，日后分别成为以色列人十二支派的祖先。

4. 翁婿斗智

妻妾成群、儿女满堂，却寄人篱下，这让雅各实在难过。他找到自己的舅舅，要求带领妻妾儿女离开，去开创自己的事业。此时拉班这个狡猾的老狐狸又打起了别的歪主意。

按理说，娶妻有聘礼就应该有嫁妆，可是他让雅各白干了14年活儿，把自己的家业壮大，从而使自己成为当地的巨富，却从没有给过女婿哪怕是一个大子的嫁妆——这可实在说不过去。但要是真给，两个女儿的嫁妆也不是个小数目，想一想又实在舍不得。

狡猾的拉班于是试探着对女婿说：你想要什么？

雅各说：我要你羊群里面有点有斑有杂白纹的山羊和绵羊。

拉班同意了，双方又约定：以后只要在雅各的羊群中发现白色的羊，都算是拉班的！

雅各的要求，不能不说是对抠门拉班的一种解脱。在拉班看来，雅各的要求显然非常愚蠢。因为按照一般的规律，白羊群里有杂色羊的几率本来就不高，再加上雅各不能继续挑选，即使拉班的羊群中再次出现杂色羊也不是雅各的了。

雅各的情况就不同：杂色羊也有可能生养出白色羊，而只要出现白色羊，就归拉班所有。雅各居然还发狠地说："只要我的羊群里有白色的，就算我偷的！"——这个问题很严重。在游牧民族中，偷盗羊群是大罪，会出现流血事件，至少也得受罚。这样，连送带罚，恐怕雅各挑过去的那些斑点羊，用不了多久，待种群扩大、数量增多之后，基本上都得给拉班还回来！

好精明的拉班，好弱智的雅各！

拉班同意了雅各的要求，让他挑走那些杂色的绵羊和山羊。雅各的聪明拉班没有见识过，14年了，在他眼睛里，雅各就是一个可以被随便摆布的傻小子，自己则是这个地方的强者。或许他并不认为自己对待雅各的方式不公平吧，反而认为自己很仁慈。在这种自我陶醉与自我欺骗中，拉班接受了雅各提出的所谓嫁妆的要求。看到自己的外甥兼女婿傻成这个样子，拉班一点也不担心和难过，反而沾沾自喜！

拉班忘掉了一件事情：生于游牧家庭，又和羊群朝夕相处、打了14年交道的雅各，如果没有办法和信心，怎么可能给自己定出如此坐以待毙的规矩？可见，被钱财迷住心窍的人，智商是会大打折扣的。奉劝那些出卖女儿的长辈，别把那些忍气吞声掏钱的小伙子们当成傻小子，说不定某一天，这账要从自己或者女儿身上加倍地还回去。

自以为聪明的人往往会在自恃为聪明的地方摔倒，拉班还账的日子马上就来了。

到了雅各挑选斑点羊的时候，通过一系列现代畜牧学和遗传学家都没法解释的方法，雅各居然让羊群生出来的都是带杂色条纹的羊羔：在雅各手下，肥壮的新生羊都是条纹杂色的，而瘦弱的则是白色的。这也许是有据可查的、最古老的品种选育手段。这一点还有另一种解释：有人认为，通过改变羊的饲料配比和饮水状况，可以在一定程度上改变其花色比例。到底此说有多少科学含量，还是留给科学家们去探讨吧。总之，雅各的各项计划进行得颇为顺利。

在这里，拉班还犯了一个巨大的错误：他让雅各把斑点色的羊从自己羊群中挑走，拉到远远的地方交给雅各的儿子们放牧以后，并没有马上做好自己的财产保全工作，而是继续委托给雅各放养。雅各故伎重演，弄得拉班的羊群凡是生下来的白羊个个瘦弱不堪。看来，雅各不但要让自己的产业壮大，更要让他的舅舅兼岳父付出代价。

此时的拉班没有当机立断换掉雅各，居然还幻想着采取管理和调控的手段让雅各就范。因为雅各毕竟是一个工价很低的长工。于是，拉班先后十次改了雅各的工价。问题是，他们俩在经济活动中的地位关系实际上已经发生了改变：过去是依从关系，如今却是两个经济体之间的竞争合作关系。鉴于雅各对过去不公平的隐忍，这两个经济体之间的关系更是竞争多于合作。

而这个时候，拉班居然还把自己家族的经济命脉交到雅各手里。可见，以奸诈之心对人，却希望别人忠诚相对，这是多么可笑幼稚的举动。

想把一件事情干好不容易，想要破坏却不是很难。雅各用了14年才使拉班家族富裕起来，但只用了大约6年就搞得拉班家开始走下坡路。

即使在这种状况下，拉班居然还是不愿意让雅各离开！

我实在说不出拉班这个人到底在想什么。既然雅各已经采取"钻心战术"——直接破坏拉班家族的经济建设，扩增自己的财富，为什么拉班还非要拉住人家不放呢？看上去这是有点复杂。但是，历史告诉我们：凡是复杂的事情，必然有简单的原因！雅各的舅舅此时恐怕已经动了一个可怕的念头：谋取其财。雅各的资本积累实在太迅速了，短短6年就从一个不名一文的打工仔成为富户，而老板本人却一天天走下坡路。拉班对这个现状很不满。好在他家里人丁兴旺，既然通过头脑和政策竞争不过，那么通过比较野蛮和粗暴的方式不是更简单么？换句话说，如果把雅各杀掉或者至少控制起来，雅各的万贯家财不一样是自己的么？

就像轮船上的老鼠最先感知即将来临的海难信息，雅各对于拉班的一些细微变化以及拉班儿子们的议论早有察觉。于是，为了赶快远离风暴中心，防止受害，雅各偷偷集结了自己的家人，收拾了所有的财产，神秘地"人间蒸发"了。

雅各全家逃走之后的第三天，拉班发现情况不对，他意识到雅各很可能朝着回家的路逃跑了。凭着父亲对女儿的了解，他确信自己的女儿临走之前一定拿了什么。有其父必有其女，贪财的拉班怎么可能生下大方的女儿？很快拉班发现家里的神像没有了。事实上，这个偷窃者就是他的小女儿——拉结。

在上古迦南地区，包括古代希伯来人，他们对于宗教信仰还没有形成清晰的概念，很多家族都供奉有自己的家神。家神相当于一家之主，许多大事小情都要向家神请示。拉结偷走了家神，意味着拉班家里的好运气和财富也随之消失——父女关系到了如此光景，看来双方都应该好好反省一下了。

拉结偷窃了神像，雅各并不知道。因此，七天之后，当拉班大部队匆匆赶来的时候，雅各认为拉班所谓寻找神像的话，只是借口。理直气壮的雅各告诉拉班，他在谁那里搜到神像，就可以要谁的命！

然而，同样理直气壮的拉班搜遍了每个帐篷，包括女眷的帐篷，却一无所获。但他唯独没有搜索自己女儿身下的坐垫，正是这个坐垫藏着拉班一直想要寻找的东西。

那个年代，搜查女眷的帐篷，是对男主人极大的侮辱与蔑视。面对人多势众的拉班，雅各只能选择忍耐。

那天一起见证这场好戏的人很多，而且都是拉班的亲族。看到没有查出什么，雅各马上开始数落起老丈人。他把自己这二十年来的苦水统统倒出，把拉班对自己的种种不公正待遇一一指明。当着这么多亲人的面，拉班就是再蛮横不讲理又能如何？他不得不宣称自己只是来给女儿和外孙们送行罢了，绝无加害之意。说不定当时的拉班心中很后悔，为什么不找点别的借口发动同族来追赶呢？

拉班不得不当众宣誓自己不会加害雅各。失望之中，第二天他就回去了，从此以后拉班恐怕成为左邻右舍的笑柄：自己的家神看不住，不知道丢到什么地方去了；自己的女儿女婿也被他的吝啬和狡猾赶走了——真是应了那句话：君不贤臣走四方，父不贤子奔他乡。

旷野中游牧的民族之间没有太多的道理可讲，一旦对方冒犯自己，马上拔刀相向，直斗得一方血染黄沙方才罢休。拉班这次没有找到那个神像，如果找到了，恐怕雅各没有机会站着看见第二天的太阳升起。一旦一个人倒下了，两个家族从此结仇，你来我去的攻伐杀戮从此开始，绵延不绝的世仇发展到最后，结果谁也说不清。

5. 兄弟和解

逃离了拉班的纠缠，雅各似乎只有一个地方可去——回家。家里还有父兄。但是这归家的旅程似乎比多年的旷野游牧还令雅各感到艰辛。回去之后如何？怎样面对自己的哥哥？他会原谅自己么？对于雅各来说，拉班很好打发，毕竟，拉班欠他的太多了。可是，面对自己的哥哥，雅各就不那么理直气壮了。20年的摔打让雅各逐渐懂得：自己以前对哥哥的所作所为的确非常过分。

既然做的不对，雅各总得想办法去面对和补救。

雅各先派仆人带着大量的礼物，赶着成群的牛羊，到以扫那里去。仆人回来，告诉雅各一个可怕的消息：以扫虽然收下了弟弟的礼物，但他带着400人朝着自己这边过来了！在那个年代，400人的队伍赶来，几乎意味着一场屠杀就要开始了。大漠旷野中，两个心存芥蒂，甚至发展为仇恨的兄弟相遇，即使一方对另一方赶尽杀绝，也不会受到什么惩罚。那个时候没有国家，没有审判官，没有法律，更没有国际公约，一切的攻伐几乎都没有什么实际存在的限制。唯一保证两方和平的条件，就是双方势均力敌带来的力量上的相对均衡。

如今，不管是舆论上还是武力上，以扫都占有压倒性的优势，雅各面临的是彻底的绝望。无奈之中，雅各把自己的家眷分成两队。如果以扫的400人掩杀上来，在攻击和扑杀其中一队的时候，另一队还有机会可以逃走。

这是绝望中的理智，也是一个残酷的安排。

雅各又把自己的牛羊牲畜等分成若干队，分批地给以扫送过去。看来，雅各是一个颇为了解心理学的人。他让自己的哥哥一路上都在接受礼物，不断地感动他的心，熄灭他的怒火。他希望通过这些卑辞厚礼，得到哥哥的宽恕。

在等着见哥哥以扫的路上，雅各遇见了一件极有意义的事情。

雅各让家人晚上渡过约旦河。沙漠民族最怕的就是夜间活动：一方面容易迷失方向，另一方面，在夜色的掩盖下，会有许多毒虫猛兽出来活动，伤害夜行人。晚上虽然行动诸多不便，但是有一点对于雅各来说却是有利的：如果他们晚间渡过约旦河，以扫至少不会赶来"半渡而击"。这样，第二天即使以扫真的对已经过河的雅各家人发动攻击，他们也有了逃跑和回旋的余地。

雅各打发家人过河，自己则睡在对岸。《圣经》记载，此时神过来和他摔跤，直到凌晨，雅各胜利了，而对方在他的大腿窝那里摸了一把，雅各就瘸了。以色列人世世代代都不吃动物的大腿筋，就是从此而来。神给雅各起了一个名字：以色列（Israel），这是一个组合词——这个希伯来名词是由Sarah（摔跤）与El（神）组合而来，其意是"与神摔跤"，意在提醒人们：与神都可较力，还怕与人较力么？

从此，雅各改名叫以色列，这个富有宗教意义的名字历久不衰，直到如今。

第二天一早，雅各见到了分别20年的哥哥。以扫的背后还跟着400人。雅各把自己的妻子儿女分成两队，自己走在最前面。是的，如果以扫一旦发难，或许他要报复的目标只是自己，那么其他人或许可以免遭屠杀。即使以扫对剩下的人发动攻击，雅各头一天制订的逃跑计划也能实施。以自己为先导，算是双保险吧。

20年未见的兄弟终于见面。两个人分离的时候正是风华正茂，见面的时候却已满面沧桑。20年，时间够长了。兄弟之间的恩恩怨怨，已经随着争强好胜年龄的逝去而变成模糊的记忆了吧。

以扫和雅各重逢后紧紧拥抱，泪流满面

20年过去，以扫继承了庞大的家产，而雅各白手创业、自立门户——

世事沧桑，亲兄弟之间还有什么仇恨不能化解呢？

宽厚的以扫纯朴如故。不管他是何等丑陋，却拥有一颗金子般纯真高贵的心。在雅各的悔过面前，以扫原谅了自己的兄弟。他的不满与怨恨，在这一瞬间，在匍匐下拜的弟弟面前，似乎被沙漠的风吹得无影无踪了。在约旦河边的大漠旷野间，以扫和雅各两兄弟紧紧拥抱，彼此流下热泪。

以扫和雅各冰释前嫌，他们大摆宴席、把酒言欢。

朴实的以扫对雅各说："我在前面带路，我们回西珥山吧。"西珥山是一大片山地的总称，就是现在的约旦河东岸，从死海之南到阿喀巴湾的一片山地。原先这里住的是何利人，这些何利人是穴居者，住在山洞里。以扫带领自己的部族将这些穴居人消灭，来了个鸠占鹊巢。西珥是"多毛"的意思，不知道是否来自于以扫的体貌特征，总之，现在以扫是西珥山的主人。

尽管隔阂被打破，但没人敢说：隔阂没有了，就意味着感情上的裂痕已被弥合。多年在外、屡受算计的雅各不得不从字里行间审视哥哥的话语。在舅舅拉班那里，雅各学到的最宝贵的人生经验就是：不要轻易把自己的命运交到别人手上，如果这个人曾经与自己有过什么龃龉，那么这种交托更要大打折扣，即使这个人是你的亲哥哥。

习惯了平原游牧的雅各，对于行走山地显然很不在行。况且，人马辎重如此之多，还有众多家眷，行走在山野丘陵，一旦遇到麻烦，恐怕连逃跑都不可能，被别人搞一个瓮中捉鳖也未可知。

在盛行丛林法则的时代，只有适应这种丛林法则的人才可能生存下来，而上古时代，生存下来有时候比取得所谓的胜利和尊严更重要。如今雅各和哥哥和好了，但即使不和好，退一万步讲，如果以扫扑杀过来，雅各家也有一半人口可以逃脱。没有谁保证他们一定不会长大、强盛，一旦强大起来，自然会回来找以扫寻仇——相信不单是雅各想到这些，以扫也不会不明白。雅各如果任由以扫领着全家往西珥山走，对方一旦翻脸，雅各家在崎岖山道上面临的将会是一场恐怖的歼灭战！雅各没有把这些担忧告诉任何人，我们只能对他的想法进行推测，但是他的所作所为的确是按照这个思路来的。

雅各借口说牛羊瘦弱，孩子还小，必须缓行，让以扫先回去准备。

以扫热情地安排人员保护随行，也被雅各婉言谢绝。

以扫走了，回去高高兴兴准备欢迎兄弟的筵席。擦干汗水的雅各长长地出了一口气——短短几天的时间，恍如度过了几十年。两次死里逃生的雅各，仓皇如漏网之鱼，朝着与以扫相反的方向——疏割加快步伐，再一次逃走了。

不知道以扫发现自己又一次被忽悠时是什么心情，我们也没有找到以扫追杀雅各的记载。看来，以扫很明白这个精明兄弟的苦衷，只是可惜了以扫的一片热心。

以扫就是后来的以东，而以东是阿拉伯人的先祖之一。

6. 示剑惨案

雅各要逃去的疏割，坐落在约旦河东岸的河谷地带，位于示剑东部30公里左右，距耶路撒冷67公里。从最早出现记载至今，示剑城的历史大约有4000年了。如今，这座城市在巴勒斯坦境内，就是经常发生巴以冲突的"纳布卢斯"，它是巴勒斯坦地区的经济重镇。

雅各来到疏割之前，这里只是草原旷野。雅各家人是这里的第一批开拓者。他们搭棚设营，建设家园，大搞生产建设。地名"疏割"的原意是"棚子"，可见第一批开拓者总是很艰苦，但是为了一个美好的梦想，多少人都是这么一代代打拼过来的。

然而，就在雅各一家努力耕耘的时候，一件事情的发生彻底改变了他们的命运。

雅各一家的实力进一步扩展，他们逐步迁移到示剑，花了100块银子，顺利从当地人手里买到了一块地，于是就把营帐也迁移到城东。

雅各有一个美丽的女儿叫做底拿，一天，底拿出去找年龄相仿的女孩子玩，被这个城市城主的儿子——示剑看到。也许是底拿的美貌确实令示剑魂不守舍，也许是这个小子从小就放任惯了，他居然把底拿捉到家里，强暴了！这是《圣经》上有据可查的、最早的强奸案件。

不过，如果说示剑是一个纯粹的浮浪子弟，倒也冤枉了他。示剑一家在城中的地位很高，他确实真心喜爱底拿，但上来就如同禽兽一样交合，毕竟是一件比较恶心的事情，更何况对方并不愿意。

奸淫了底拿之后，示剑以为生米煮成熟饭，于是撺掇父亲——哈末到雅各那里去提亲。

听到妹妹遭到侮辱，而且对方居然还敢来提亲，底拿的哥哥们义愤填膺。但是在老哈末诚恳的卑辞厚礼以及对方强大的人口包围下，他们只好隐忍一时。于是，雅各的儿子们提出一个怎么讲都说得过去的条件：娶底拿可以，但是示剑全城的男丁必须受割礼，因为雅各家不和未受割礼的人通婚。听听这话有道理，条件也不苛刻，况且女孩子已经和自己的儿子发生过关系，估计再怎么样雅各家的人都翻不起大的水花来。再说，示剑全城男丁兴旺，你雅各家的十一个儿子又能如何造次？因此，老哈末一口答应了雅各儿子们的要求。说割就割，示剑全城上下动员，老少一齐动手，争先恐后，手起刀落。示剑全城的男人，迅速完成了哈末交给他们的任务。

要说这割礼并不是多么了不起的手术，现代医学表明，割礼对男性的健康有百利而无一害。只不过受割礼之后有几天恢复期，由于伤口的缘故，男子的行动很不方便。尤其是第三天，愈伤组织开始堆积生长，受损神经纤维受到刺激与挤压，疼痛难耐，但是没关系，过了这几天很快会好起来。

示剑的男子们都经历了这个特别疼痛的时期，但是恐怕他们没有机会体会疼痛结束之后的感受了。第三天，底拿的哥哥们手持刀枪出现在示剑城！这些雅各的儿子们，继承了父亲的精明却不知怎么还习得了残暴凶猛。他们对毫无抵抗能力的全城男子痛下杀手，像砍瓜切菜一样杀光了全城所有的成年男子，其中自然也包括哈末和示剑这父子俩。不但杀光了男人，他们还掠走了示剑人的牲畜、财产、女子和儿童！

我们不知道底拿是否真的喜欢示剑，也不知道她面对这一惨状会是什么样的心情,然而,在哥哥们的眼里,这些都不重要了。哥哥们看重的是家族的荣誉、自己的尊严。他们垂涎示剑人的财富、女人。

和示剑相比,我们看不出这些雅各家的儿子们有什么文明之处。示剑奸污了底拿,但他毕竟还想明媒正娶。雅各的儿子们呢?他们抢走示剑人的妻子和女儿供其享乐,难道有可能会真的以对待妻室之心来对待这些比自己的妹妹还苦命的女人么?

示剑城的屠杀轰动了整个迦南,甚至也激怒了雅各这个一向靠头脑取胜的老人,他对这种极其缺乏技术难度的粗暴行径深恶痛绝。他知道,周边的民族势必要来进攻,雅各一家在迦南地区的和平生活将要从此结束了。

雅各不得不举族迁徙。这一次,他们向南走了大约50公里,来到了伯特利。

7. 伯特利之行

自从亚伯拉罕在伯特利设立祭坛、支搭营帐以来,伯特利成为和希伯来关系密切的地方。尤其是雅各逃难到伯特利的时候,在睡梦中见到天梯和上上下下的天使,因此他给这个地方起名叫伯特利,希伯来含义是"上帝之殿"。原先,迦南人叫这个地方"路斯"。据《圣经》记载,在伯特利,雅各正式改名为以色列,他的家族也正式成为以色列人——直到现在,这个称呼还在沿用。也是在伯特利,以色列人正式以祭祀的方式,承认和确立了自己的独一真神信仰。

以色列人的信仰和吾珥、迦南甚至后来与之相处的埃及人的信仰是完全不同的。作为一个中东弱小的游牧民族,拥有这种完全与众不同的信仰,的确是一个奇迹。我们知道,无论是迦南人、埃及人、巴比伦人还是亚述人、非利士人——这些环绕在以色列周围甚至曾经统治过以色列人的民族和国家，他们基本都信仰多神教，进行的是偶像崇拜。

以色列人信仰的是一神教，是后世犹太教、基督教和伊斯兰教的初始本源，在人类文明史上占有重要地位。根据这个信仰体系，以色列人称神为上帝。这个体系认为：上帝是世界的创造者，万物都是上帝所造，万物中唯有人的灵可能像上帝，因此他们相信人是照着上帝的形象所造（这个"形象"，说的不是有形的胳膊、腿，而是一种精神和灵魂范畴的东西）。以色列人的独特信仰体系来自于上帝独特的启示与作为，因此，他们深信自己是上帝的选民，上帝必然解救他们脱离苦难。

雅各，哦不，以色列时期的信仰尚不完善，其真正相对完善的信仰体系是在摩西出埃及之后建立起来的。但是此时的以色列人已经建立起初步的一神信仰基础。正是这种信仰基础，使得以色列人在强敌肆虐、危机四伏的环境里，能够几千年独立传承本民族的传统，即使是作为一个弱小民族也可以保持不被同化。

在他们的认知里，世界由独一真神创造，除了上帝，任何人都是不完全的，更不是所谓的圣人，那么也就不应当崇拜除了上帝之外的任何一个人。

在人类历史发展的过程中，一神崇拜的确做出了划时代的贡献。可见，以色列的伯特利之行，其意义十分深远。

离开伯特利，以色列人继续向南迁移，到了一个地方，叫做以法他。这个名字大家也许很陌生，但是它现在的名字你肯定很熟悉——伯利恒——这是基督教以及伊斯兰教的圣地，位于现在巴勒斯坦境内。而使这个地方真正出名的，是耶稣的诞生。在伊斯兰教的教义中，耶稣也是一位大先知，是上帝的使者，因此，伯利恒同时也是阿拉伯人的圣地。

以色列到来的时候，伯利恒还只是一个很小的村镇。以色列的妻子拉结要生产了，于是，整个家族的人马停了下来。拉结为以色列生下第十二个儿子——便雅悯之后，因难产而死。

拉结死了，死在了漂泊的路上。拉结是拉班的女儿，既有他拉家族女孩儿的美貌，又有父亲的心思和狡猾。为了跟自己的姐姐争风斗气，她甚至让自己的使女代替自己生育；为了自己的丈夫，她甚至偷走父亲的神像。自从青春靓丽的女孩子拉结拨动雅各的心弦以后，他们共同生活了几十年。为了得到拉结，雅各在舅舅那里白白苦干了14年；为了在可能面临的攻击面前保护拉结,雅各将她和她的儿子约瑟留在队伍的最后一排,而自己则站在队伍的最前面,准备用血肉之躯阻挡以扫的强悍铁骑。

陷在爱里的女人是可爱而单纯的。她们可以为了自己所爱的人不顾一切,奉献全部。然而,古往今来,又有多少薄情寡幸的男子辜负了这一片真情?

从这一点上看,拉结是幸福的。她和她的丈夫始终生活在爱里,不离不弃。死在丈夫怀里的女人是幸福的,正如同弥留之际的男人会因为爱侣的一声轻呼而微笑。

又一个美丽的红颜走了,结束了漂流,归于尘土,静静地休息。以色列将拉结埋葬在伯利恒,并且树了一块墓碑。

不知道以后的以色列是否会经常怀念自己的这个妻子拉结。他对拉结留下的最小的孩子便雅闵疼爱有加;拉结生下的倒数第二个儿子——约瑟,他也视若掌上明珠。

8. 以色列一家

以色列必须出发了,漂泊的游子也需要回到自己出生的港湾。几十年前,雅各只身一人逃离自己的家,几十年后他以新的名字——以色列——带着庞大的家族和丰盛的财富,回到了希伯伦,陪伴在自己的父亲身边。

在希伯伦,以色列尽到了做儿子的本分,为自己的父亲养老送终——以撒去世的时候180岁。以扫和以色列埋葬了自己的父亲。以东和以色列两个民族的象征性纽带,在以撒去世后不复存在,从此两个民族开始了既有竞争也有认同,既有对抗也有合作的发展历史。

丧事以后,考虑到两个家族的人口、牲畜等都在扩展,在一个地方共处不容易,以扫发扬祖先亚伯拉罕的宽容遗风,主动带领族人离开平原,回到西珥山去了。在西珥山,以东民族作为阿拉伯人的一支重要祖先壮大起来。以扫的后人中涌现出许多上古时代在中东赫赫有名的伟大族长。

以色列人在希伯伦过着相对平静的生活。当地人对于以色列家族总体来说还是比较接纳的，所以他们获得了休整和发展的机会。

有句古话，"饱暖思淫欲"。以色列的儿子们正当强壮，颠沛流离的生活一结束，生存危机刚刚消失，骚动已久、压抑已久的荷尔蒙便开始在他们体内汹涌澎湃。除了年纪尚小的约瑟和最小的便雅悯这两个被以色列视若珍宝的孩子之外，以色列其他的十个儿子四处寻欢作乐。

上古时代在以色列人那里，伦理道德的建设还没有正式完善，男人寻欢作乐、女人红杏出墙的种种行径司空见惯。老年的以色列自顾不暇，无力禁止儿子们的荒唐行径。

迁就和溺爱只能造就更严重的悖逆——以色列的长子流便居然和父亲的一个妾发生了奸情！愤怒失望的以色列知道了这件事情，但是为了家族的荣誉和整体的生存，他忍住没有发作。经过多年的磨砺，以色列已经变得善于审时度势，为了大局的稳定，他不得不忍让，即使对方是自己的儿子，即使对方的行径使自己极端蒙羞。

在游牧民族中，长子拥有重要的地位。长子在家庭中的地位和作用仅次于父亲。他们一方面要协助父母抚育弟妹，一方面要代表父亲独当一面应对各方的挑战，此外还必须担当起组织生产劳动、牧羊耕种的任务。长子的地位虽然重要，但是最终继承家业的却并不一定是长子，有时往往是最小的儿子。这样一来，长子在家庭中的奉献意义就更加显著。如果父亲与长子不和的话，非但会让人看笑话，做父亲的也会因此失去重要的臂膀。

在这个时候，稳定对于家业甚大、人丁却不兴旺的以色列人来说是压倒一切的目标。所以，以色列不得不做出痛苦而无奈的选择——保持沉默，既顾全了儿子和自己的脸面，又保证了家族的稳定和团结。

第四章 ● 约瑟

　　约瑟来到埃及的时候是 17 岁，历经风雨，到如今已经是将近 40 岁的人了。这么多年，约瑟所受的苦，没有人能够真正体会。多少个黑暗无光的夜晚，约瑟躺在肮脏潮湿的监牢里，除了默默向上帝祷告，一无他法。多年前哥哥们对自己的所作所为，在约瑟心中掀起的不是仇恨，而是痛苦。

1. 多梦少年

　　作为游牧民族的孩子，即使再受宠爱，也不能离开家族生存的根本——放牧。约瑟 17 岁的时候，以色列安排他跟哥哥们一起学习牧羊。但是，由于以色列宠爱他，这一点很受其他哥哥的嫉妒。再加上约瑟年龄小、心地纯真，许多事情看不惯，还往往把哥哥们的丑行告诉父亲——对于这种打小报告的行为，哥哥们更是深恶痛绝。

　　以色列给约瑟做了一件花花绿绿的新衣服，哥哥们很快知道了——他们的眼睛因为嫉妒而喷火！

　　希伯来人是游牧民族，不进行农耕活动，也不纺纱织布。如果需要布匹，他们就用牛羊、毛皮去跟其他民族交换。约瑟的彩衣，无疑是好几种布匹缝制的——那么就需要做好几次交换或者好几笔选择性的交易。换句话说，这件衣服价值比较昂贵。

　　古希伯来人一般只穿两件衣服：外衣和里衣。外衣就是一件大长袍。在旷野烈日下，大长袍用来遮蔽阳光对身体的照射，防止晒伤；夜间的时候，大长袍可以作为铺盖的被褥。一个人往往只有一到两件长袍，做一件新长袍，通常是一笔不小的投资。约瑟穿了一件新做的花花绿绿的彩衣，而其他哥哥却没有，这已经令兄长们很不满，再加上他平时总是喜欢打哥哥们的小报告，哥哥们就更确认这件衣服是对他出卖哥哥的一种奖赏了。

　　受到格外关爱的十七八岁的孩子，心高气傲几乎是一定的。如果一件花衣服和几句小报告还只是让哥哥们比较排斥约瑟，那么即将发生的一些事,则使哥哥们对他动了杀心。事情的导火索是两个奇怪的梦。

第一个梦——约瑟和哥哥们去收割庄稼,他们各自捆扎庄稼,而哥哥们的庄稼居然向约瑟收割的庄稼下拜!

小孩子总是没有城府的。约瑟把这个梦告诉了大家。哥哥们非常不满,觉得这个弟弟小小年纪居然如此狂妄!以色列没有说话,像往常一样保持沉默。如果他最看重的约瑟真的继承家业,成为一家之主,恐怕是符合老父亲的心意吧。毕竟在以色列的眼睛里,约瑟作为本民族的族长要比流便更理想(虽然这个民族现在还太小太小)。但是哥哥们的愤怒也可以理解:他们风餐露宿、战酷暑、斗风雪,为了家族的发展而拼死拼活,现在这么一个未成年的小弟,居然企图越到他们头顶上作威作福。

憨直纯真的约瑟还真是不太像以色列的孩子,否则怎么会面临这么大的舆论压力,居然又把自己做过的另一个梦说出来呢?

约瑟又梦见太阳、月亮和十一颗星星对自己下拜!这一次,连以色列本人都很不满:莫非在小儿子眼中,连自己的父母都不值得一提了?于是,以色列第一次当着儿子们的面,呵斥了约瑟。

人是一种很复杂的动物。人不一定从个人利害得失的角度寻找借口,否则就会显得自己太缺乏高度和品位;而往往要寻找其他人的舆论同情和道义支持,最起码是对对方的不满,这样才可以心安理得、名正言顺地打着"替天行道"的大旗,光天化日之下做出打家劫舍的勾当。约瑟的哥哥们对他的不满,仅仅存在于个人好恶和利益得失的层面,即使再不满,慑于父亲的威严也不敢发难,而如今父亲对约瑟的呵斥,无异于给他们打了一剂强心针——他们终于准备把心中淤积的仇恨付诸行动了。

2. 兄弟的谋害

约瑟的哥哥们对这个弟弟的谋害行动,估计是经过缜密安排的。

他们把放牧的牧场，转移到距离希伯伦近百公里以外的示剑地区。这样有三大好处：

一、游牧转场是牧羊人再正当不过的理由，也是他们生活的重要组成部分，因此以色列根本不会怀疑；

二、以色列年纪大了，不可能随着儿子们出去放牧，那么游牧的营帐搬得越远，动起手来越利索；

三、以色列人在示剑地方的群众基础并不好，因此他们跟当地人的接触不会很多，他们的所作所为也可以在相当程度上被掩盖。再说，如果约瑟被害，嫁祸于示剑当地人，也是合情合理的。

说干就干，哥哥们要下手了！他们拔营起寨，向示剑转场。

以色列这十个儿子放牧的是父亲的羊群。以色列老了，自然不能随行。于是，他叫来身边的约瑟，让他到哥哥们那里去看看。一般来说，这种跑腿的事情交给小儿子做，再自然不过。不过，以色列让约瑟去见哥哥们，似乎又多了一层监督的意思。

可怜的以色列聪明一世，却糊涂一时，让约瑟离开自己这么远，去如狼似虎的十个哥哥那里，简直如同让绵羊到狼群里取暖一样。

约瑟却对自己即将来临的危险浑然不知。

远远的，哥哥们看见这个穿着花衣服、心高气傲、喜欢做梦的弟弟走来。待约瑟走到近前，哥哥们不容分说，如饿虎扑食一般将他按倒在地，剥掉他那件令哥哥们嫉妒得眼红的彩衣，将大声哭闹的约瑟一把扔进一个干涸的深坑里，任凭他在里面哭号求救。

花衣服剥掉了，人也打了，哥哥们坐下来边吃边聊，应和着如同歌舞伴宴一样的约瑟的哭声，开始正式讨论怎么处置这个作威作福的"小皇帝"。此时，哥哥们分为两派：一派以大哥流便为首，打算教训一顿这个不知好歹的小子就可以了；另一派则要将其杀掉。最后，两派达成一致：把约瑟扔在坑里，不亲手杀了他。这个一致意见似乎比一刀杀掉约瑟还要残酷，基本等于把人一点一点活活折磨死。

刚好一支商队经过这里，他们从米甸到埃及去做生意。这些跋涉走来的商人们似乎给了兄弟们以启发。几个哥哥商量了一下：与其让约瑟死掉，不如把他卖两个钱来改善一下生活！于是，他们与这些商人谈妥价格，用

20块银子把兄弟卖了。

一个养尊处优的少年，顷刻间成了寄人篱下的奴隶，可怜的约瑟不知作何感想。不过他还是应该感激那个提出建议的、贪财的哥哥，否则，他很快就会变成一具旷野中的干尸。

哥哥们居然可以像卖牛羊那样出卖自己的亲人！当我们看到这里的时候，也许会表现出对这几兄弟的极端不满与不屑。然而，自古以来，兄弟

约瑟被哥哥们卖给了商队

阋墙甚至刀兵相见的事例难道还少么？

人性这东西，表面看起来很复杂。但如果拨开表面的迷雾，我们可以找到很简单的本质——利益。利益使亲人之间形同陌路；利益使承诺变成废纸、谎言；利益甚至会让一些人做出令人发指的伤天害理的事情。但是，利益真那么可怕么？也不尽然。一个人所要求的合理的利益与应得的利益并没有问题，但如果他的目光常常投向别人的东西，结果自然是心理不平、争端不断。

哥哥们七手八脚将哭得筋疲力尽、被打得遍体鳞伤的约瑟从深坑里拉了上来。约瑟还没有回过神来，就被再度按倒在地，双手捆上，像牛羊一样套上绳子拴在骆驼后面，跟着商队走向茫茫的沙漠。他们的目的地是埃及。

狠心的兄弟们数着手中的钱，目送着弟弟远去的背影。为了蒙蔽自己的老父亲，他们宰了一头公山羊，用羊血把约瑟的彩衣染红。为了让父亲更加相信，他们打发一个人先回去报信，说这件衣服是在路上捡到的，估计约瑟被野兽吃掉了。

可怜的以色列悲痛欲绝。也许他的心中充满了自责：如果不派约瑟去哥哥们那里，约瑟何至于被野兽撕成碎片。但他不知道，对于约瑟来说，他的哥哥们比起任何野兽都要凶猛和残暴。

此后的日子似乎平静了。约瑟的兄弟们继续牧羊，继续吃喝玩乐……不知道他们是否怀念那个喜欢做梦、喜欢打小报告、喜欢穿花衣服的弟弟。

也许只有以色列最怀念约瑟。从这件事情之后，他更加注意保护自己的小儿子便雅悯。这成了他与死去的爱妻——拉结的最后纽带。

3．"桃花劫"

约瑟没有死，即使在路上经历了痛苦艰难的旅程，他还是顺利地到达了埃及，并且被卖到一个埃及法老的侍卫长——波提乏家里做奴隶。

作为一个文明的实体来说，埃及可以说是最古老的文明国家。最早有历史记载的古埃及王朝建立在大约公元前 3000 年。古埃及经历了 31 个王朝的统治，分为古王国（公元前 3000 年—公元前 2200 年）、中王国（公元前 2200 年—公元前 1580 年）和新王国（亦称为帝国时代）。埃及人创造了极其辉煌的文明，成为世界文明发展和进步的巨大动力，也是整个欧洲文明的发端。我们所熟悉的埃及胡夫金字塔就建造于古王国时期。

中王国埃及时期，是西亚和北非大文化圈里面一个比较重要的时期。我们前面说的押摩利人攻占巴比伦城也是在这个时候。中王国时期出现了一个很重要的历史事件——喜克索斯人入侵。他们逐步占领了埃及的大部分地区，几乎把埃及原先的政权压缩到无地可据、无民可役的程度，基本处于半独立的附庸状态，其地位相当于商朝治下的姬姓周国这样的从属诸侯国。

喜克索斯（Hyksos）的原意是指"外来统治者"。喜克索斯人来自于西亚，以闪族人为主体，还有许多同盟民族。他们于公元前 18 世纪早期从尼罗河流域侵入埃及，喜可索斯人首先定都阿瓦利斯。

有人认为约瑟进入埃及就在这个时期前后，因此，作为一个来自闪族的亚洲人，被法老内臣接受就可以理解了。

年轻的约瑟被侍卫长波提乏安排在他的家里做管家。他的诚实和勤劳很快获得了主人的好评。因此，这个皇家御林军军官很放心地把自己的家交给约瑟打理。

约瑟没有让主人失望。他努力工作、诚实待人，很快获得了每个人的好感。但人要是背运，喝凉水都会塞牙。约瑟心高气傲被哥哥们陷害，但是他到埃及之后这么低调与勤恳仍然给他带来了更可怕的灾难。

优秀的男人往往会得到异性的青睐。不到二十岁，年轻英俊的约瑟这次遇到的是"桃花劫"。

侍卫长波提乏是个赳赳武夫，但是，侍卫长的妻子却对约瑟格外喜欢。

十七八岁的约瑟，尚不通风情，对侍卫长夫人的眉目传情居然没有理解。面对这个俊秀可爱的傻小子，女主人决定采取直接行动，她对约瑟说：我们同寝吧！几千年前的人，爱恨好恶都很通透，如果喜欢一个人就明明白白说出来，基本不会出现那种由于装腔作势而错失良机的人生遗憾。当然，这种随性与勇敢不见得都会带来好的结果，比如在女主人和约瑟的关系上。

面对女主人的性骚扰，约瑟没有表现出当今青年的成熟与老练，更没有顺水推舟。他吓得"跑到外面去了"。纯真的孩子就是这样不通风情，女主角又羞又怒又怕。羞的是：一番苦心被拒绝；怒的是：这个年轻人转身就跑，连一点温情都没有；最主要的是怕：古今中外，社会对妻子不忠的处罚都是极端严厉的。波提乏这样的武将如果知道妻子的言行，首先要做的，只怕是亮出刀剑，让妻子血流五步！

约瑟的劫难又出在外衣上。

上一次约瑟被哥哥陷害的因素之一就是那件漂亮衣裳。如今，他逃走时被女主人一把抓住了外衣！埃及气候炎热潮湿，人们穿衣服比较单薄，约瑟急匆匆逃走的时候外衣被一把拽下来也不是不可能。

约瑟逃走了，外衣却落在女主人的手上。女人，几乎个个都是了不起的外交家和表演家，又是一种感性大于理智的动物，爱有多深，恨就有多深。恐惧与羞愤的女主人，到波提乏那里去哭诉：约瑟企图强暴她！

其实，稍有头脑的男人都会明白这里面疑点甚多。试想：一个身处弱势的十七八岁青年奴隶，怎么敢冒着生命危险，对自己的女主人下毒手呢？即使有这个贼心也未必有这个贼胆。估计侍卫长静下心来，能够分析出其中的漏洞。但是富有心计的女主人已经抢先一步站在了舆论制高点，拥有了话语权。她在向自己的老公告状之前，已经把约瑟要对她做什么喊得全家上下尽人皆知！

人有时难免有嫉妒之心。约瑟在家中受到父亲的宠爱，招来兄弟们的嫉妒和陷害；在侍卫长家里，受到主人的信任和宠爱，岂不也会受到其他仆人和奴隶的嫉妒么？俗话说，墙倒众人推——恐怕没出事儿，都有人盼着他倒霉，更何况约瑟如今受到女主人的指责，即使男主人肯耐心调查，又有谁会站出来为他说句公道话呢？

按理说，主人处理奴隶的方式很简单，直接杀掉即可。可是，估计一方面侍卫长觉得约瑟奸污女主人可能性不大，另一方面，他对自己这个妻子的人品实在不敢打包票。于是，思前想后，侍卫长把约瑟投入了皇家监狱。

4. 皇家监狱里的解梦师

每个人都有可能会面对人生的飞跃，我们一般形象地称之为"三级跳"。不同的是：约瑟面临的不是三级跳远、跳高，而是"三级跳坑"——从迦南父亲那里的宠儿成为埃及人家的奴隶，从埃及人家的奴隶到监狱中无辜的戴罪之人。

埃及那个时候的皇家监狱建在侍卫长的家里，法老身边的政治犯和被"双规"的官员都关在这里。估计那时候的侍卫长同时还是皇家监狱长，约瑟未经审判和定罪，就被直接关在了这所最高级别的监狱里。而约瑟身边的囚徒也不是一般罪犯，约瑟反倒因此有机会以一个平等的身份接触那些埃及政府的前高官。

约瑟不是巫师，但他却有一个了不起的能力——解梦！《圣经》上记载了约瑟解梦的故事。

埃及作为一个大国，法老自然气度、排场不凡。我们常常述说紫禁城里的排场如何如何，不过从摆谱这个角度上来看，法老比起中国古代的皇帝们有过之而无不及。比如说：法老吃饭的时候，有专门的"膳长"和"酒政"伺候。其中，"膳长"是替法老做饭的"御膳房总管"。"酒政"是古代埃及朝廷的执爵官，不仅为法老执壶递杯敬酒，还为法老酿葡萄酒，并且还要在法老用膳之前，先试尝酒菜，检验有无毒。传说正当此时，法老遇到了一次未遂的毒杀谋害事件，震怒的法老把相关环节人员全部投入了监狱，其中就包括酒政和膳长。很凑巧，这两个人和约瑟关在了一起。

善良的约瑟并没有因为自己身陷囹圄而对人生丧失信心，继而对他人报以冷漠。他对同监室的酒政和膳长,充满热情地照顾和帮助。这两位大人也许平时互相勾心斗角,摆出一副高傲的样子,根本没想到自己会落到如今这般田地。约瑟的关爱,给他们一落千丈的冰冷心情一丝难得的抚慰与温暖。

一天晚上,酒政和膳长各自做了一个梦,没人能够解他们的梦。约瑟表示,他可以试一下。

于是,酒政对约瑟说了自己的梦:我梦见在我面前有一棵葡萄树,树上有三根枝子,好像发了芽,开了花,上头的葡萄都成熟了。法老的杯在我手中,我就拿葡萄挤在法老的杯里,将杯递到他手中。

这个梦和酒政每天的重复工作基本没有太大差别,难怪没人解得出来,但是约瑟能。他说:三根枝子就是三天,三天之内,法老必提你出监,叫你官复原职,你仍要递杯在法老的手中,和先前做他的酒政一样。

约瑟对阶下囚说出这样的解辞,并且有准确的时间设定,这让酒政非常诧异和怀疑。约瑟同时要求酒政:一旦出狱,请一定要在法老面前帮他陈述冤情,解救自己。酒政同意了。

看约瑟给酒政解梦解得不错,膳长也发言了:我在梦中见我头上顶着三筐白饼。头最上的筐子里有为法老烤的各样食物,有飞鸟来吃我头上筐子里的食物。

这个梦和酒政的情景差不多。但约瑟的解释却大不一样:三个筐子就是三天,三天之内,法老必斩断你的头,把你挂在木头上,必有飞鸟来吃你身上的肉。

这简直是晴空霹雳。但是,梦这东西,谁又说得清呢?人们往往对解梦的内容只相信好的,不相信坏的,大街小巷的算命者说出来的一般也都是大大的吉言。可惜,这次约瑟没有践行"潜规则"。

三天很快过去了。第三天是法老的生日,他把酒政和膳长都放了出来。诚如约瑟所言,酒政官复原职,而膳长被砍头,头颅被挂了起来。

约瑟解说得丝毫不差。

逃脱牢狱之灾的酒政,其欣喜可想而知。狂喜欢庆之余,他把自己对约瑟的承诺抛到了九霄云外。在酒政的眼里,约瑟可能属于"世界上最好的人民"之列,所以他选择性地遗忘了约瑟为他所做的一切。

5. 从囚犯到宰相

等到酒政突然想起来时,约瑟已经30岁了。从被关进监狱到走出监狱,他熬了十多个年头。

据说,世界上凡是有大脑的动物:小到老鼠,大到蓝鲸、大象,无一不会做梦。但是,遇到奇怪的梦,大概只有人才会找上别人,让别人好好地解释解释。

作为一国之君,君王的梦境往往和国家的运势兴衰相关——这是中外历史公认的。

法老在同一个晚上做了相关的两个梦:

法老梦见自己站在尼罗河旁边。忽有七头母牛从尼罗河里上来,体格俊秀,肌丰肉肥,在菖蒲中吃草。随后另有七头母牛从尼罗河里上来,体格丑陋、肌细肉瘦,站在那些母牛旁边。那些体格丑陋、肌细肉瘦的母牛,把先前那七头体格俊秀的肥母牛都吃了下去。

法老醒过来,翻了个身继续睡。

这一次,他又梦见七个穗子在一棵茎上长起来,又肥又好。随后又生发了七个穗子,既干瘪,又被热东风吹焦了。这些细瘦的穗子把那七个又肥又饱满的穗子吞了下去。

法老被这奇怪的梦惊醒,再也睡不着了。百思不得其解之际,法老把埃及所有的术士和智者都召来,告诉他们自己的怪梦,让他们给自己解梦,但却没有人能给法老解释清楚。

法老的"解梦总动员"传到了酒政耳朵里。突然之间,酒政想起了那个"世界上最好的人民"——约瑟。

酒政把约瑟的奇异能力告诉了法老,法老赶快把这个希伯来囚犯召来。

十多年的牢狱生涯弄得约瑟蓬头垢面、污秽不堪。既然要面君，理发剃面、洗澡换衣是不可避免的。穿着久违的干净衣服，英俊的约瑟又一次呼吸到自由的空气——这一天他实在等得太久了。

约瑟是这样给法老解梦的：

法老的梦是同一个内容。上帝已经通过这两个怪梦，将很重要的信息告诉法老：七头肥母牛是七年、七个饱满穗子也是七年，随后又瘦又丑陋的母牛是七年，那干瘪的被热东风吹焦了的七个穗子也是七年，意思都是七年大丰收和七年大饥荒。整个梦的意思是：在埃及，将会先面临七个大丰收年，随后又有七年的饥荒；到了后来的饥荒时期，人们不觉得这里还有过什么丰收，因为饥荒重极了。至于梦之所以重复两次给法老梦见，是因为这事由上帝决定，而且很快就要发生——刻不容缓。

当着面面相觑的法老和众臣，约瑟提出了中肯的建议：

法老要选定一个有见识有智慧的人来治理埃及，在七年丰收的时候征收埃及五分之一的收成，然后把七个丰年的粮食收集起来，由皇家监管，储备起来作为城市的粮食补给。

法老和大臣

约瑟替法老解梦

们都觉得这个主意很好，并且应该马上实行。自然而然地，法老指定约瑟全权执行王国的这一重要国策。

说干就干，国家社稷危在旦夕，顾不得论资排辈了。阶下囚约瑟摇身一变，成了埃及的宰相！

走出监牢的约瑟居然平步青云成为一个大国的宰相，谁说造化不会弄人呢？

在对待人才的态度上，《左传·哀公十一年》最早记载了"鸟则择木，木岂能择鸟"的说法，说的是对待人才的尊重与重视，由此演绎出"良禽择木而栖，贤臣择主而事"的说法，更加深入浅出地说明了这个道理所在。然而，命运这东西很难说，寻找栖息之处的"良禽"有的一生郁郁不得志，比如说孔子。孔子是伟大的思想家、教育家，但他似乎更愿意成为一个政治人物，把自己的满腹锦绣应用于治理国家、造福社会这件他认为更有意义的事情上。可惜，鲁国国君昏庸，孔子挂冠而去。然而四海茫茫，哪里是这只"良禽"可以落脚的栖息之地？周游天下列国，孔子的仁术与哲学思想，根本不能从利令智昏、贪婪强暴的各国君主那里获得共鸣。

与后来不得志的孔子相比，约瑟是非常幸运的。动荡与对抗，需要一位有大能力的治世能臣来支撑危局；明智的法老干脆对自己看重的宰相无条件开放了权力；拥有坚定信仰，纯正善良的约瑟临危受命、一展才华。以上三个产生治世能臣，造就繁荣时代的因素结合在一起，在埃及大地上演绎了"良禽择木"的古代版本。这其中，历史潮流虽然势不可当，但关键人物的贡献也不可小看。约瑟完成了从奴隶到宰相、从宰相到治世良臣、从良臣到埃及人喜爱的领袖的转化和自我升华。

从此，勤劳正直又不乏智慧的约瑟奔走于埃及各地，尽心竭力地执行既定的政策和规划。

这一年果真是大丰收！国家利用强制力向民众征收20%的收获物——也只能如此。剩下的，政府尽量收购和囤积。

其实，约瑟的工作需要巨大的信心。国家倾其所有，顶着经济、政治和民怨的压力，将尽可能多的粮食储备起来，如果一旦预言中的饥荒没有到来，大量的公共积累如何处置？尼罗河流域气候潮湿，大量的粮食到时候引发高昂的储备成本怎么办？上古国家国力有限，如果真的出现了预测错误，约瑟的人头难保自不必说，甚至国家经济都有可能出现崩溃而导致国家破产！

不要以为"国家破产"是危言耸听，埃及历史上确实出现过正式的国家破产：

1863年，埃及近现代史上第三位著名君主——伊斯梅尔继位。他自幼受西方文化的影响，对国家政治、经济、军事、文化教育等各个领域进行改革。改革给国家面貌带来了巨大的变化，并且带来了思想观念上的一些崭新气象。埃及政府不仅在奥斯曼帝国内部享有法律上的自治权，而且在行政管理、法庭制度、财产法等方面基本实现了现代化。但是，巨大的改革动作必须要有巨额的政府投入，埃及债台高筑不可避免。到1875年底，伊斯梅尔政府的外债达9100万镑。巨大的财政困境，迫使他把苏伊士运河公司股金中44%的股票卖给英国。1876年，埃及宣布国家破产，财政命脉完全被外国资本所控制。1879年，伊斯梅尔被黜。

好在约瑟时代的国际政治和经济还没有那么复杂，约瑟的预测和决策也是正确的。七年很快过去了，巨大的灾害随之袭来，田地荒芜干旱，辛苦一年而颗粒无收的民众终于知道了约瑟的预先准备是多么重要。约瑟开仓粜粮，暂解人民一时倒悬之苦。

不料，这饥荒实在太大了，其他地方的百姓也纷纷涌入埃及。于是，约瑟趁着荒年开始了一项巨大的改革措施——国家集权化建设。

国家存在的根基是经济基础。在中王国喜克索斯人入侵埃及以后，社会比较动荡，埃及当地人对喜克索斯人只是一种名义上的附庸加协约式的归顺。征服是血淋淋的，但在埃及这样的古国，单纯依靠武力征服恐怕解决不了全部问题。另外，作为一个多民族、多部落的集合体，喜克索斯人占领埃及之后，各自划地耕种放牧，地方各个势力除了象征意义上的臣服，很难有实际内容上的整体架构。如今，这场旷日持久的大灾荒却要从根本上改变这种格局。

人们涌向埃及的城市，涌向皇家的粮库，寻求活下去的保障。这个时候，约瑟颁布了规定：人们要花钱买粮，也就是王室出面粜粮。当时来接受粜粮的人遍及埃及全地和迦南全地。通过粮食贸易，埃及法老迅速积累起极大财富，只用了一两年的时间，就把埃及和迦南的大部分资金集中到王室，完成了资本积累的初步过程。当大部分的流动资金用光之后，人们开始押上生产资料——牛羊驴骡。到了下一年，灾荒还是没有起色，埃及人终于做出决定：将土地交给法老，以换取生存的粮食。此后，失去土地的埃及人不得不投身于法老门下，再次获取生存的口粮。于是，全国的生产资料、资金、土地和人口都集中到法老手中。通过这种和平赎买和交换的政策，约瑟完成了先前法老屠杀流血也没有完成的国家集权过程。

接下来，约瑟开始推行全面的政治体制改革：

一、推行城市化，促进工商业发展。他让许多失去土地和产业的埃及人进入各个城市从事工商业活动——这可以理解为对社会分工的促进，提高了国家的经济活力；

二、推行雇佣耕种制度。这种制度类似于佃农制度，只不过这里的地主是法老，而佃户是全国百姓。法老发给佃户种子，让百姓继续在土地上耕种。只要有收成，法老取20%，剩余80%归于百姓。这实际是封建制生产关系的开端。

经过约瑟的运作和改革，一方面王权在和平的前提下，通过经济杠杆得到了极大巩固；另一方面，百姓在投靠法老门下的同时，反对与反抗意识薄弱，实际上也缓解了阶级和社会矛盾。

可以说，约瑟用实际行动证明了自己是一个称职的宰相。

6. 兄弟啊，兄弟

饥荒越来越厉害的时候，迦南也是饿殍遍地。家大业大的以色列也出现了粮食危机。水草干枯、粮食歉收，再这样熬下去，只能坐以待毙。看来，必须得去埃及买粮了。

以色列汲取了二十多年前的教训，他派十个儿子去埃及买粮食，把最小的儿子便雅悯坚决留在了身边。

约瑟的哥哥们来到埃及，向宰相——约瑟请求买粮。

约瑟来到埃及的时候是17岁，历经风雨，到如今已经是将近40岁的人了。这么多年，约瑟所受的苦，没有人能够真正体会。多少个黑暗无光的夜晚，约瑟躺在肮脏潮湿的监牢里，除了默默向上帝祷告，一无他法。多年前哥哥们对自己的所作所为，在约瑟心中掀起的不是仇恨，而是痛苦。

二十多年光阴荏苒，约瑟被时光磨砺得面目全非，再加上威严的官邸衙门、华丽的衣装服饰，哥哥们自然认不出约瑟这个兄弟。作为一国宰相，约瑟说的是埃及人的语言，他与哥哥们交流使用的是翻译。

看着跪在堂下的兄弟们，约瑟努力从中寻找一个人——自己的小弟弟便雅悯。利亚给雅各（以色列）一共生育了六儿一女；其他两个使女一共生育了四个儿子；拉结给雅各（以色列）生的，只有约瑟和便雅悯。作为这群兄弟中的弱势人物，两人关系更加密切。

自己曾经被哥哥们陷害，流落埃及，历经千辛万苦才出人头地。可是如果同样的命运落在便雅悯身上呢？这个比自己柔弱许多的弟弟能够对付十个如狼似虎的哥哥么？如果他也得罪了哥哥们，是否会被哥哥们害死？

没有，没有便雅悯的影子，约瑟的心仿佛收紧了。他真想呵斥自己的哥哥：莫非你们连这样弱小的弟弟也要继续残害么！

终究二十多年的时光，将约瑟磨炼得成熟又老练，他决定从侧面问一问哥哥们。他故意询问哥哥们的来意，诚惶诚恐的哥哥们告诉他是来买粮度饥荒的；他又问他们的家中有多少人，哥哥们说，家中有父亲，还有兄弟十二人，其中一个去世了，还剩下十一个。约瑟勃然大怒，指责他们是奸细。哥哥们吓坏了，身处异地，寄人篱下，又突然被指责为奸细，这次恐怕要有灭顶之灾！看他们吓得瑟瑟发抖，约瑟问他们：不是说还有十一个兄弟么，怎么才有十个到来呢？这岂不是撒谎？你们马上去把那个小弟弟给我带来，让我看看，否则你们就是奸细。约瑟一挥手，十个哥哥被关进了监牢。

三天以后，约瑟把惊魂未定的十个哥哥从监狱里提出来，让他们交出小弟弟。他要求留下一个人，其他九个回去报信。本来一开始，他打算只打发一个人回去报信，剩下九个在这里多吃一些苦。不过想到白发苍苍的老父亲，如果不知前因后果，遇到如此事件势必经受不住打击。思前想后，他决定留下一个人，一方面观察一下，过去这些年，哥哥们对手足之情是否依然那么麻木，另一方面也可以让他们尽快把粮食带回去，以解决家人的吃饭问题。

约瑟的良苦用心，他的十个哥哥哪里能体会？当听说要抓人留人的时候，兄弟们开始痛苦、忏悔。他们为自己当年对约瑟的所作所为深深痛悔，为伤害自己的弟弟而顿足捶胸，他们坚信：正是因为当年的行径，才使他们遇到了今天的厄运。为了不让外人听懂，他们说的是希伯来语，但是约瑟全都听见了。

听到这些，约瑟退到后堂，放声大哭。二十多年来所受到的种种委屈、苦难、危险，一齐涌上心头。这个童年丧母、少小离家、青年时期身陷囹圄的苦命人，一腔苦水向谁去倾诉呢？他曾经是那么信任他的哥哥们，但是哥哥们却陷害他；他曾经那么依靠父亲，但父亲却没有能力保护他。人能够依靠的又是什么呢？

约瑟回到大堂，命令把二哥西缅捆起来，然后把哥哥们要买的粮食交给他们，同时偷偷告诉相关的官员，把哥哥们交上来的钱，再塞回他们的粮袋里。

哥哥们凄凄惶惶地走了。这次，他们面临的问题，不仅仅是解决家中的粮荒，还要解救自己的兄弟。路上，当他们打开粮袋的时候，发现银子居然又被塞了回来！这到底意味着什么呢？莫非那位大人决心要取西缅性命？他们忐忑不安地回到家，向父亲通报了此行的所有事情。

可怜的以色列此时会是怎样的心情？约瑟没有了，西缅没有了，如今又要把便雅闵带走，这是拉结给他剩下的最后一个儿子。不，绝对不行，万一这个儿子发生意外，衰老的他不知道该怎么办。

日子就这样在犹豫和痛苦中度过，直到家里的粮食又快吃完了。儿子们来父亲这里苦苦哀求。看看粮食告罄，危机降临，无奈中的以色列只好让步。

历史记载，犹太人的前三个祖先中，遇到危机和麻烦最多的便是以色列，但是这与他的后人遇到的麻烦和痛苦尚不能同日而语。

以色列不得不同意便雅闵与哥哥们同去埃及。习惯于送礼保平安的以色列，又故伎重演，也许他从当年平息以扫怒火的经典案例中，总结了某种自以为成功的人生经验。一些老年人，经常由于各种原因，天缘巧合也好、个人努力也罢，拥有一些这样或那样的经验，并且满怀热心地指教后人，但实际上能够重复实行的到底有多少就很难说了。

以色列让儿子们准备了很多本地的土特产，加倍地携带金银，希望再一次通过卑辞厚礼获得关照。十个儿子带着父亲准备的厚礼，忐忑不安地怀揣着父亲的嘱托，上路了。

十个兄弟到达埃及的约瑟那里。约瑟让人把他们领进自己的府第，这些兄弟们心中开始打鼓疑惑了。

大凡在草原、旷野上游牧的民族，大概都不习惯于狭小局促的空间。约瑟的哥哥们跟他们的父亲一样，似乎都有幽闭恐惧症。所不同的是，以色列由于得罪了以扫，所以害怕到重峦叠嶂的西珥山去；而约瑟的兄弟们，由于对这位脾气古怪的大人实在不摸底，因此当背后的大门关上时，他们战战兢兢。

约瑟看到眼前诚惶诚恐拜倒在地的兄弟们，强压关切的神情，问道：你们的父亲还好么？兄弟们回答：老人家很好，很平安。约瑟举目看到便雅闵，故作镇定地问：你就是那个弟弟么？胆怯的便雅闵承认着。约瑟深情地望着自己的弟弟，他多么想现在就跟自己的弟弟和哥哥们相认，但现在还不是时候。约瑟实在控制不住自己的感情，他匆匆离开这个房间，来到后宅，关起门来大哭一场。许久，约瑟收泪、洗脸，勉强镇定情绪，出来再次和兄弟们见面，并且吩咐摆上宴席，请这些人吃饭。

父亲安好，小弟弟便雅闵也安好，现在约瑟已经基本放心了。但是，约瑟还有最后一次测验要对兄弟们实行——他们是否真的已经对二十多年前的所作所为伤心痛悔？是否会对其他苦难中的兄弟关照保护？

宴会很丰盛，不过可以想象，如堕云里雾中的兄弟们心情一定不会太好。因为这位大人居然可以根据他们的长幼顺序排好了宴席的座位！这个细节，足够让兄弟们心惊肉跳！他们不知道这位古怪的大人还知道他们多少秘密而又深藏不露。

约瑟的举动搞得兄弟们恐惧颤抖，他们不知道约瑟是怎么知道这些情况的。也许每个人都心怀鬼胎，担心被这位神秘人物当众揭穿，然后如他们担心的那样，沦为奴隶。

终于，宴席结束，看到自己还没有被捉去做奴隶，提心吊胆的兄弟们长长地出了一口气。

第二天，天刚刚亮，兄弟们就带好粮食，匆匆上路回家。这次埃及之行的种种古怪现象，快把他们弄疯了，几乎每个人都需要一位心理医生来治疗。不管怎么说，先回家吧，十一个兄弟归心似箭。

可是他们刚刚离开没有多远，约瑟的家丁家将就赶上来把他们捉住带了回来。莫名其妙又惶恐不安的兄弟们面面相觑。约瑟的家臣首先发话：你们这些人，既然我家主人如此善待你们，为什么还要偷我家的东西？

原来是因为这个——兄弟们长长地出了一口气。即使再有贪欲和觊觎之心，谁又敢在宰相家里偷东西呢？况且以后还要多多仰赖这位大人物，谁会那么不明智？于是，信心满怀的犹大说："如果你搜出我们中谁偷了你们的东西，就要谁的命，其他人也做你们的奴隶！"为了证明自己的清白，兄弟们都同意约瑟的家臣翻检自己的粮袋和行囊。

说翻就翻，既然吃着主人的俸禄，家臣们效起力来可是一点儿都不含糊。从长及幼，他们依次翻检兄弟们的东西，就像猫捉老鼠一样，耍弄着众兄弟已经疲惫不堪的神经。翻过十个人的行李，所有的人都长长地出了一口气——只剩下最小的便雅悯——这也是他们最放心的兄弟。在哥哥们的眼中，便雅悯虽然从小受宠，但他的心地很纯真，绝对不会干偷鸡摸狗的事情。他们还记得昨天宴会上，约瑟为便雅悯单摆了一桌酒宴，其丰盛程度比其他兄弟的多了好几倍！既然那位大人这么莫名其妙地关照便雅悯，便雅悯总不至于偷人家的东西吧。

事情是不以人们的善良愿望为转移的。随着包裹的打开，便雅悯的口袋中滚出了约瑟的一个银杯！兄弟们一时间惊得目瞪口呆。

昨天的座上宾客，就这样成了今日的阶下囚！

看着吓得魂飞魄散的哥哥们，约瑟告诉他们：可以留下便雅悯治罪，其他的人回家去吧。

这是最后一关，也是最残酷的一次测试：头一天约瑟给便雅悯以特殊优待，以二十多年前他对这些哥哥们的了解，他们十有八九会非常嫉妒。而今约瑟让手下人塞银器在便雅悯袋子里，则要看看哥哥们是否真的为原先的嫉妒与陷害悔改。如今，他宽宏大量对哥哥们的赦免和对便雅悯的区别对待，正是对哥哥们的真正考验。

听到约瑟的这个建议，他的哥哥们不但没有如释重负和幸灾乐祸，反而痛哭流涕。犹大向前，请求约瑟原谅这个小弟弟，因为便雅悯是父亲的命根子，这次如果便雅悯没有被带回去，父亲肯定受不住打击。"让我来做你的奴隶，换回我的弟弟吧。"犹大说。

二十多年了，约瑟终于第一次感受到兄弟们的手足之情。虽然这份情感来得有些晚了，虽然不是直接体现在自己的身上，但是，冰冷的心一旦融解，冷漠的亲情一旦火热，嫉妒与刻毒一旦被抛弃，爱的光芒自然可以照耀所有的人，温暖所有的人。是的，约瑟明白兄弟们已经改变了，这二十多年的确够长了。当约瑟在这漫长的时间里，独自困坐牢中，默默祈求上帝救自己脱离苦难并且保护父亲和小弟弟的时候，他的那十个哥哥也不见得在满天星光下心安理得地休息和牧羊。良心的谴责有时候比身体的伤痛对人的折磨还要厉害，而手足之间的自相残杀，对当事双方的伤害程度则不分伯仲。

约瑟再也控制不住自己的感情。忍耐了二十多年，约瑟从没有在别人面前掉过眼泪。可是如今,他实在难以自控了。他急匆匆地喝退左右的侍从，面对大堂中的兄弟，放声痛哭。刚才还威严的大人，此时却哭得如此伤心。兄弟们不知道自己下一步面临的将会是什么结局。"我是约瑟，被你们卖到埃及来的弟弟！"——这简直是晴天霹雳！兄弟们呆在原地。他们甚至都不敢相信自己的耳朵和眼睛，怀疑是不是由于这些天的高度紧张导致他们集体性地疯掉了。

约瑟走下堂来，近距离地和兄弟们见面。以往只能远远仰视一下这位大人的兄弟们，终于得以第一次仔细看看他。是的，是约瑟，是那个当年被他们陷害出卖，在枯井中哭喊求助的约瑟；是那个被作为牛羊一样捆着双手、套着脖颈，随着米甸人的驼队远去的约瑟。多少个夜晚，当旷野中的牛羊低吟的时候，守夜的哥哥们仿佛突然听见约瑟的哭喊；多少次寻欢作乐之后，哥哥们的眼前似乎又出现约瑟流泪的眼神。他们不知道远方的兄弟是否还活着，二十多年的煎熬和对这个伤天害理的大秘密的守口如瓶，已经快把这些兄弟们折磨得心力交瘁了。

如今，约瑟突然出现了，当年的兄弟失而复得，而且居然成为埃及的宰相！现在约瑟的哥哥们心中欣喜与恐惧参半。欣喜的是，分别多年的兄弟终于见面，约瑟并没有因为他们的陷害而死去，这二十多年心中的重担终于可以放下；恐惧的是，约瑟这些年受了那么多苦，如果他惩罚自己的哥哥们也是名正言顺的。

然而，约瑟的行动却令所有的人惊诧不已。约瑟哭了——他抱着自己

约瑟与兄弟相认，痛哭不已

苦命的弟弟，抱着自己曾经怨恨的哥哥，哭了。约瑟的哭声极大，被赶出大堂之外的侍从也听见了。也许哥哥们的心曾经是冰冷的，但约瑟的心从来不曾因痛苦而冰冷过。二十多年，历经风雨和坎坷，经过了九死一生的挣扎，兄弟终于相见，他们的眼泪终于流在了一起。

约瑟的兄弟们来了——这个好消息像长了翅膀，迅速传到法老耳朵里。对这位得力助手的好消息，法老高兴的心情简直难以言表！这么多年来，约瑟尽心尽力地努力工作，一方面为法老奠定了稳定强大的基业，另一方面也为消弭法老的王权统治和本地埃及人之间的矛盾而努力。如今，经过将近十年的努力，埃及基本物阜民丰、四海升平了——这样的帮助与贡献，是法老给予约瑟多少荣华富贵都换不来的。法老很希望能帮助约瑟解决一些现实的问题，无论是对下属还是对朋友，这么做都是应该的。而如今，这个机会终于来了。

7. 定居埃及

法老很高兴自己的宰相与亲人重逢。他颁旨：让约瑟赶快备齐车驾，去迦南把他的老父亲接来供养。应约瑟的请求，慷慨的法老还把位于尼罗河三角洲的肥沃土地歌珊赐给以色列人作为生息的封地。此后的四五百年，以色列人在这片广阔土地上生息壮大了。看来，身为人臣，得逢明主，是一件非常幸福的事情。如此君臣相得，也是天下百姓的幸运。

起伏一生的以色列，一开始对人们告诉他的消息根本就不相信。失散了二十多年的儿子非但活着，居然还做了埃及的宰相。如此戏剧化的事情，任何一个头脑清醒的人都难以置信。以色列还没有老糊涂，所以对此说法根本不屑一顾。然而，当他看到儿子们诚恳的目光，见到门外等候的车仗，冰封了二十多年的心终于融化苏醒了。欣喜若狂的以色列决定尽快去埃及，见一见自己失散多年的苦命的儿子。

聪明一生、机关算尽的以色列，并没有因为聪明和智慧为自己的家族摆脱厄运和困苦。而恰恰是他不通世故却保持纯正信仰的儿子——约瑟，经历二十多年痛苦的跋涉和迂回之后，在遥远的埃及，为以色列人找到了一个赖以生存的地方。

约瑟是一个低调而聪明的人，凡是这样的人都比较深谋远虑。他们可以在做一件事情的时候，把下一步、下两步考虑好。作为一国宰相，约瑟更具有超人的眼光和见识。

征询过法老的意见，约瑟最终把家人安排在埃及尼罗河三角洲的歌珊。"歌珊"在希伯来语里面是边疆的意思。这里是从西亚进入埃及的要道，处于尼罗河三角洲地区。气候湿润，土地肥沃，既适合耕种，也可做良好的牧场。而且相对远离埃及内陆，不容易和埃及本土人发生冲突。

从风俗习惯来看，埃及本地人基本上以农耕为主，对畜牧业和游牧民族敬而远之。喜克索斯人作为游牧民族侵入埃及，但是毕竟他们是这里的少数民族统治者，与当地文化进行交融和适应是必需和必要的，否则他们不可能在这里统治二三百年的时间。因此，以色列人选择继续游牧，远离当地百姓，免得发生不必要的冲突和矛盾，也免得自己这个人丁不甚兴旺的小民族被当地民族迅速同化掉。

深谋远虑的约瑟知道，对于埃及这个古老而富有民族意识的国家，依靠强权是难以征服的。虽然他在努力调和外来者与原住居民的关系，但是这种脆弱的平衡万一哪天被打破，天下大乱在所难免。这时候，身处歌珊的希伯来人可以考虑退出埃及，回归故乡。

约瑟的深谋远虑在四五百年后的确有了效果，他的这个正确选择，又一次为以色列人赢得了生存的机会。

以色列人进入埃及的时候，男丁大约六七十人，包括女眷、家人、儿童，总计应该在200人左右。他们也许曾经想过，等灾荒过去了还会回来。可是一旦漂泊的旅程开始，就意味着这个民族的风雨坎坷从此将会几千年与他们如影随形。这一代离开迦南的以色列人再也没有回来，有的死后得以尸骨还乡，但大多数老死在异国的土地上。从此之后，当围坐炉边，在老爷爷颤抖的白胡子里，一代代的孩子只能够在幼稚的脑海中勾勒迦南那个"流着奶与蜜的故乡"的影子。

以色列和约瑟父子终于相见。二十多年的风风雨雨，约瑟风尘满面，父亲则更显沧桑。父子俩抱头痛哭，互道离别之苦。离散的儿子终于找到，

以色列前往埃及

以色列心里面悬着的大石头也落了地。

几十年的勾心斗角，几十年的颠沛流离，以色列一直在为一个又一个目标奋斗。然而，这么多年来，各式各样的麻烦、困难、危险似乎一直跟他有缘。有时候，可能连他自己都不明白，这么拼死拼活到底是为什么？自己的幸福到底在什么地方？这一刻，衰老的以色列终于明白：对一个老人来讲，家庭和睦、子孙绕膝，岂不就是最大的幸福？在对这个平平凡凡目标的追求中，又有多少人可以得遂心愿？

以色列的一生是波澜起伏、困顿不断的：被哥哥追杀、被舅舅欺负、在爱情上面临挫折、家庭不和、儿子肇事杀戮、长子与自己的妾乱伦、爱侣早丧、父子离散，直到如今寄居异乡。经历了一系列的起伏、风雨、困境，以色列终于可以平静安详地享受自己的晚年了。

以色列到达埃及的时候130岁。他的第一个妻子，那个舅舅在黑暗中送进他帐篷的他人生中的第一个女人，也是自己的结发妻子——利亚，没有随行，她已经去世，埋葬在故乡的麦比拉洞坟地。

以色列在埃及度过了17年幸福平安的生活，真正享受到了一个老人应当享受的安逸晚年。以色列去世的时候，年147岁。约瑟以极其隆重的礼仪将父亲的遗体归葬故乡。生前奔忙，死后荣光——也算是以色列的一种幸运吧。

葬礼之后，约瑟的哥哥们不敢来见他，通过人捎话，希望约瑟不要因为他们以前的过失而报复他们，并且拿出了父亲的遗言。父亲在遗言中，嘱托约瑟要善待兄弟们。

可怜天下父母心啊！约瑟把哥哥们请来，流着眼泪向他们保证：他一定善待并且供养他们。父亲的努力终于有了结果，兄弟们从此和睦相处、相亲相近。以色列的儿女在这片肥沃的土地上繁衍生息、彼此关爱，一个和平发展的时期终于到来了。

他们就这样在埃及定居下来，即使在约瑟去世以后，以色列人依然受到埃及人的善待。有道是，"思召公者，爱及甘棠"。古今中外，人们对于造福人民、造福国家的人，往往有着深深的眷恋，从而惠及他们的宗族亲人，这是情理之中的事情。

约瑟成为埃及宰相的时候是30岁，他在这个位置上尽职尽责，做出了巨大的贡献。古埃及是否有退休制度我们不知道，但从约瑟的一贯言行来看，尸位素餐的事情他大概不会干。也就是说，到了一定的年龄，约瑟很可能会退出权力中心，回到歌珊享受自己的恬静晚年，安静地体会那个曾经在黑暗与绝望中给过他安慰和帮助的上帝的声音。

约瑟死的时候110岁，死前他要求后人将自己的尸骨归葬故乡。但是由于种种原因，他的灵柩被停放在埃及，直到几百年之后才得以成行。

有两个细节让人产生疑问：约瑟110岁谢世的时候，要求家族成员把自己归葬迦南——作为一个漂泊他乡将近100年的老人，有如此的要求虽说在情理之中，但也不是必须如此；另外，从歌珊到迦南大约有三四天的路程，当年以色列的灵柩就是这样平安归葬的，可是为什么这一次约瑟的棺椁却不得不停放在埃及几百年呢？

让我们拨开历史的迷雾，凭着一些历史记载来探讨一下。

根据历史记载，喜克索斯人进入埃及的时间，大约是公元前1800年，他们在埃及北部的尼罗河流域驻扎多年，建立起以军事同盟为基础的王国。公元前1680年，趁着埃及中王国内乱之际，喜克索斯王基安，倾其王国及其附庸国精兵5万人，沿尼罗河流域南下，仅用了不足3个月，即攻占了下埃及，摧毁了古埃及中王国时期最后一个法老政权第十三王朝的首都——孟菲斯城的防御体系，第十三王朝灭亡。被后世美称为第十四王朝的埃及政权，偏安于南部的底比斯地区，纳贡称臣，沦为附庸。

喜克索斯人虽然在埃及是入侵的异族，但是他们的统治和管理政策却在很多地方体现出人性化的光辉。他们的管理政策是：只要你纳税，你可以自由选择职业和迁徙——这个政策即使现在的领导者也是值得学习和借鉴的——3600年前，一个野蛮时代的民族到来了。

从约瑟进入埃及的时间计算，他所处的时代喜可索斯人刚刚占领埃及、建立王朝，由此推测，此时的国王叫做基安。

喜克索斯王基安是埃及历史上第一个异族法老，定都孟菲斯，以原先喜克索斯人的都城——阿瓦利斯为夏宫。与大多数古埃及耗尽民脂民膏自我颂扬、树碑立传的法老不同，基安没有给自己搞么多的纪念碑、纪念堂、纪念坛，而是秉以仁政治国，兴利除弊，轻徭薄赋，恢复在战乱中被严重破坏的尼罗河流域的经济发展，修复各条商业通道，上下埃及政通人和，国泰民安。

这位喜克索斯王朝开国君主的事迹记载于竖立在孟菲斯神庙入口之处的方尖碑上，这也是埃及辉煌的古老文明的标志性建筑之一。这座方尖碑重112吨，其竖立和建造秘诀直到现在还是一个谜。在碑文中，基安被描绘为埃及、喜克索斯、哈卑路三个民族的联合与和平象征。有意思的是，据说建造这座纪念碑，并没有从埃及的府库中拿一分钱，也没有增加税收和徭役，其工程费用、大部分的人工投入等，全部是埃及军民自愿捐献的！如果传说属实的话，这位异族入侵者所受到的爱戴就可想而知了。我们或许还可以在埃及上下的和睦与繁荣中，看到约瑟奔波治理的影子。

尽管约瑟曾经尽最大努力调和喜克索斯人和埃及人之间的关系，使喜克索斯人的统治更加人性、仁慈，但是一系列的胜利和四海升平让基安之后的统治者和统治集团变得越来越骄横和不可一世。喜克索斯人对于拥有悠久文明和灿烂文化的埃及人从心里来说是不屑一顾的，对他们的文明也嗤之以鼻。他们认为真正的实力只能在战场上体现，却不知道尸山血海的恐怖战场并不见得就能体现出一个民族的尊严和实力。马背上的胜利者，不见得会成为合格的君王。为了维持他们越来越铺张的生活方式，越来越庞大的享乐群体，喜克索斯人一改建国初期的勤俭与宽厚，对埃及百姓横征暴敛，百姓们稍有反抗便随意杀戮。他们烧毁埃及神庙，奴役埃及百姓，不顾人民疾苦大肆掠夺。基安时期约瑟的平和仁政被败坏殆尽，无尽的民怨正在沸腾。

约瑟是一个深谋远虑的政治家，虽然他已经年老力衰，但对升平景象下的危机依然看得清清楚楚。在自满自足中，喜克索斯人的统治越来越腐败，约瑟分明看到了大厦将倾的危局。然而，此时的基安法老已经去世，新法老不足与谋，风雨飘摇的王国独木难支。

经历多年的和平安定生活，以色列人日益富裕壮大起来，此时正是喜克索斯王国走向衰败的时候，约瑟不能不考虑以后的日子。一旦王国崩溃，以色列人最好的选择是退回迦南、躲避战火。而约瑟本人，更不愿意将自己的尸骨留在埃及，任凭埃及人羞辱和玷污。也许正是出于这个原因，他坚决要求归葬家乡。

然而，归葬迦南谈何容易。约瑟去世前后，在喜克索斯人的传统后院——迦南，此时一下子冒出了好几个不那么友善的部族武装。他们可不管什么希伯来人、喜克索斯人，反正都曾经是在他们头上作威作福的埃及人。因此，约瑟的灵柩归乡，必须有军队护送方能确保安全，就像近百年前以色列的棺椁归葬迦南一样，也是军兵战车随行。此时约瑟已经离职，调动军队显然不可能，以色列人更不可能组成自己的部队护送。也许正是由于这个缘故，约瑟的灵柩才在埃及一直停放了几百年。

第五章 ● 摩西

　　来自埃及的王子摩西，从此成为寄居岳父家中的上门女婿，每天放牧着岳父的牛羊。日复一日，年复一年，西亚的阳光把他的皮肤晒黑，大漠的风沙把他的面庞变得粗糙。摩西越来越沉默寡言，除了梦中偶尔闻到尼罗河两岸的花香，埃及成了摩西心中不愿触碰的伤疤。

1. 埃及往事

　　将近四千年前的喜克索斯人，长弓大箭、快马战车，从西亚的巴勒斯坦一路纵横驰骋，进入广阔富饶的埃及大地。在此之前，埃及人的战法相对落后，以步兵为主，更谈不上骑兵、战车、弓箭手和步兵的多兵种协同作战。因此，在强大的喜克索斯人如潮水般的攻击面前，埃及军队如同用沙土堆积起来的堤坝一样，迅速瓦解。喜克索斯人那强大的战斗力和战争艺术的高超想象力，就像后世驰骋亚欧大陆的蒙古铁骑一样，令埃及乃至整个中东的军队闻风丧胆。事实上，在喜克索斯人统治的版图内，既包括大部分的埃及土地，也包括巴勒斯坦和叙利亚。他们带到埃及去的新式武器和战法，让他们在相当长的时间里保持了对埃及人的绝对军事优势。

　　当喜克索斯人在埃及耀武扬威的时候，中东的强大竞争者却在慢慢地壮大。公元前1640年代开始，西亚地区的一个原本看似弱小的部族——赫梯人（即《圣经》上说的"赫人"）兴起。他们迅速占领了西亚的东部，并于公元前1595年洗劫、灭亡了巴比伦城，古巴比伦第一王国灭亡。巴比伦的灭亡，使已经取得均势的国际关系发生倾斜。在巴比伦统治的两河流域的国土上，冒出无数个军事性小王国。一时间硝烟四起、攻伐不断，两河文明在狼烟战火中饱受摧残。

　　暴力是有传染性的。当喜克索斯人尽全力进攻和压榨埃及人的时候，他们的传统后院——巴勒斯坦和叙利亚，以东人、押摩利人、摩亚人、亚扪人——林林总总的民族和部落蠢蠢欲动，一场血雨腥风的大规模民族起义正在酝酿。

　　此时的喜克索斯王朝，依然陶醉在花天酒地与轻歌曼舞之中，仿佛国际局势的风云突变和各地民众的怨恨像清风飘过耳边一样微不足道。也许在这些人的思维定势里，无论哪里出现不满和反抗，所向无敌的喜克索斯骑兵都可以轻而易举地将其化为齑粉。此时的统治者甚至对基安和约瑟都报以嘲讽——两个人辛辛苦苦地工作，何如雄兵铁骑一战而平来得痛快？

人在何处骄傲，必在何处跌倒——几千年来，这是不变的真理。正如多年以后一位东方伟人告诉我们：决定战争胜负的不是一两样武器，而是人。臣服的埃及人通过长时间的沟通、交流与学习，逐步掌握了喜克索斯人的战法、骑术、武器，并在此基础上加以完善和提高，形成了更加适合埃及本土特点的战术思想。此时的埃及人，已经具备在军事上对抗喜克索斯人的实力。

喜克索斯人在埃及建立了第十五和第十六王朝。但是到了第十六王朝后期，埃及大地上的政治格局发生了巨变。本土埃及人卷土重来，他们不但摆脱了附庸的地位，经过不懈的战斗，还组建起一支精悍的部队。埃及部队不断进攻喜克索斯人的领地，一步步收复原本失去的国土。当力量蓄积到一定程度，励精图治的埃及人决定反击了。

埃及人建立了第十七王朝。在此期间，他们不断对处于劣势的喜克索斯人进行挤压性的进攻。在这场战争中，埃及的国家结构和体制发生彻底改变：法老和贵族成了军队真正的统帅，他们不但要运筹帷幄，还要驰骋疆场。同时政府实行奖励战功的政策，参军立功、勇敢杀敌成为下层平民甚至奴隶改变命运的重要途经。此外，埃及的军队中还有大量的外国雇佣军，用以补充埃及人短缺的特种部队（例如，来自努比亚，即今苏丹的弓箭手）。经过多年的经营，埃及人终于建立起一支职业化的军队，从此，这支强大军队开始了历时两三个世纪、驰骋西亚非洲的辉煌历程。

第十七王朝的最后一个法老——卡摩斯，是第一个对强敌喜克索斯人展开致命攻击的法老。在他去世以后，他的弟弟——雅赫摩斯一世继承了王位。雅赫摩斯一世继续不断对喜克索斯人展开军事行动，大有除恶务尽的态度。

首先是不断升级的矛盾冲突，然后是于公元前 1580 年开始的大规模决战。这一年，本土埃及军队攻陷阿瓦利斯，喜克索斯王朝灭亡。强大的埃及军队乘胜追击，一直到达迦南地，将其残余部队围困了三年之久！

喜克索斯人被彻底肃清了，埃及第十八王朝建立，开创了埃及的帝国时代，第一个法老就是雅赫摩斯一世。

帝国时代的埃及，到处呈现出一片欣欣向荣的景象。久经异族统治的埃及人，从独立与自由迅速走向了扩张和侵略——这也是人类的共同特点，同样的例子在此后比比皆是。比如说：独立战争之后的第二次英美战争就是以美国入侵略加拿大开始的。而热爱自由的美利坚合众国建国前期，就巧取豪夺弄走了墨西哥合众国三分之二的国土，以至于搞得墨西哥无众可合。可见，从摆脱奴役、歧视到奴役和歧视他人，在一国、一家、一人身上的转变也许就在一瞬之间。

以色列人的牧歌时代持续了大约100年或者更多一点的时间。人都是有些良心的，雅赫摩斯一世赶走喜克索斯人、恢复领土和民族独立的战争，并不是无序恐怖的暴民运动。大多数埃及人应该记得，在歌珊生活的以色列人，是当年帮助过、爱护过他们祖辈、父辈的约瑟的家人。以色列人既没有被赶走也没有被消火，而是继续安静地生活在尼罗河三角洲的沃土上。

埃及人没有太多时间在乎以色列人这些温和顺服的寄居者，他们在忙着扩张自己的版图。埃及人的首要吞并对象就是给他们输送过大量雇佣兵的努比亚——现在的苏丹，接着他们的势力扩展到两河流域，首当其冲的是迦南地区，其军事力量甚至深入巴勒斯坦南部以及叙利亚。风头正盛的埃及军队所向披靡，如果不是因为几乎同时兴起的强大的赫梯人，他们甚至会征服整个西亚和中亚。

我们前面讲过，此时的赫梯人已经摧毁并且征服了古巴比伦王国，汉谟拉比法典就在此时作为战利品被他们掳走。

新王国时期，赫梯在叙利亚同埃及进行了争霸战争。霍连姆赫布、拉美西斯一世、谢提一世、拉美西斯二世这些埃及第十九王朝前期的法老们同赫梯进行了激烈的争夺。

埃及在与赫梯人的战斗中，第一次锋芒大挫。赫梯新王哈图什尔二世执政时，同埃及的拉美西斯二世于公元前1283年缔结了"银板和约"，埃及不得不承认赫梯这个中东强国的存在。

对外战争是需要高额的经费来维持的，与大多数征服者一样，埃及人首先把这种负担强加到被征服者的肩上。以色列人作为寄居民族，虽然不是被征服者，但也一样成为横征暴敛的对象。由于以色列人经历了上百年平静祥和的生活，人口得到迅速繁衍——在帝国的境内，有一个人口规模甚大的寄居异族，既拒绝埃及人的同化，又不放弃自己的传统与宗教——不要说埃及人，就是后世自信狂妄的希特勒对此也如坐针毡。

从雅赫摩斯一世开始，埃及对以色列人的优惠对待政策就逐步取消，代之以越来越繁重的赋税和劳役。此后的一代代法老都把以色列人作为一个重要的压榨和剥削对象。在他们的眼睛里，这个民族就像奶牛一样可以挤出营养丰富的奶汁。

不光是对以色列人，埃及人对所控制的属地人民进行全面的残酷盘剥与压榨，这也直接导致了拉美西斯二世之后的大规模民族起义。

拉美西斯二世是一个有为的君主，他的东征西讨奠定了古埃及的广阔疆域，也达到了埃及帝国的顶峰。但同时，这位法老又是一个残暴贪婪之极的独夫和自恋狂。拉美西斯二世一方面对外穷兵黩武，一方面耗费了大量国财民力为自己大兴土木。他在尼罗河三角洲建造皇城，在卡纳克（Karnak）大殿建造宏伟的圆柱大厅，在孟菲斯城建立自己的巨大雕像和给自己歌功颂德的纪念碑。这还只是几个现在依然可以看到遗迹的超大型建筑，其他散布于帝国各地的歌功颂德的雕像和功德碑更是不胜枚举。

世界上的独裁者大多数都有强烈的自恋倾向，其最大的特征之一，是在自己权力所能够遍及的地方，都挂满了、树满了自己的画像、雕像。他这种倾尽全力的自我炒作和自我神化，无非是为了自己的帝国和家族的统治得以长久，直到万年万万年。当然法老不是傻瓜，他们愚弄人民的同时，往往自己还能保持相对清醒的头脑。什么时候连他们的头脑也混乱了，国家社稷就岌岌可危了。

暴君的寿命一般不宜过长，否则人民会苦不堪言。然而很不幸，拉美西斯二世活了九十多岁！在他漫长的、半个多世纪的统治时间里，人民的日子岂止是用"痛苦"两字能够形容的？

由于埃及帝国的对外扩张和盘剥压榨，这个曾经令人同情的自我解放者，如今与周边邻邦的国际关系空前恶化。迦南各族虽然表面臣服，可事实上却各怀心意；赫梯人干脆与埃及兵戎相见；对努比亚的占领从一开始就面临着剽悍的当地勇士殊死的反抗；雄踞东非高原上的阿克苏姆人从没有停止过对帝国边疆的骚扰；北面来自爱琴海的"海上之民"对埃及的沿海国土侵扰不断……四面树敌的埃及帝国不得不采取相对稳扎稳打、步步为营的方式，固守要地、伺机进攻。

拉美西斯二世在歌珊这个以色列人传统聚集的地方，建立了一座城池，用他的名字命名为"兰塞"（Raamses），同时还建立了一座供应军需粮草的积货城——比东。

这两座城市的建立具有巨大的意义。歌珊地处边疆，又是尼罗河三角洲的富庶之地，这里聚集的以色列人多年来虽然表示恭顺，但法老们对他们一直心怀忐忑。赫梯人的强大阻挡与不屈抗争让埃及法老必须头脑清醒地面对现实——一味扩张恐怕是不现实的，他们必须固守疆土，才能考虑争锋天下。正是出于安内（对付和镇压以色列人）与攘外（固守边疆、防止外部侵略）的目的，这两座军事意义远远高于民用意义的要塞建立了起来。

两座城市的建立，如同钉进歌珊地的两颗钉子。从此，本来已经受尽奴役与压榨的以色列人更是进入了血雨腥风的苦难之中。

2. 最崇高的怠工

拉美西斯二世法老是一个很厉害的角色，他的厉害不光体现在对外用兵、对内大搞基础建设上，他还对以色列人做了两件与前代法老相比堪称划时代的事情。

首先，他从体制上彻底否定了以色列人作为平等埃及人的权利。如同后世的希特勒想要大规模迫害犹太人，首先要剥夺他们的公民权一样，法老也把整个以色列民族贬为贱民，让他们从事苦工和劳役，而且还派出专业的监工来管辖他们。前面说的那两座城市兰塞和比东，就是以色列奴隶们所造。这两座城市主要是用来镇压和屠杀以色列人的据点。拉美西斯二世法老的发明创造精神，来自于当初对以色列人一点点的不安假设。他先入为主地认为：如今以色列人口众多，将来定然会勾结外邦，不利于埃及。

第二件事情，法老做的不仅仅是高明，简直是集古今缺德思想之大成。以色列人是一个极其坚韧的民族，其忍耐力与奋斗精神甚至支撑了他们此后两千年的流散生涯。三百多年了，以色列人离开迦南的时间已经太久，故土早就发生了翻天覆地的变化。对于大多数以色列人来说，埃及就是他们的家乡，尼罗河三角洲的沃土就是他们的家园，滔滔奔流的尼罗河不但滋养了埃及人，也同样蕴含着以色列人的幸福与希望。因此，为了能够继续在这里生活，以色列人宁肯接受奴役，宁肯接受管制，宁肯承受沉重的负担。他们当然知道法老强加给他们的重担是何等不公平，他们也知道这种苦难已经达到了他们精力和体力的极限，但是他们拥有一样令埃及法老痛恨和惧怕的东西——对上帝的信仰。这种与埃及人截然不同的信仰，一方面令埃及人惴惴不安，另一方面也从根本上支撑了以色列人的心灵家园，构建出以色列民族性和民族精神很重要的一部分——我可以忍受屈辱，但我的灵魂绝不屈服。以色列人热爱生活、重视家庭，对于大多数以色列人来说，每日艰苦的劳作之后，孩子萦绕膝前，全家欢歌笑语是最好的舒缓痛苦、放松身心的良药。在艰难与屈辱中，生存就是一种抵抗与战斗。高强度的劳作锻炼了这个来自于西亚沙漠民族的体能与体力。科学研究表明，体育锻炼对男人和女人的意义都很大，其中重要的一点就是生育能力。无论法老如何压迫，以色列人的人口规模依然在迅速扩大。强壮的以色列男子和健美的以色列女子，让法老看上去万分头疼。于是，聪明而残忍的拉美西斯二世做出了一个决断：从种族上灭亡以色列人。

埃及是一个古国，除了悠久灿烂的文明之外，其社会分工也相对比较细致。例如，在妇女生育的时候，有专职的接生婆，其身份大概类似于现在的妇产医生。中国古代也有接生婆，而且往往是已婚妇女。在当时的古埃及，接生婆是一种与宗教相关的职业，其社会地位较高，但是往往独身。法老找来两个接生婆，让她们分管歌珊地以色列人的妇女生产保健工作。一个大男人突然关注起女人生孩子的事情，这多少有点不可思议。但是，法老进一步吐露了真实的想法：如果以色列人生的孩子是女孩儿，就留下来；如果是男孩儿，就杀掉。按照法老这个残暴而又幼稚的思路，几十年之后，缺乏育龄男子的以色列人，就不得不让女儿和埃及人通婚，嫁到夫家；同时由于没有适龄的青壮男子，以色列人不但会任人宰割，而且会在日复一日繁重的劳作中整体性灭亡。

国家利益高于一切——法老的旨意就是国家意志，国家是埃及人民的国家，因此法老和埃及人民的根本利益是一致的！当然，这个埃及人民的行列中不包括以色列人，尽管他们的祖先曾经解救过埃及人。

人人都知道，助产士是一个虽然辛苦但是非常高尚的职业。他们不但要照顾生产中经历痛苦的女人，还要亲手迎接来到这个世界的生命。在任何民族的任何宗教思想里，助产士和生命、慈爱都是相关的。但是如今，亲手迎接无数生命的双手，要变成屠杀生命的罪恶之手！两个接生婆痛苦不堪。作为臣民，她们必须接受法老的命令，但是作为女人、助产士，或者说仅仅作为人，这是任何哪怕有一点点良心的人都难以接受的事情。其实，何止是这两个接生婆，很多埃及妇女都对法老这个荒唐的决定嗤之以鼻。最后，连法老的亲生女儿都公然站出来与父亲的暴政对抗，并且公开收养和保护受到迫害的以色列婴儿，其中之一，就是后来非常著名的以色列领袖——摩西。

人民是有正义感的，因为"上帝"把他的规则与法律根植于人们的心灵深处，我们称之为"良心"。良心人人都有，而昧着良心做事情的人，迟早会倒大霉。

两个接生婆拒不履行工作，她们开始了有历史记载以来最早的也是最高尚的怠工。当听到有以色列女人要生孩子的消息，她们先是磨磨蹭蹭地准备，然后磨磨蹭蹭地上路，等到她们气喘吁吁又惊天动地地敲开以色列人的家门，孩子已经在襁褓中熟睡或者已经藏匿他处了。作为两个弱女子，面对以色列那么多的宗族亲人，她们怎能忍心把人家的孩子夺过来杀掉啊，于是她们不得不"失望"地回去了。

愤怒的法老叫来接生婆，质问她们为什么工作不力。两个人很委屈，说：这些希伯来人身体很棒，生孩子基本都是顺产，等我们赶到，孩子都生完了，没办法。

拉美西斯二世无可奈何，只好喝退了两个出工不出力的接生婆。这两个女人干脆彻底放弃了这份工作，分别嫁人组成了家庭。历史应该记住这两个面对暴政勇敢机智抗争的女人：施弗拉和普阿。在拉美西斯的刀尖面前，两个弱小的女人用她们可以采取的方式演绎出了璀璨的人性之光。因此，这两个女人的名字出现在这里，与赫赫有名的法老并列也并不逊色。

3. 流泪的尼罗河

一计不成又生一计，法老看到使用医疗专业人士从事杀害儿童的工作进展不顺利，决定放弃这个政策。但这并不代表他真的放弃屠杀以色列婴儿的思路，而是不再寄希望于妇人之手。

法老把目光盯到了一群专门以杀人为职业的人身上——帝国的士兵。法老拉美西斯二世拥有一支强大的武装力量，多年的南征北战使他的部队纪律严明、骁勇善战，虽然他的队伍在努比亚人的誓死抵抗面前曾经退缩，在赫梯人的前仆后继面前曾经瑟瑟发抖，在"海上之民"面前曾经无计可施。但是，这些对外战争的软弱，丝毫不影响法老率领的坚强军队在妇孺面前的强大威力和在手无寸铁的以色列人面前的赫赫武功！

法老向部队下令：把希伯来人生的男孩全部扔进尼罗河淹死，女儿倒是可以留下！一时间，以色列人家家悲声。幼小的男婴们被雄赳赳的士兵从母亲手中夺走，毫不留情地投入滔滔的尼罗河中。

命运就是这样捉弄人么？尼罗河水曾经滋养了富饶的歌珊土地，壮大了这个弱小的以色列民族。如今，暴虐者的双手却要把以色列人的孩子投入这条滔滔奔流的河水中，试图用残酷的手段溺毙整整一个民族！

人往往都是有嗜血感染性的。军人的屠戮未必干净彻底，随之而来的群众运动则让以色列人再次经受灭顶之灾。法老发动全埃及人对以色列人实行持续性迫害，其矛头直指以色列男婴，许许多多男婴被发现、捉来，并投入河中。

拉美西斯二世屠杀男婴的政策执行得不算彻底，因为并不是所有的人都支持法老的做法，至少他的女儿反对他这么做。

有一个以色列人的家庭生下一个男婴，他们不忍心看着孩子被埃及人杀死，又不能够把孩子留下来养大。眼看孩子已经三个月了，无奈之际，他们只好把孩子包在蒲草箱里，放在尼罗河中顺水漂流。

在滔滔的河水边，不知道有多少父母流着眼泪如此处置自己的孩子。也许这滚滚奔流的尼罗河水，是埃及唯一不歧视、不侮辱他们的东西。这条河水曾经让一个弱小的民族发展壮大，而如今它所承载的则是另一份更深切的渴望。当那个男婴的襁褓随波漂流过来的时候，法老的女儿正在下

漂泊在尼罗河上的男婴

游某处洗澡。尼罗河是埃及人的圣河，他们认为这条圣河可以给人带来神明的保佑，因此，有地位的女性常常到这条圣河中沐浴。

埃及公主解救了男婴，并给他取名为摩西

善良的公主打开蒲草箱，看到这个啼哭的婴儿。希伯来人和埃及本地人的相貌是不同的，因此她一眼就可以判断出这是什么种族的孩子。法老屠杀婴儿的命令公主不可能不知道，也许，这位公主曾经想过要把孩子交给法老的军官，或者为求一时心安，把孩子放回水中。但是，婴儿的啼哭足以打消她所有的犹豫，因为善良的母性可以跨越民族、种族与政治的鸿沟。善恶从来就没有阶级性可言，只不过，我们经常被利益、仇恨、欲望和狭隘蒙蔽了眼睛，弄瞎了心灵，以至于千方百计为自己在邪恶面前的让步寻找借口,为同流合污的行径自我辩白,甚至把善恶的定义妄加改变。恐怕只有当我们静夜长思的时候,才能在心灵深处真正寻找到那蹒跚在黑暗之中的一缕缕善良的光芒。

在高压政策和法老的暴政面前,埃及的公主采取了最勇敢的方式来反抗:她收养了这个弃婴,并且给这个孩子起名为摩西。

此时的埃及公主还是待字闺中的姑娘。姑娘家养育一个孩子总是很难的。于是,一路偷偷跟来的摩西的姐姐这时候登场了:她征得公主的同意,找来自己的母亲(也就是摩西的生身母亲)来充当这个孩子的乳母,让这位母亲替公主养育孩子。埃及公主此时还蒙在鼓里——也许她一辈子都没有搞明白其中的蹊跷。但是这并不重要,重要的是,一个险些破碎的家庭终于逃过了此次劫难。

很有意思的是,法老针对以色列人的手段基本都败在女人手里,从拒不执行任务的接生婆,到公然收养以色列孩子的公主——看来,即使是男人强权的社会,女人的力量也不可小觑。

4. 法老的使命

几年之后,摩西回到了他的名义母亲——公主身边。此时法老的国策已经有所改变,毕竟杀戮并不见得是解决问题的最好办法,区别对待总好过一味屠杀。

摩西这个名字的希伯来拼音是 mosheh,意思是"从水中捞出来"。其埃及语的结尾为 mase,意思是"儿子"。许多法老的名字里面都有 mase 这个词,很可能这是一个比较神圣的字眼,用在皇家恐怕多了一层"王子"的意思。

埃及的政策是把各个被征服民族的王子变成埃及法老的顺民,然后让他们回到自己的民众之中再次实行统治,也就是中国人说的"以夷治夷"。也许正是在这个大前提下,法老考虑有必要对被屠杀和镇压了这么些年的以色列人施行相对温和化的灭绝步骤。以色列已经被繁重的赋税和劳作榨干了财富和血汗，屠杀男婴造成其民族人口的极不平衡，如此一个岌岌可危的民族，如果再辅以相对温和的"以奸"统治，这个民族最终被同化和灭亡，就指日可待了。

如果法老有此打算，那么默许公主把希伯来弃婴摩西养在宫中甚至加以教育，就成了顺理成章的事情。在法老的宏大计划里，摩西既是以色列人，又是埃及人，还是以色列族的掘墓人。

背负如此计划，摩西在埃及宫廷中的地位和享受的待遇想必相当不错。与自己的同胞比起来，摩西过的简直是天堂般的日子。难怪后来有人称其为"埃及王子"，还有人牵强附会地认为摩西甚至有机会成为埃及的法老。

埃及的法老家族一般都采取近亲结婚来维持家族神圣纯洁的血统。这个近亲结婚"近"得有点大，一般都是兄妹之间进行通婚。类似情况还有上古时代的以色列人以及南美洲的印加人等。当然，肥水不流外人田的心理可能也是其中最基础的因素。

作为被压迫民族的一员，并最终要担负起将自己民族葬送掉的"重任"的摩西，与其他被征服部落的王子们身份相仿，或者由于其与公主名义上的母子关系而稍有亲近，但是其希伯来人的身份并没有变，作为世袭相传、血亲相配的埃及王室怎么可能允许一个外族外邦拣来的孩子充当帝国的法老呢？

在大屠杀过去40年以后，埃及人和以色列人之间的仇恨日益加深。没有一个以色列人会忘记当年那一个个恐怖的日日夜夜：婴儿的悲啼、女人的哭嚎、男人的反抗引来的杀戮……以色列人终日在埃及的阳光下流汗，在监工的皮鞭下流血，在无数次哭嚎祷告中流泪。

他们已经度过了大约二百年的苦难时光。在这二百年间，以色列人时刻面临灭顶之灾。但是，为了一线生存的希望，以色列人始终坚持、忍耐。他们没有对法老强大的军队发起自取灭亡的进攻，也没有放弃尊严和信仰而接受强权的同化。

当一个民族把受到压迫与侮辱当成一种正常待遇的时候，施虐者的计划实际上已经失败了。因为被施虐者对是否以屈服换取不被施虐或者少被施虐已经不感兴趣。那么，这些自以为优越的压迫者，对弱者采取的暴虐只能是发泄性的和习惯性的。而这种习惯性的压迫,则是搬起石头砸自己的脚——他们没有想到,强大的帝国军队并不是永远可以保护他们安全的,而仇恨的种子在受虐者的心中早已经生根发芽。

好运气的摩西对自己的重要使命并不清楚,法老对他的善待恐怕还会赢得他的感恩戴德。可以看出,摩西拥有双重性格:一方面,他享受埃及宫廷的奢华生活并乐于学习埃及的文化与艺术;另一方面,他也很清楚自己的身份,并且对埃及人虐待以色列人的行为感到不满。然而,这种不满只是感情上的,他可能更加希望生活在一个对以色列人平等对待的埃及,即使因此而丧失以色列人的民族和信仰属性也在所不惜。如果没有这样的思想根源,恐怕摩西不可能在埃及的宫廷里平平静静地生活40年的时间。40年,埃及化的思维方式以及发自内心的亲近感可能已经战胜了摩西的民族情结——法老的安排大概就要实现了。

19世纪欧洲犹太人兴起了一场"本土化运动"。其宗旨是:犹太人安居各国,为各国的社会发展作出贡献的同时,积极努力融入各国社会,甚至可以牺牲犹太民族的民族属性和信仰属性。这股思潮一度占领了犹太社会的主流,以至于欧洲出现了大量的混血犹太人。然而,就在风潮正盛的时候,希特勒的屠刀惊醒了犹太人——看来,没有家园的民族是没法真正获得尊重和生存权的。二战后,"本土化运动"销声匿迹,犹太复国主义成为主流。

就在摩西风风光光地在埃及宫廷里成长,法老的历史性安排将要实施的时候,一件事情却突然发生在摩西身上,从而彻底改变了以色列、埃及甚至西亚各国的历史发展轨迹。

5. 旷野逃犯

一个晴朗的早晨,三角洲的太阳映照着尼罗河白色的水面。一个身材高大的青年正驾车沿着河岸缓缓走来，这位气度不凡的青年正是摩西。

歌珊地处尼罗河三角洲，是希伯来人聚居区。不知从什么时候开始，摩西就会定期到自己同胞聚集的地方巡视一番。作为埃及宫廷里唯一受到钟爱的希伯来人，法老给予摩西许多特权，顺理成章地，摩西会被法老任命为埃及大地上希伯来人的未来领袖——这一点，青年摩西深信不疑。既然是未来的领袖，为了能够更好地胜任自己的职位，提早体察百姓的生活是他推卸不掉的义务。

此刻的摩西踌躇满志，他真的打算做一位有为的希伯来人领袖，就像他在宫廷里见到的其他民族的王子们将会扮演的角色一样。然而，很多事情并不以人们的美好愿望为转移，劳苦终日的希伯来同胞并不买摩西的账，没有几个人真的承认摩西的领导权。法老寻找机会安排摩西逐渐接触实务，允许他巡视歌珊就是委派他为领袖的前奏。毕竟，不管有多少人不服从摩西，弱小而温顺的以色列人在法老强大的武装面前都会忍气吞声——当埃及人夺走以色列人的儿子并投入河中的时候，他们的父母不也只是哭上一场么？也许，以色列人对摩西的不服从还会成为法老的得力武器——一个上下离心、矛盾百出的民族，总要比一个上下一心、同心同德的以色列族来得更符合法老的心意。

信马由缰的摩西一路走来，观赏着眼前尼罗河三角洲的美景。尼罗河是一条神奇的大河，以苏丹喀土穆附近为界，尼罗河分为青尼罗河和白尼罗河两部分，前者为荡漾的碧波，后者则为浩大宽广的白色水面。埃及所处的地区，正属于白尼罗河地段，浩浩荡荡的白色河水悠悠地流淌了千万年。尼罗河的日出差不多是世界上最美丽的景色之一，当恢弘的太阳从宽广浩荡的水面上升起，没有人不会感叹天地宇宙的伟大以及人类自身的渺小。

摩西对美景的欣赏并没有持续多久，一阵夹杂着皮鞭抽打和痛苦呻吟的叫骂声打断了他的思路，抬眼看去，路边的一个埃及监工正在殴打一位踉跄倒地的希伯来苦工。

沙漠、烈日、皮鞭、奴隶的呻吟……这些每天重复出现的场景正在滔滔的尼罗河边上演。尽管法老对摩西关爱有加，但他并未因此而改变对整个希伯来民族的想法。在他的眼里，摩西无论多么温顺、聪明、有教养，多么像埃及人的王子，但他与其他希伯来人都是同样的人。在法老的思维中，希伯来人是天生的奴隶和下等人，等待他们的不是太阳神的温暖怀抱，而是万劫不复的卑微死亡。因此，埃及的监工可以拥有随意鞭打、折磨甚至杀死这些苦工的权力。所以，摩西才能够看到眼前这一幕血淋淋的景象。

此情此景，令摩西万分恼怒——摩西成长在埃及宫廷，受到法老和公主的关爱，如今他作为以色列人的领袖巡视至此，这个埃及监工居然对他视若无睹，当着他的面殴打以色列人！

"住手！"摩西大吼道，"我是摩西！"他用埃及人的语言制止着监工的暴行。

吼声令监工的皮鞭微微一颤，停顿在空中。当他回过头来认出眼前的年轻人是谁时，埃及监工脸上流露出的一丝恐惧迅速转化为嘴角嘲讽的冷笑。他轻蔑地瞟了摩西一眼，也不搭话，手中的皮鞭再一次重重抽下。伴随着皮鞭的下落，传来一声新的惨叫，算是对摩西怒吼的一种回答。

其实，摩西恐怕没有弄明白：在埃及人的眼睛里，他不过是一个不用服苦役的下等人，生长在宫廷里的奴隶！在埃及人看来，摩西虽然高车驷马、锦袍冠带，但他依然是一个贱民！当着他的面殴打以色列人如何？如果需要，他们甚至会毫不留情地殴打摩西本人！一个民族一旦失去生存的依托，他们在压迫面前是无可奈何的。

成长于埃及宫廷的摩西，是一个饱学的知识分子，同时也是一个性格正直而单纯的人。这类人做事情往往比较书生意气，有时候还会因为偏激而闯下大祸。摩西愤怒了！他要为自己的同胞讨个说法。摩西成长在一个尚武的宫廷里，武功的学习和操练是必修课程。强壮而武艺高强的摩西不费什么力气就把那个埃及人打倒，而且，很不幸，那个埃及监工被摩西打死了。

匆匆掩埋了埃及人，摩西打道回府。因为他的出手，同胞的生命得救了，他感到很幸福。而那个被打死的监工，是罪有应得。虽然那个被殴打的以色列人是这场暴力行为的见证人，但摩西并不担心他会把事情捅出去，毕竟摩西出手是为了救这位同胞，他总不会恩将仇报状告摩西吧——摩西的心里面虽有一丝不踏实，但他对被救助者将会向自己感恩戴德还是充满了信心的。

大凡位高权重的恩赐者，往往会特别强化自己对他人的恩惠而弱化他人对自己的不满。至于其他一些人，给你一点点好处之后，从此絮絮叨叨让你时刻纪念的，就更不足道了。

摩西是一个有正义感的人，但是他忘记了，即使他帮助一个本民族的同胞杀死了迫害自己的埃及人，一样得不到别人心目中的崇高尊重。尊严与权威不是依靠暴力和流血就能换来的。拉美西斯法老没有得到，以后的希特勒没有得到，现在的摩西也没有得到。

摩西的美好幻想很快被无情的现实打得粉碎。

第二天，摩西再次去以色列人的地方巡视，又一次看到昨天被打的那个以色列同胞。不过，这次这位同胞没有被打而是在殴打别人。正直的摩西上前教训那个以色列人，让他不要伤害自己的同胞。即使是普通路人，这样的话也是无可厚非的，况且摩西于那人有恩，他更有资格和义务这样说。然而，那个以色列人却并不领情："谁立你做我们的首领和审判官了？难道你要杀死我，就像昨天你杀死那个埃及人一样么？"

这句话对摩西来说无异于五雷轰顶。自己冒着如此大的风险解救了同胞，换来的居然是这样的报答？人啊，人的存心怎么会这样？！摩西似乎忘记了一个现实：在埃及人眼睛里，他是以色列人；在以色列人眼里，他是埃及人。以色列人对埃及人的仇恨一样波及到摩西身上。在以色列人眼睛里，摩西杀死埃及人，基本属于他们埃及人之间的内讧，充其量是"以奸"和埃及人之间的内讧。而在埃及人眼睛里，如果摩西打死一个埃及监工，那么就相当于一个奴隶头目的造反——不管摩西曾经离法老如何近，这也是绝对不允许的。庞大帝国的秩序，不会因为一个从小豢养在法老家中的奴隶而更改，即使这个奴隶从小锦衣玉食，即使这个奴隶看上去那么像一个埃及的王子。

在40年的宫廷生活中，摩西曾经坚定地认为：无论埃及人还是希伯来人，都是自己的朋友，尤其是法老家族，更是自己坚强的支持者。因此，摩西完全有信心担当起埃及人与以色列人交往融合的桥梁。然而，眼前同胞的话语，却如同一瓢冷水，令他满脑子的火热激情顿时熄灭——看来，在以色列人眼中，摩西不过是个埃及人的鹰犬、迫害同胞的帮凶、以色列人的耻辱！

更加糟糕的情况还在后头。摩西杀死监工的事情被法老知道了。

在这个王权至上的国家中，如果一个王子杀死一个埃及平民，可以通过处罚、罚款等加以赔偿，可那有一个前提——当事人是真正的埃及王子。摩西虽然可以享受王子的待遇，穿着王子的衣服，但在法老的眼中，他始终只是一个捡来的奴隶弃婴，是一只恭顺地任凭帝国驱使的走狗。他可以伤害以色列人，但法老绝对不允许他伤害埃及人一丝一毫——对于狗来说，即使最下贱的人也是人，而狗一旦伤了人是绝对不会有好下场的。鉴于以上原因，法老决定杀死摩西。

听到风声的摩西不得不逃离埃及，离开养育他40年的宫廷，也离开令他伤心的同胞。

6. 米甸的牧羊人

凄凄惶惶的摩西可能对自己心目中的伟大蓝图已经彻底失去信心。埃及人抛弃他，以色列人疏远他，一瞬间他成了没有祖国、没有同胞的人。那么他还有什么呢？心中留下的只是无尽的悔恨以及冰冷的失落。如果当初他没有对那个埃及人痛下杀手——那么，自己在埃及人和以色列人心目中的形象恐怕永远没有曝光的那一天，自己还会糊里糊涂地做自己的王子，享受着虚假的呵护和天真的幸福，陶醉在虚幻的美好理想中。而这一切在几天的时间里都真相大白了！不论是好是坏，摩西已经没有时间多想了，法老的军队很快就会到来。摩西逃出埃及，逃往迦南的米甸人那里去了。

米甸人在巴勒斯坦南部的旷野中游牧。这些人原本是亚伯拉罕的子孙，是亚伯拉罕娶的第三个妻子庶出的后代，这个妻子一共为亚伯拉罕生了六个儿子。由于嫡出的以撒和庶出的兄弟们不能同立，亚伯拉罕分割了自己的家产，把这六个儿子安排在东边。经过长时间的发展，他们逐步壮大为六个民族，其中的一个就是米甸人。

米甸人和以色列人的关系很密切，在以色列人的迦南生活中，一直与他们发生紧密的联系。作为一个活动范围很广的民族，米甸人既从事畜牧又从事商贸活动。米甸人经商的脚步，遍布中东、埃及甚至中亚的大片国土。以后的贝都因人就有很多人是米甸血统。现在最著名的贝都因人之一，就是我们非常熟悉的利比亚"沙漠之狐"——卡扎菲。米甸人不但畜牧业和商业发达，而且手工业和应用性的科学技术水平很高。公元前12世纪，他们已经比较熟练地掌握了铁器的冶炼、锻造和工具制造技术，这也直接使他们成为迦南的一支重要武装力量。此外，很难得的一点是：米甸人的文化水平普遍较高。《圣经·出埃及记》记载，以色列人在城里抓了一个米甸小伙子，估计年龄也就是十七八岁，逼他说出米甸领袖的名字，这个小伙子把这些人名一一写了出来——在古代世界，随便抓来一个人就可以写字，说明这个民族的识字水平相当高。

随着外族的逐步进入，米甸人的平静生活被打乱。持续若干个世纪的战争在米甸人与以色列人、非利士人以及此后来自亚洲、欧洲、非洲的征服者之间展开。雄踞于西亚的米甸人随之分散、迁徙、同化，直至成为荒漠中的历史。

从埃及逃出的摩西好不容易混出关隘，不敢停留，马不停蹄地一直向远方跑去。摩西知道，如今在迦南地方的埃及势力虽然已经有所弱化，但埃及的军队还是经常耀武扬威地在巴勒斯坦地区，尤其是北部地区巡视。既然是负案潜逃，摩西唯一的选择大概就是逃得远一点，再远一点，直到埃及人再也得不到他的一点消息。如同惊弓之鸟的摩西草草地补充了一点淡水和食物，就急急忙忙地跨越沙漠和旷野，向着四百公里以外的米甸逃去。

如今的摩西举目无亲、无依无靠，还不如他那些从家里出来闯荡的列祖——他们每个人基本上都有所投奔，至少有一个明确的目的地。如今，这个曾经在埃及宫廷里高高在上的王子，跋涉在大漠与旷野之间，忍受着强烈的风沙和如同针刺一样的阳光，绝望与迷茫仿佛前面无尽的沙海在摩西面前不断扩展。

好在摩西并不是穷光蛋,他还可以独立生活。终于,他到达了米甸。确切地说,米甸不见得是他的目的地,只不过当他在荒野之中见到一片肥美的绿洲,就像走过烈焰进入天堂一样,谁还愿意再挪动半步呢?

米甸的生活对摩西来说实在难捱,坐吃山空、无所事事又举目无亲,摩西不知道自己下一步该怎么办。逃出埃及是为了活命,莫非现在又要在米甸活活困死不成?

一天,摩西坐在水井边,像往常一样茫然地看着往来的牧人照看自己的牛羊。

水是生命之源。在沙漠中,一口水井就是一个地方的生活中心。南来北往的旅行者、匆匆赶路的信使、驱赶牛羊的牧人,都要在井边喝水、休憩,整理一下凌乱的衣服,清洗一下落满灰尘的形貌,然后再次匆匆上路。

这个地方有一位祭司叫做流珥,人们称他为叶忒罗(实际上就是"大人"的尊称)。叶忒罗家里阴盛阳衰,养了七个女儿却没有儿子,以至于他不得不让女儿们去牧羊。

那个时候迦南地方,强权盛行,暴力无所不在。人们行事为人,想的都是自己,一切问题的出发点几乎都是自己,没有绅士风度,更没有尊老爱幼的传统。年老的叶忒罗虽然一再告诫人们,但是,没有哪个人愿意停下来听他多说两句,他们忙得很——要去放羊、做生意、打架、喝酒。闲暇之时,他们宁可去和娼妓鬼混也不愿意思考一下关于修养和生命的问题。在这种社会状况下,作为放牧者,叶忒罗家的女儿们与外来游牧人发生矛盾冲突时体力上肯定会大大吃亏。一天,她们遇到了几乎每天都要上演的麻烦:当叶忒罗的女儿们刚刚排队给自己的羊群喝水,一群人高马大的游牧人就出现在她们面前。他们极其蛮横,将女孩子们赶跑,要给自己的羊群先饮水。往常这样一幕幕不公正的现象经常上演,人们已经见怪不怪。千百年来的弱肉强食养成了迦南人败坏的性格,虽然物质文明提升了,但是精神领域的状态仍然非常落后野蛮。可是今天,这种不公正的现象要改变了,因为摩西来了。

摩西赶走了欺压女性的游牧人,很礼貌地邀请那七个女孩子饮她们的羊。她们根本不敢想象这样一个强壮得如同铁塔的猛士居然如此彬彬有礼——她们从来没有见过也从未曾想过。摩西雄壮强大的外表和善良温柔的内心之间巨大的反差足以使这些见惯了自私粗鄙男人的女孩子们心旌摇动。

这一天,女孩子们比往常回到家的时间早。习惯于自己的女儿被驱赶,一般会等很晚的父亲见她们今天居然这么早回来,还以为发生了什么不好的事情。当问清楚是一个埃及人帮助了她们,他马上要求孩子们把那个好人请来吃饭。

摩西就这样自然地融入叶忒罗一家的生活。他爱上了叶忒罗的一个女儿——西坡拉。叶忒罗是一个正直的老人,他很高兴将自己的女儿嫁给这个同样正直善良的男子。

西坡拉——希伯来阴性词"鸟"的意思,米甸人生活在旷野草原,与大自然为伍,他们的很多名字里面都有动物、植物的称呼,就像中国人取"二牛"、"荷花"之类自然化的名字。

西坡拉给摩西生了一个孩子,叫做革舜,就是"寄居者"的意思,由这个名字可以看出当时摩西内心深处的失落和苦闷。

来自埃及的王子摩西,从此成为寄居岳父家中的上门女婿,每天放牧着岳父的牛羊。日复一日,年复一年,西亚的阳光把他的皮肤晒黑,大漠的风沙把他的面庞变得粗糙。摩西越来越沉默寡言,除了梦中偶尔闻到尼罗河两岸的花香,埃及成了摩西心中不愿触碰的伤疤。也许他就这样一天天老去,直到默默无闻地死掉,在大漠中一个陌生的坟地里安睡。

这种单调的日子一直持续了40年。

40年——摩西奔波于巴勒斯坦到西奈山的旷野中,这是怎样漫长的40年哦!摩西终日守护着羊群,与风沙烈日为伍,与狼虫虎豹战斗。当摩西80岁的时候,他浓密黑色的须发尽白,昔日神采奕奕、心高气傲的埃及王子变成了一个地地道道的巴勒斯坦牧羊人。常年的风餐露宿和野外生存,使摩西的身体依然健壮矫捷。只是这时候的摩西已经不是当年那个雄心勃勃、指点江山的激扬青年,他每天关心的只是自己的羊群、妻子和儿女。

摩西觉得自己老了,虽然他的体力并没有衰竭,但是他已经开始习惯于迎着朝阳出去,披着月光归来;已经习惯于与其他的牧人为了争夺水源和草场,或胜或败地打上一架;已经习惯于在噼啪作响的篝火边静静地一言不发，望着熟睡的羊群、满天的闪闪星光，若有所思地回忆。长时间的旷野生活把摩西从一个口若悬河的能言善辩之士变成了沉默寡言的普通人，虽然他的心依然敏感，然而他的语言却不再丰富。

摩西觉得自己已经被所有的人遗忘了，甚至包括他自己。

第六章 ◉ 出埃及

　　人生往往就是这么不可思议。摩西当年志得意满,希望大展宏图、为民族做点什么的时候,命运偏偏把他抛向荒凉的旷野。而如今,当他如同一只倦飞的鸟儿,希望栖息在遥远的沙漠绿洲终老一生的时候,上帝却重新呼唤起他沉睡的雄心壮志。

1. 大厦将倾

　　就在摩西为了求生逃往米甸并在旷野中消耗生命的时候，埃及歌珊地以色列人的生存状况已经达到了可能想象的最坏境地。

　　此时，那个好大喜功，喜欢到处给自己做雕像、盖大房子的拉美西斯二世法老已经去世，他一生有200个妻妾、96个儿子和60个女儿。在他长长的继承人名单里，我们可以看到一个后来成为法老的梅尼普塔（Mermeptah）的名字。这个名字按照顺序排在第十四位，如果没有天灾人祸，恐怕梅尼普塔本来命中注定做个亲王，轻松愉快地度过一生。然而，这个"天灾人祸"发生了——拉美西斯二世活了至少96岁，在他死前，他的13个继承人已经相继去世，只剩下第十四个继承人荣登大宝。

　　比自己的儿子还能活的拉美西斯二世去世的时候，梅尼普塔也已经成为一个颤颤巍巍的老人，他仅仅在那个仰望了几十年的宝座上坐了十年就死掉了。

　　梅尼普塔从拉美西斯二世法老那里继承过来的，是一个表面繁荣却千疮百孔的帝国。东北部的努比亚人、地中海上的克里特人无时无刻不在挑衅和骚扰着帝国貌似强大，实为虚弱的神圣疆土；巴勒斯坦地区以及埃及本土境内的奴隶、贫民和被征服部族的起义风起云涌——梅尼普塔觉得自己不是什么神圣仁慈的法老，而是一个整天指挥军队到处杀人的屠夫，一个在昏黄的落日下，在帝国千疮百孔的衣襟上缝缝补补的超级缝衣匠。滥杀与武力镇压了一个又一个起义，而新的起义又像雨后的竹笋一样一茬茬冒了出来——连法老都感到恐惧与无奈——他实在搞不明白：这些帝国的臣民，为什么在一瞬间都不约而同地站出来反对自己这个神圣的王权与家族呢？

他当然不明白，人民能够忍受几十年的暴政，是因为他们认为退让与妥协可以换来生存的机会；而如今，继续退让就意味着失去生命——既然不管怎样都是同一个结局，揭竿而起似乎成了他们绝地求生的唯一出路。

梅尼普塔后面的几位君王都是在激烈动荡中结束自己极其短暂的帝王生涯，其中任期最长的8年，最短的只有3年！从梅尼普塔之后，古埃及第十九王朝只传承了17年，却换了4位君主！

现在以色列人继续忍辱求生已不可能，他们唯一的出路是——离开埃及，寻找新的生存之所。鉴于他们的祖先来自迦南，因此，回归那片上帝给他们祖先的"应许之地"似乎是顺理成章的选择。虽然从理论上说，以色列人回归迦南是应当的，但是从实际操作上来看却问题多多、困难重重。

首先，他们缺乏强有力的领袖的带领。几百年的奴役与压迫，令以色列人早已经成为温顺的羔羊，他们对于暴政所做的只有哀求与申诉，却失去了抗争的勇气。虽然这种顺从从另一方面确保了这个民族的生存——尽管是最低层次上的——除了经历奇特、成长于埃及宫廷的摩西之外，他们中间再没有涌现出另一位堪当重任的领导人物。

第二个困难则是客观存在的：他们对如何回归迦南根本没有把握。尽管路途并不十分遥远，但以色列人已经在埃及定居了几百年的时间。他们中的绝大多数并没有机会踏上从埃及到迦南的旅程，更不知道如何完成如此众多人口的迁徙。

与以上两个实际困难相比，以色列人遇到的最大困难还是信心层面上的。他们虽然拥有独特的信仰和世界观（尽管此时尚不十分完善），但对于自己所信仰的上帝始终处于将信将疑之中。他们不确定自己的呼求会得到回应，更不敢保证那个说不清道不明的灵体会善待他们。在一个习惯于被抛弃、受伤害、遭蔑视与玩弄的社会里，这些最底层的奴隶根本无法想象自己真的会受到强大神明的青睐与保佑，更不敢奢望未来会有自由幸福的生活。除了熬过今天以换来明天的生存，他们对自己生活的改观实在没有多大把握。

这让人突然想起一个生物学实验，也许能从侧面说明一点问题：有人将一条凶猛的鲨鱼与鲨鱼最爱吃的一条小鱼放在一个水族箱中，并且在它们之间加上透明的玻璃板。刚被放进去的时候，凶猛的鲨鱼疯了一样扑向自己的猎物，然而它每次都因撞到玻璃上失败而回。经过多次挫折之后，即使人们把中间的隔板取出，鲨鱼也再不敢扑向自己的食物，而是在那个想象的隔板面前来个急转弯，绝不再有进入另一半空间的想法。

即使是凶猛如鲨鱼，在遭受多次挫折之后也会对达成自己的目标丧失信心，更何况处于管制之中、逆来顺受几百年的以色列人呢？——情况大概是这样的吧。

如果我们把每个人想象为寻求心灵彼岸的漂泊者，信心的软弱甚至缺失往往是人类生活状态的一种客观写照。大多数情况下，我们的失败并非因为事情困难而无法进展，而是因为信心的丧失最终导致自己对目标的放弃。就像那条貌似强大的鲨鱼，虽然拥有一副可怕的大牙，却不得不饥肠辘辘地与自己的食物"和谐相处"。

2. 西奈山上的神谕

埃及及其属邦发生的一系列动荡还没有来得及跨过几百公里的沙漠，影响到叶忒罗和摩西一家的平静生活。摩西——这位白发苍苍的老人已经不是以天下兴亡为己任，意气风发的青年才俊了。大漠、羊群、绿洲……成为他生活的中心，遥远尼罗河两岸生活的那些人，已经渐渐淡出他的脑海。

摩西和他的羊群涉足的地方，旷野和绿洲自然不可少，其中有一个地方格外引人关注——和烈山（就是西奈山）。和烈山坐落在西奈半岛南端，有三个顶峰，最高主峰海拔大约2600米，最低的一座山峰也差不多有2000米。在西奈半岛上，和烈山显得格外醒目突兀，是埃及、西亚古代民族眼中共同认可的一座圣山。一些试图把中国上古时期的传说与西亚、非洲远古历史接轨的学者甚至认为，这座山就是《山海经》中所描绘的远古圣山——昆仑山。也有学者认为昆仑山实际上是东非的乞力马扎罗山。

西奈山是一座神奇的山，这一点在摩西时代毫无疑问，因为一个神奇事件就要在这座山上发生了，并由此决定摩西本人以及整个以色列民族的命运。

根据《圣经》记载：当游牧的摩西将羊群转场到和烈山（就是西奈山）的时候，上帝向他显现了！摩西在此接受了上帝的命令，让他回埃及去，把以色列百姓接出来，回到迦南——他们祖先生活的故乡。

考虑到这件事情有相当的难度，至少对当事人而言是如此，摩西犹豫了，他怀疑自己的能力是否可以胜任。

人生往往就是这么不可思议。摩西当年志得意满，希望大展宏图、为民族做点什么的时候，命运偏偏把他抛向荒凉的旷野。而如今，当他如同一只倦飞的鸟儿，希望栖息在遥远的沙漠绿洲终老一生的时候，上帝却重新呼唤起他沉睡的雄心壮志。

摩西在旷野中的40年似乎白白虚度了，直到成为一个须发皆白、锐气全消的老头儿，上帝才把拯救以色列人的重担放在他的肩膀上。

然而，从客观上来说，摩西在旷野中游牧的40年非但不是浪费，反倒似乎是冥冥之中一项伟大计划不可分割的一部分。

作为生长在埃及宫廷中的王子，摩西虽然接受了系统的知识、武艺甚至军事技能的学习和训练，但他的实际经验少之又少。另外，凡是从小锦衣玉食、高高在上的人物，身上往往多少带有一股骄慢之气，不管这个人多么善良和正直，这股骄慢之气迟早会把一个志向远大的青年变成高傲无知的傻瓜。只有经过长时间平民化艰难生活的摔打与磨炼，心怀远大的人才能回归平和，从好高骛远转换为脚踏实地，才能在谦逊之中找回智慧——这也许正是摩西多年旷野生活中最大的收获。

以色列人如果真的想从埃及回归迦南，必然需要一位熟悉道路尤其是水源所在的领袖带领。这个人不大可能产生于埃及本土，在埃及生活了几百年的希伯来奴隶们虽然被视作异族，但却未曾返回过故乡。即使少数人偶尔踏上迦南的土地，也不可能对沿途的地理状况、水源分布、风土人情等有细致的了解——采集这些信息绝对不应该是肤浅的，而应当是深刻全面的。

这个把以色列人引出埃及、跨越旷野的人必须是一个以色列人，胸怀要远大、视野要宽阔、意志要坚定，而且还必须拥有高度的民族责任感……

如今，唯一满足这多项要求的只有一个人——摩西。他不但会是独一无二的好向导，更有能力成为以色列人的好领袖。

现在，只剩下一个最关键的部分：他是否愿意接受上帝的安排，回到埃及去做那些苦难同胞的领袖。

这不只是个能力问题，更是个信心问题。让老迈的摩西回到险象环生的埃及，并对不可一世的埃及法老提出公然的挑战，任务是否过于艰巨了呢？

信心和民族责任感终于战胜了怯懦，摩西接受了上帝交给他的任务，重新跨越沙漠，走向尼罗河边那片令他又爱又恨的土地。

不管是人为也好、神谕也罢——摩西要回埃及带领人民出来了。

3. 讨债者摩西

各种迹象表明，那个正在位子上发愁的梅尼普塔法老与摩西的年龄大概相仿。当年他们在宫中或许彼此认识也未可知。不过对于梅尼普塔法老来说，现在的摩西绝对是一个难缠的家伙。

此时此刻，梅尼普塔要开始偿还祖先曾经欠下的债了，虽然这个偿还是他从来不愿意进行的。他也许到死都没搞明白：自己的人生和王朝要面临一个不可逆转的轮回——欠下的债就要清偿，作了孽自有回报。

对于以色列人来说，法老及其一家可谓是"债台高筑"。如今，在梅尼普塔法老的眼睛里，摩西也算是一个难缠的讨债人。不管他个人早年间和摩西的私人感情如何，如今的梅尼普塔法老肯定很讨厌摩西——有谁会喜欢讨债的人呢？可这债是必须要还的。

　　面对国家的最高元首，提出一个几百年来以色列人都一直想做但却不敢提出的要求——回家，这实在需要很大的勇气。摩西没有激动，他平静地站在法老面前，身边是他的哥哥——亚伦。这一年，亚伦83岁，摩西80岁。

　　摩西请求法老：让我们离开埃及，在旷野里走上三天的距离，到那里去祭祀我们的上帝。

　　法老不是个大傻瓜——埃及人这样压迫以色列人，现在允许他们离开埃及境界，去祭祀上帝，他们怎么可能再自觉回来？不要说法老，就是山野间一个没见过世面的庄稼汉都知道这是不可能的！于是，法老断然拒绝。

　　埃及的法老们有一个毛病：即使自己是不学无术的庸碌之徒，也要给自己建造巨大辉煌的宫殿、陵墓。而建造这些"庞然大物"需要大量的秸秆，这些秸秆原先是埃及法老作为生产资料统一配发的，可如今，愤怒的法老却告诉下面的监工——停止秸秆的发放，但是工作量不变——让以色列人自己去拾捡细碎的秸秆吧。

　　以色列人因此民怨沸腾。他们惹不起法老，却惹得起摩西和亚伦。抱怨和指责的矛头指向俩兄弟，弄得两个满腔热情的白胡子老头既灰心又郁闷。莫非此次摩西又干了一件像当年那样的傻事？摩西此时说不定都有了再次逃回丈人家的心思。

　　《圣经》记载，在这关键时刻，耶和华亲自指示摩西和亚伦怎样去做，为他们添加信心。此后的四十多年，以色列人同样给摩西和亚伦许多的指责和难题，但每次都有上帝亲自的安慰与鼓励，才使他们战胜了眼前的困难，带领以色列族人回到"流着牛奶与蜜"的迦南故乡。

　　义愤填膺的摩西和亚伦再次进宫去见法老。此时法老正由于自己略施小计弄得以色列人内讧而沾沾自喜。对摩西和亚伦的求见，他更愿意理解为奴隶的求告，被征服者对恩赐的乞讨。作为高高在上的君主，梅尼普塔继位于帝国大厦风雨飘摇之中，他已经对真正有战略意义的征服十分陌生了。一些地区性的起义和冲突结束，将军们给他带来的，与其说是胜利的凯歌和荣耀，倒不如说是愈来愈沉重的心情和大厦将倾的恐惧。而此时来求见的两个希伯来人就不一样了：一个民族在他略施手段下就轻易地屈膝投降，这难道不令他感到快乐么？人口如此众多的以色列人居然如此温顺，法老对他们的看法似乎怜悯多于蔑视——在法老的眼里，希伯来人大概天生就应该是奴隶。

法老已经做好了准备，在摩西他们屈膝投降的时候，他大度地给予以色列人赦免。然而，事情的发展令这位苦命的法老目瞪口呆。

一般来说，在强权面前讲理是没有用处的，而武力的使用又会使生灵涂炭。摩西来到埃及的目的不是发动一场人民起义，而是要拯救自己的民族。如今，以色列人和埃及人之间难以调和的矛盾几乎达到了顶峰。摩西此次进宫如果是来质问与指责的，恐怕以色列人的命运会更加悲惨。大凡两国为敌也好、两军交战也罢，弱的一方往往希望通过和平谈判的手段达到战争所难以达到的目的。既然如此，不妨先来一点技巧性的东西，让法老害怕——摩西把手中的杖扔在地上，手杖竟然变成了一条蛇！

埃及人是多神崇拜的拜物民族，在埃及人的眼里，蛇是神圣之物，如今，摩西变出来一条蛇，既有神秘主义色彩又有本土宗教意义。梅尼普塔法老是个不信邪的人，他胸有成竹地找来两个宫廷术士，他们俩也可以变出蛇来——第一次交锋，双方比分1∶1，平局。

法老对逃出去40年的摩西虽然有些吃惊，但依旧不以为然——看来希伯来人的领袖不过如此，就是一个耍蛇的术士罢了。

那两个埃及术士的名字叫做雅尼（Jannes）和佯庇

摩西和哥哥亚伦请求法老，允许他们离开埃及

(Jambres)。古埃及的术士往往是来自埃及神庙的宗教人士。这些人会在一定程度上驱动神秘力量做出一些超乎寻常的事情。事实上，当摩西进一步展示力量的时候，两个埃及的术士也曾经做过两次对抗，但最后不得不承认：摩西所倚仗的力量实在太强大——居然说出"这是上帝的手段"的话来。

4. "十灾"之祸

从第二天开始，摩西就使用神迹在整个埃及制造麻烦。为了给弱小的以色列人离开埃及的谈判增加筹码，摩西当着法老的面在埃及先后制造了十次灾难。

一、水变为血

让我们想象一下：当你某天早上起床，打开水龙头，从管道里流出的居然是腥臭的血水，你会作何感想？这种只有悬疑恐怖片里才会看到的场面，埃及人第二天见到了。

埃及境内的所有河流一时间腥臭难当，全是血水！法老慌神了，招来那两个术士。这两个术士居然也会做！既然大家都是同道中人，法老基本不再关心这件事情。

这可苦了埃及的老百姓。水是生命之源，渴得嗓子冒烟的埃及人现在可没有时间和精力来对付以色列人了，他们首要的任务是搞到清洁的饮用水！一时间，埃及境内变成了一个大工地，大大小小的饮水工程竞相上马，人们在河两岸挖坑，做成渗水井，将河里的水通过土地过滤变得澄清来饮用。

二、青蛙遍地

看看情况差不多了，过了七天，摩西再一次进宫。这次他又给法老带去了新手段：如果法老再不让他们走，埃及大地将会遍布青蛙！

青蛙对于农业生产当然有好处，可这东西本来是生活在水里和田里的，现在如果全都跑到岸上来，实在令人感到不方便。不过，这个手段那两个埃及术士居然也会！没什么新鲜的，法老起初也没在乎。问题很快出现了：那两个术士会引青蛙上岸却不会让它们离开！青蛙是一种食肉的小动物，一般吃虫子，可如今陆地上青蛙大军组成一个饥饿的军团，所到之处不要说虫子被一扫而光，连蛇也会受到青蛙大军的攻击。一时间，埃及遍地虫鸣顿息，蛇蝎无影，连蜥蜴和小一点的家养动物都时刻面临灭顶之灾。取而代之的，是遍地跳动的青蛙和彻夜不息的蛙鸣。这种情况愈演愈烈，连法老的宫殿都是如此。法老有点着急了，召来摩西，对他说：你让青蛙离开吧，我答应你的要求，让你们去祭祀上帝。

君无戏言。果真，青蛙陆续死掉，埃及大地恢复了平静。

看看危机过去，法老甩甩头，觉得自己似乎是被一个阴谋给欺骗了。如果不是水质破坏，陆地上哪儿来的遍地青蛙？青蛙离开水自然活不了多久，再加上没有吃的，自然会大量死亡。这么推理下来，河流水质变坏才是罪魁祸首。至于摩西他们的请求，大有浑水摸鱼的嫌疑，伟大的埃及君王总不能被这样的一些法术吓倒。

三、飞虱如尘

背信弃义的人一旦受到惩罚，其遭遇的打击往往接二连三。第三灾——虱灾很快就来了。从这一灾之后，埃及的术士江郎才尽了。

虱子寄生在人类和动物的头发、衣服里，在人和牲畜身上叮咬。埃及人奴役和压迫其他民族几百年，这一次，他们不得不被这些细小而令人厌倦的小动物折磨得痛不欲生。

俗话说"虱子多了不痒，债多了不愁"，各地遍布的起义风潮无异于被压迫民族的讨债总动员，如今，连温顺的以色列人都站出来讨债了！法老是明智的，他知道还债的结果是什么，因此坚决动用暴力镇压债权人。因为这些暴民们需要的不光是钱，他们要的更多的是法老最不愿意给他们的东西——自由。以色列作为一个人口繁盛的大民族，一旦如愿以偿，其他的民族恐怕会竞相仿效，庞大的帝国岂不是要崩溃？！

一身是债和虱子的法老此次坚持住了，绝不履行诺言。但是，第二天一大早，法老就跑到尼罗河边——一夜没睡，清洗一下身上的虱子。河边有一个白胡子老头在等他，他就是那个让法老头疼的摩西。摩西郑重地告诉法老：如果法老再不让以色列人回家，蝇灾就要来了。

四、苍蝇如云

"嗡嗡翁"的振翅声遍布尼罗河丰饶的两岸，人们惊讶地抬头观望，却被眼前的景象彻底惊呆了：一瞬间，仿佛从地底下冒出来的苍蝇就像黑压压的云团遍布埃及大地！这苍蝇不但传播疾病，还会叮咬人畜。

一般来说，苍蝇的繁殖周期是十几天，苍蝇肆虐，很快就会繁殖出遍地蛆虫，这些白花花的肉虫子看上去就让人浑身不舒服，更何况它们会随时从家里地上、桌子上甚至饭锅里爬出来。估计亲身经历的法老感觉更恶心，于是，他再次召来摩西，向他保证：只要你把苍蝇赶走，我就答应你们的请求。

好吧，既然法老说了，就这么办吧。

苍蝇没有了。

当最后一只讨厌的苍蝇从眼前消失的时候，被苍蝇的"嗡嗡"声弄得智商下降的法老似乎突然间找回了自我：水质变坏、青蛙上岸乃至死掉，苍蝇没有了天敌，自然会繁殖很多出来，至于苍蝇为什么突然没有了，这可说不清。不过，法老相信这里面一定有科学依据，反正不会是什么神秘力量——这些希伯来骗子！相信科学、反对伪科学的法老又把自己的承诺丢到了脑后。

五、家畜瘟疫

总是这么给埃及人的生活带来不便，效果好像不是很明显，说不定埃及人已经习惯了这些麻烦也未可知。好吧，看样子不得不死点什么，那就从损失最小的死起吧。

摩西警告法老：明天，你们埃及人所有在野外的牲畜都将死掉。古埃及人属于农耕民族，他们养殖牛羊主要是为了取奶。在古埃及的传统中，牛羊是圣物，不能轻易宰杀，其他的牲畜包括马驴骡和骆驼，主要是役使动物。因此死亡牲畜对埃及人来说，虽然肯定会造成不便，倒是不会造成巨大的经济损失。另外，埃及人也不相信摩西——在他们眼里，摩西不过是一个术士，会一些魔法罢了，不见得能把他们顶礼膜拜的圣物怎么样。

不管他们相信也好，不相信也罢，灾难在第二天如期降临了。这次灾难来得很稀奇——埃及人的牲畜都发瘟死掉了，以色列人的牲畜却安然无恙！

上帝惩罚埃及法老，令其牲畜全部患瘟疫而死

此时的法老对摩西的"伪科学"更加不屑一顾。他也许认为，大灾之后必有大疫，以色列人事先做好了防控工作，而埃及人没有注意到这一点罢了。

六、水泡疮

这一次，埃及人都要痛苦了，连法老都不能幸免——埃及所有人的身上都起了水泡疮，又痛又痒，令人十分难熬！

这一次似乎对法老的影响也不大——动物遭疫，自然有可能人畜共患、彼此传染。口蹄疫、疯牛病、禽流感不都是这样么？

每次摩西都向法老提出同样的离去请求，因此当摩西再一次站到法老面前的时候，这位高龄君王的心情肯定很复杂。

法老是一个很坚强的人，他很满意于自己每一次都能够战胜自我——当然，他所战胜的既有自己的良知，也有恐惧。年迈法老的斗志似乎被激发出来，他已经搞不清楚自己是渴望战胜摩西呢，还是渴望见识随摩西而来的新挑战。

七、天降冰雹

这一次，摩西带来了一个提前二十四小时的天气预报：如果法老再不放以色列人走，明天这个时候将会有一场巨大的冰雹从天而降。请法老马上通知自己的臣民保护自己的财产，把散放在田野里没有发瘟死掉的动物和野外作业的群众都召回家去，免得到时候损失惨重。

包括法老在内的大多数人都不相信摩西，但少数上次把动物从野外赶回来避免了一场大瘟疫的人中间倒是有胆小的，他们把人员和牲畜都撤了回来。

第二天，冰雹如期而至。田野中的人群、牲畜、吐穗扬花的所有农作物全遭灭顶之灾。只有几种尚未长高的粮食作物没有被毁掉，算是给埃及人留下了生存的口粮。

法老吓坏了，他赶快请摩西来，再三承诺：只要能够止住灾难，就放以色列人走。

人们总是在危机来临的时候呼天抢地，但是当灾难过去马上一切照旧，忘记当初走投无路的惨状，更忘了曾经许下的诺言，甚至忘了该还曾经救急借下的债——这也许是人类的共同毛病，从国王到奴隶都是如此。云开雷收、冰雹停止之后，法老再一次变卦。看来政客兑现承诺的自觉性，绝对不会比口碑稍好的赌场来得更有信誉。

八、飞蝗漫天

令法老又恨又怕的摩西再次到来了。这次，摩西又给法老带来灾难预警：如果法老再不放以色列人走，将会有一场空前的大蝗灾出现在埃及，这场灾难之大，是埃及人祖祖辈辈连见都没见过的。说完这些，摩西昂然而出，留下饱经打击的法老和胆战心惊的群臣面面相觑。

埃及是一个以农耕立国的国家，整个国家的经济命脉就是农业。对农业来说，蝗灾是一场可怕的灾难。上次雹灾打坏的是大麦和麻，小麦和粗麦都留下了，至少埃及人的口粮不成问题，如今要是蝗灾真的发生，那所有粮食作物都要一扫而空！

一般来说，埃及地区的飞蝗属于沙漠蝗，它们在埃及以东的阿拉伯沙漠和西奈沙漠地区大批量孵化繁殖。随着水旱不均的气候发展，蝗虫密度不断加大并且迅速发育。在高密度的蝗虫群中，很容易形成统一方向前进的趋势。当密度大到一定程度的时候，只要稍有外界因素，例如风吹之类，大群已经长出飞翼的飞蝗将会形成统一队列随着风向飞行，造成飞蝗升空的大蝗灾。飞蝗所到之处，一切绿色植物全部被啃光。飞蝗还会攻击其他生物。更可怕的是，飞蝗可以进行孤雌生殖，即使没有雄性蝗虫，雌蝗虫一样可以排卵并且孵化，只不过生下来的蝗虫全部都是雌性，而这一代的雌性蝗虫同样具备繁殖能力！

埃及每年一到四月份，强烈的东风从沙漠方向吹来，沙漠中的蝗虫也随之到来。蝗虫到达湿润多雨的尼罗河三角洲之后，蝗群会被自然打散，停止大密度繁殖，蝗灾逐渐消失。因此，即使埃及遭到蝗虫的侵袭，也是小规模的或者说危害不大。蝗灾是怎么回事，埃及人应该可以想象。因此，当摩西向法老通报灾情预警并昂然而出之后，所有的人都十分震恐。

这一次，法老的阵营内部发生了争吵。在埃及，法老总是被抬举得高高在上，等同于天神。法老们也乐于编造自己神圣的家族背景来欺骗百姓和自我陶醉。在法老面前，臣民们永远毕恭毕敬、噤若寒蝉。然而此时，在强烈的灾难预警面前，毕恭毕敬的臣子们不得不为埃及的生存而争论了。他们力劝法老，弄得法老自己也心神不宁。一旦可怕的蝗灾来袭，埃及所有的人都要面临巨大的经济损失，甚至还会由此引发大饥荒——这就如同压垮骆驼身上的最后一根稻草，如果遍布埃及的大饥荒再起，风雨飘摇的帝国土崩瓦解也就指日可待了。覆巢之下焉有完卵？国破家亡的滋味谁也不愿意尝到。

即使再独裁的领袖也不能一点儿都不考虑臣子的意见，况且摩西在前面发生的几次灾难前都说得明明白白，不容得法老不相信。无可奈何中，法老把摩西和亚伦叫来，问他们：你们怎么离开呢？——这是一个很莫名其妙的问题。摩西和亚伦回答：当然是我们全族人，带上妻子儿女，赶上牛羊牲畜。法老开始讨价还价：你们男人去祭祀你们的上帝，女人和孩子留下来！——这实际上是一种绑架行为，或者更确切地说是一种讹诈。不容摩西和亚伦申辩，蛮横的法老把他们赶出了宫殿。

一般来说，人们如果做出一副狐假虎威的姿态来维持自己的尊严，换来的往往是更大的颜面扫地。当威风凛凛的法老看到随着强劲的东风飞临的如同乌云一样密密麻麻的飞蝗时，一定为自己先前的鲁莽举动后悔。这些蝗虫就像天外飞来的饿鬼，顷刻之间把所有能吃的绿色植物全部吃掉。叶子吃掉了就吃茎秆，茎秆吃光了就吃木头和稻草，甚至于歇斯底里地互相撕咬直至攻击动物与人类。

惊恐的法老不得不把摩西请来，低声下气地祈求摩西帮助结束蝗灾，并保证一定放以色列人全部离开。虽然法老承诺的信誉度基本已经下降为零了，可他毕竟还是君主，承诺了总有一定的效力吧。

强劲的西风刮起，埃及全境的蝗虫都被风抛进红海之中——蝗灾结束。

说起来这位梅尼普塔法老实在是可怜，几十岁的高龄不得不一再食言和说谎——皇家的颜面被他搞得丝毫无存不说，因此引发的一次次大灾难更是弄得埃及千疮百孔。

九、黑暗无边

古埃及信奉的众神之中最强大的神是太阳神拉（Ra），埃及尊太阳为创造万物、主宰一切的拉神。太阳神拉的名字有时会与阿蒙的名字结合起来，特别是他作为"众神之王"的时候。太阳作为太阳神的象征，自然有着巨大的超自然力量，是埃及人信心的基础。他们深信：每天太阳落山，太阳神都经历一次死亡并在第二天早上复生，如此循环往复，埃及人就这样一次次在战战兢兢的等待中迎来一个个充满希望的宝贵的明天。如果太阳一旦长时间暗淡无光，天空与大地一片黑暗，埃及人心中的恐惧与绝望难以形容，甚至自称为太阳神后裔的法老宝座都会受到质疑。好在这种灾难景象不多，法老们总能编些理由搪塞过去。可如今摩西引发的新一轮灾难，则是法老无论如何都搪塞不过去的了。

毫无征兆地，无边的黑暗突然笼罩整个埃及大地，伸手不见五指，对面看不见人！埃及恐惧了，法老震惊了！更让他们震惊和恐惧的还在后头——以色列人的家里面居然光明一片，不受突临黑暗的影响！

埃及人的信仰中心开始被摧毁。作为国家来说，一个统一价值观的信仰方向甚为重要，这至少是一个国家长治久安的上层建筑的一部分。可是，突临的黑暗开始从信仰层面触动埃及的稳定，弄得法老本人都禁不住心惊肉跳。

无边的黑暗持续了三天。法老终于再一次让步：你们可以都走，但是不能带财产，也不能带牛羊，自己走吧！——这是一种什么样的决定呢？

无理由地剥夺一个民族所有成员的财产和赖以生存的生产资料,把如此众多的人口赶向大漠荒野,任他们自生自灭。

连续几次的大灾难,迫使法老对以色列人开始进行深度的思考。看来,强迫以色列人在埃及土地上继续存在的可能性已经很小,他们对埃及人的忍耐已经达到了极限。现在如何对付这些以色列人呢?按照历代法老的传统和风格,迅速扑杀是解决问题的最好办法,埃及的精兵强将对付几个羸弱的以色列奴隶还不是轻而易举?

可如今摩西这个讨厌的老头带来了同样让人讨厌和可怕的法术。这法术法老对付不了,埃及也无可奈何。

看来只能依靠风沙凛冽的大漠旷野来完成强大帝国无法完成的使命了。事实上,此次法老提出来的看上去让步的条件比食言还要令人无法原谅:他是在蓄意地彻底毁灭整个以色列民族。摩西不是傻瓜,他绝不会被

无边的黑暗笼罩着整个埃及大地

另一个跟他年龄差不多的白胡子老头欺骗。

谈判破裂，法老开始对摩西进行生命威胁：下次别让我见到你，否则你就死定了！

一般来说，作为至高无上的法老，想要取谁性命如同探囊取物。但摩西的命他不但不敢取，实际上也取不了。气昏了头的法老只是威胁一下罢了。可是，这威胁又是多么的虚弱，简直是自取其辱！

自取其辱只是小意思，埃及最恐怖的灾难就要来了！

十、长子尽灭

每个民族都有自己的重大节日。比如中国的农历新年——春节就是最重要的传统节日，这是人们迎接春天到来的日子。阿拉伯人的古尔邦节是为了纪念他们的祖先亚伯拉罕（阿拉伯人称为易卜拉欣）为了遵从上帝的旨意，宁愿宰杀他那晚年才得到的长子以实玛利（阿拉伯人记为伊斯玛义）献祭的日子。但是，上帝只是要考验亚伯拉罕的忠心，他阻止了献祭，以实玛利后来成为阿拉伯人的祖先。《古兰经》与《圣经》中的说法有一点出入：前者讲的是亚伯拉罕献以实玛利，后者讲的是献祭以撒。总之不管是谁，这件事对于两个民族来说都是大事。

犹太人也有自己最重要的纪念日——逾越节。在这一天，犹太人都要吃烤羊肉、苦菜和未发酵的面包，以此唤起全民族人民对那段逃离埃及的艰辛旅途的回忆。从此之后，犹太人作为一个独立民族获得自由与平等的生存权利。然而，这自由来得实在太艰辛、太残酷、太血雨腥风。逾越节就是为了纪念这一次血雨腥风的大灾难而设立的——也就是摩西引发的埃及的第十次灾难。

以色列人即使不想离开埃及也不可能了，因为法老已经动了杀心。他把摩西赶出宫廷之后，开始盘算着剿灭以色列人的具体办法。

以色列人居住在歌珊地兰塞城附近，法老在兰塞到地中海沿岸布设军队防守，一旦以色列人通过即行歼灭。另一方面，法老命令督工加强对以色列人的压制，迫使以色列人离开埃及。如果他们跟随摩西起行，按照计划，他们将会在进入旷野的道路上被埃及军队全面包围和歼灭，即使没有被歼，也会因无粮无水而倒毙于大漠戈壁之间。

现在，法老就等着摩西带领的以色列人起行了。试想，一大群没有财产、没有牛羊、没有供给的羸弱奴隶，艰难举步在无边的荒漠中，即使法老的军队不出手，这些希伯来人恐怕也断无生路可言。这个世界上的聪明人并不多，但是自认为聪明的人却不乏其类，梅尼普塔法老就属于其中之一。

愤怒的摩西正式警告法老：埃及将会有一场空前绝后的大灾难。届时，所有的埃及人——从法老到奴隶乃至牲畜，所有头生的都将死去，埃及各地将会遍布哀哭之声，而以色列人将会安然无恙。到时候，你自然会卑辞

长子之死，沉重打击了法老的神权

厚礼地送我们走！

摩西和亚伦走了，法老轻蔑地看着他们的背影——前面的事情发生了也就算了，这东西到底是魔法还是利用自然规律装神弄鬼谁分得清？今天摩西居然口吐如此狂言，真是不知道天高地厚！法老进一步坚定了消灭以色列人的决心。

以色列人在埃及全境发动了总动员，尤其是以色列人聚集的歌珊地区，基本上处于半独立的非暴力起义状态。以色列人听从摩西的指示，停止了手头的所有工作。他们开始紧锣密鼓地筹备离开埃及的事情，法老也在紧锣密鼓地筹备一场歼灭这些暴民的战役。双方都在和时间赛跑。法老的口袋已经张好，以色列人啊，来送死吧。

就在法老有条不紊地调动军队的时候，以色列人却在赶制大量的无酵饼，挑选羊羔。这一次，摩西表现出一个伟大统帅的风范。现在已经到了以色列人生死存亡的关头，一切温情主义的东西都要暂时放置一边，整个民族实行军事化管理。他下的第一个命令是关于吃的：本月初十，每家每户都要挑选一只羊羔，养到十四日晚上宰杀吃掉。吃的时候不允许水煮，必须要烤制。从十五日开始，大家吃无酵饼七天。不得有误，违令者杀。此外，他还特意叮嘱以色列人，一定要把羊羔的血涂在自家的门楣上，事关生死，切记！

以色列人照办了。其他那些在埃及受到压迫和屠杀的民族，有很多想同以色列人一起离开，他们听到这个命令也都自觉自愿地遵守。

十四日晚上到了，据《圣经》记载，那一天晚上，上帝的神秘力量席卷埃及大地，从法老到小民百姓甚至于牲畜，所有头生的全都死了。一时间，无村不戴孝，户户有悲声。而门楣上涂血的人家则被死神跨越，无人死亡。这天晚上就是以色列人逃离死亡的日子——后来这天被定为"逾越节"——而这一天，正好是以色列人寄居埃及满430年。

5. "希伯来人——你们回家吧"

死人、死人……几乎家家户户都有死人的消息,到处是撕心裂肺的哭声。

深夜,法老急召摩西和亚伦进宫。法老自己的儿子也死了,整个埃及沉浸在悲伤与恐惧之中。也许此时的法老和那些早已经遗忘往事的埃及人,终于可以体会近百年前一个个恐怖的夜晚、母亲失去婴儿的哭嚎、婴孩被投入水中的挣扎和惨叫——那些被他们看做生来下贱的希伯来人的痛苦——这一天,埃及人以如此痛苦和悲伤的形式,终于给予了全面的偿还。人啊,为什么要等到巨大的灾难彻底降临到自己身上,才肯做出让步呢?

悲伤的并不仅仅是法老一个人,甚至并不一定只有埃及人。

面对这片曾经生养过自己,给予自己知识与文化的土壤,面对曾经给自己带来光辉梦想的尼罗河,面对那些曾经在眼中视为亲近的埃及人,摩西的心中一定怀着深深的悲伤。当尼罗河边的村镇处处传来悲伤的哭声,摩西的心中不会有胜利者的快乐,更多的是悲天悯人的伤感。

悲伤、仇恨和恐惧充斥着埃及的大地,法老这次召来摩西是当真的——他要放以色列人走,不分男女老少,赶着牛羊牲畜,带着他们的财物,离开埃及。换句话说,从此时此刻起,以色列人自由了!

人是一种很复杂很特殊的动物。当处于弱势的时候,其悲悯与痛苦实在不堪;可是一旦强弱转变,翻身得解放的奴隶也会马上变成恃强凌弱的暴君。如今的以色列人就有点这个意思。长达几百年的奴役与屠杀所集聚的仇恨终于有所宣泄,他们伸手向埃及人索要钱财上路,又恨又怕的埃及人巴不得他们赶快离开,毫不犹豫地将钱财给了他们。

以色列人揣着无酵饼、驱赶着牛羊、装载着财物,队伍中还夹杂了大量不愿意在埃及受迫害的其他民族的人，满怀希望地从歌珊出发，向心中"流着奶与蜜的故乡"前进。

当黑夜的阴霾消散，东方的太阳升起的时候，以色列人突然意识到——今天，他们终于第一次作为一个真正的人，挺直身躯行走在这片土地上！也许前面有坎坷与荆棘，也许他们中的大部分人都还没有做好受苦的准备，但这并不是最重要的。因为对于他们来说，从今天开始，他们的每一步都在奔向希望，都在为自己，也是为自己的后人成就一个自由平等的家国之梦！

430年前，雅各（以色列）全家来到埃及的时候大约有200人左右，其中男丁六十多人。如今当他们出埃及的时候，光是步行的丁壮男子就有60万人！加上妇孺老幼，人数应该在两三百万之众。

值得一提的是，浩浩荡荡回归家园的以色列人此次携带了一样重要的物件——约瑟的棺椁。三百多年前，弥留之际的约瑟让自己的兄弟以及后人在他的床前起誓，一定把他的棺木骸骨带回故乡安葬。这个17岁被卖离家、在埃及经受十多年牢狱生活、凭着巨大的信仰力量和纯真正直的心造福于埃及也造福于以色列的老人，在内心深处，对那个令他魂牵梦绕的故乡从未止息自己的思念与渴望。三百多年，约瑟的骨殖没有入土下葬，他就像一个指示的路牌，时刻

埃及人强烈要求摩西迅速离开埃及

督促与提醒着以色列的儿女——顺境也好、逆境也罢，无论经历什么样的苦难与欺压，即使在一个个破门而入的恐怖黑影的笼罩之中，以色列人心中仍然有一个真正属于自己的家园。约瑟的棺椁里所盛放的绝对不是一堆普通的枯骨，而是一个警钟和信心的标志。从此，迦南——流着奶与蜜的故乡，从一代代老人花白的胡子里，从一个个炉火噼啪的故事中，在这个寄居了几百年的民族中广为传扬，从不停息。

拖儿挈女的以色列人离开生息了几百年的埃及，向自己的故乡进发。说迦南是故乡，但是经过了几百年的埃及生活，再加上近百年的闭关锁国，大多数以色列人对那里异常陌生。从迦南人的角度上来说，他们已经是埃及人；但是从埃及人的角度上来说，他们又是异族——如此矛盾的社会角色，决定了他们这一路旅程注定要在朝秦暮楚、徘徊反复甚至血雨腥风中度过。

第七章 ◉ 旷野旅程

  摩西知道以色列人的结局是什么,由于一念之差,他们将会走向另一个曲折、艰难、痛苦的征途。眼前的同胞除了约书亚与迦勒以外,不会有任何一个年龄超过20岁的男人活着进入迦南,迦南是一个他们永远在接近、幻想但却永远达不到的天堂。

1. 红海波涛

正如摩西所料,埃及军队的确在边境和地中海沿线布防并设下了埋伏。如果在埃及境内就大开杀戒,一方面摩西的手段法老不摸底,另一方面几百万人闹将起来,又有摩西的神迹撑腰,说不定给法老带来更大的麻烦。如今在沙漠中就不一样了,风驰电掣的战车和骑兵几轮冲击下来,相信以色列人很快就会覆灭。

法老的算盘打得很好,可惜,苦苦等候的官兵一直没有见到以色列人的踪迹。以色列人已经成功地向南迂回,正驻扎在红海边,准备渡过红海。

这时,一件可怕的事情发生了。法老亲自带领600辆特制的重装战车、数不清的普通战车、骑兵、步兵,一路从北部追击过来。这些部队是法老的主力军团,其战斗力之强,可以令大多数周边小国胆战心惊,令其他埃及军队难望其项背。沙漠之中地势开阔,战车滚滚、战马奔腾,远远看去尘土飞扬,甚是雄壮。巨大的战车、战马和队列声震得地皮都微微颤动——刚刚有所喘息的以色列人陷入了巨大的恐慌之中。

法老此来绝对不是给以色列人送行的,心高气傲的埃及人怎么能够眼睁睁地看着以色列人大摇大摆地离开埃及,怎么有耐心看着这些奴隶扬眉吐气呢?帝国的传统本来就是顺之者昌、逆之者亡,对以色列人又何必客气?放手一搏、痛下杀手才是太阳神后裔的一贯作风!

一场巨大的屠杀就要在红海岸边的旷野之中展开。

"红海"一词,希伯来原文为"Yam Suph",英文翻译为"Sea of Reeds",中文直译"芦苇海",希腊时期翻译为希腊文的《圣经》"七十子译本"

把它翻译为"红海",并一直沿用至今。

看到埃及军队追杀而来,人们纷纷咒骂摩西和亚伦:你们为什么要打破我们的平静生活?我们在埃及做奴隶总比这样死在旷野里要好吧。人们有时候可以爆发出移山填海的巨大激情,可以因为狂热而赴汤蹈火,却往往不愿意面对真正的困境,即使这是他们为了自己的信仰和信念必须付出的代价。以色列人似乎忘记了"逾越节"那一夜的神奇力量,忘记了还有一个上帝与他们同在。绝望和恐惧蒙住了他们的眼睛。面对滔滔的浩瀚水面和屠杀者的凛凛刀光,又有谁可以保持镇定呢?

在群体恐慌的时候需要一个镇定的人,他可以让整个群体的情绪稳定下来并且找到解决问题的办法——这个人非摩西莫属。上帝给予摩西信心,也给予他神奇的力量。现在,是到了显现这种力量的时候了!

摩西把手杖伸向红海,亘古未有的奇观由此出现:极其强大的东风吹来,这风又干又热,海湾中的水被吹皱成堆向两侧退去,露出中间的干地,两面的海水远远地分开,就像两堵墙。走投无路的以色列人又惊又喜,纷纷下海逃生。

很快,法老的强大部队也到了。

法老指派他的一部分军队下到河床继续追击。水下石头密布,战车行动不便,很多车轮脱落。摩西时代,战马还没有使用马蹄铁,在地形不平的河床和石头上面行走,马蹄很容易出现开裂、出血的情况,战马的作用大打折扣。这时,一个巨大的云柱阻挡在埃及军队和以色列人的后队之间,将两者隔开。整整一夜埃及军队不能赶上以色列人。到了清晨,一场大雨和雷电袭来,埃及战车和人马陷入泥泞、流沙中苦苦挣扎,行进更加缓慢。

经过一夜的艰苦跋涉和逃亡,以色列人终于登上了红海对岸,进入西奈半岛。此时的埃及军队还在红海中艰难跋涉。摩西挥动手杖,滔滔红海合并如初。红海波涛吞没了法老的军队,战车的残骸与人、马的尸体,浮在海面,漂到岸边。

埃及法老失败了,以色列人胜利了!这场胜利意义不同寻常,胜利等于生命的延续,失败等于彻底的灭亡。从没有一个民族整体性地面临过这样的挑战,但是摩西的信心、坚持与纯正的信仰拯救了他,也拯救了以色列人。死里逃生的以色列人面对红海汹涌的水面和漂浮在水面上的残骸尸体，惊得目瞪口呆。在这一刻，他们终于确确实实地感觉到：那个在漆黑的深夜击杀埃及人为他们讨还血债、保护他们的上帝就在他们的身边，摩西没骗他们！

波涛滚滚的红海吞没了埃及法老的军队

2. 沙漠苦旅

生活并不见得总是阴霾与苦涩，虽然人生注定会面临很多痛苦，但其间还会有许多的快乐与幸福。善待生命的意义，更多的应当是对幸福与快乐的珍惜吧。以色列人如今似乎感觉到，阳光下，在他们的眼前伸展开一条灿烂的康庄大道，一直通向迦南——流着奶与蜜的故乡。

说迦南是"流着奶与蜜的故乡"，并非说那里有多么肥沃和富庶。实际上，与富饶的尼罗河三角洲相比，迦南的自然气候并不见得好到哪里去。

"流着奶与蜜的故乡"这个词汇值得探讨。我们知道，在游牧民族眼里，奶是动物的精华，蜜是植物的精华。这"奶与蜜"的比喻，更多地表达了以色列人的祖先对遥远故乡的珍爱与眷恋。

现在以色列人虽然对迦南没有多少感性认识，但他们至少知道奶和蜜的珍贵，因为他们正面临所有沙漠旅行者需要面对的问题——他们开始断水断粮了。

烈日的酷热烤干了人们心中的狂喜快乐，大漠的风沙吹散了行进队伍的欢歌笑语。在沉闷和喘息中，庞大的人群缓慢前行，饥饿与干渴迅速袭来，一夜的奔波已经让他们筋疲力尽。现在，这支巨大的队伍蜿蜒曲折地从红海沿岸一直伸向书珥沙漠（即现在的西奈沙漠）。

逃脱了埃及人的刀枪并不是终极目标，以色列人的长征才刚刚开始。几百万以色列人面临着这样的局面——一夜之间离开埃及，没有给他们更多的筹备时间；虽然驱赶着牛羊、携带着财产，但一离开埃及本土，粮草供应便无从谈起；几百年为奴的经历，使这个民族成为依赖性很强的乌合之众，根本无纪律性和战斗性可言——饥饿与干渴只不过是一个导火索，如果任之发展下去，这个被从埃及带出来的民族将会成为荒原里的孤魂野鬼。

第三天，几乎绝望的以色列人终于看到了水源。这个地方现在叫做安哈瓦那，在苏伊士湾北端70公里处，不过那个时候叫做玛拉，因为这泉水是苦的，不能喝，玛拉就是"苦"的意思。

习惯了被奴役与指挥的民族，当需要他们用自己的头脑去思考、用自己的双手去开创的时候，往往表现出一种低能与迷茫。他们跑到摩西那里抱怨："我们喝什么呢？"上帝指示同样疲惫的摩西，将一棵树砍倒，投入水中，水居然神奇般地变得可以饮用了。干渴难耐的以色列人开怀痛饮，终于暂时躲过了一次劫难。

这是以色列人离开埃及、渡过红海以来遇到的第一个困境。

说实在的，从项目管理的角度来说，摩西带领以色列人离开埃及回归迦南是很难执行的艰巨任务。不说别的，单单只是后勤保障就难以为继。"兵马未动,粮草先行"——两三百万人的大迁徙,如果没有极其充裕的后勤补充与保障,实在让人无法想象。

以色列人继续向南,走了大约20公里,疲惫倦怠的众人终于在一个名叫"以琳"("以琳"的意思是"甜",那里有十二股泉水,七十棵棕树)的绿洲安顿下来。在此期间,以色列人第一次听到许多给他们定下的律例典章,其中既有各种节期和宗教崇拜方面的,也有许多身体健康所必需的,还有很多人际交往与人际伦理方面的。可见,以色列人出埃及进入西奈,并不是一次简单的徒步旅游,而是有着更深刻意义的事件。

以色列人在以琳好好地休整了一下。当他们再次迎着尘沙和风暴上路的时候,许多新的挑战和困难在等待着他们。他们中的大多数都将死去,死在这片他们发过很多怨言,陌生而恐惧的旷野里。对他们来说,死在旷野与死在埃及的意义是完全不同的。正如同无数民族的英雄,宁肯为自由而死,绝不因退缩而活。以一个奴隶的身份老死于户牖之间,哪里比得上作为一个自由的人充满尊严地死去?

经过几天的休整,以色列人从以琳出发,转道东南,向汛的旷野前进。汛现在被称为德勃特兰勒地区,位于西奈半岛南端,靠近西奈山。

按照常理,从苏伊士湾到西奈山,成年男子只需要走几天就可以了。但是,两三百万以色列人扶老携幼、驱赶着牛羊、扛驮着财物,一路走来,其速度之慢可以想象。多亏他们在渡过红海的时候让埃及人吃了苦头,否则如果法老继续追来,如此多人的性命恐怕更加难保。

这支阵容不整的疲敝之师蹒跚在旷野之中,鉴于现在并不是逃命,所以他们每天能走上几公里的路程就不错了。从以琳出发,他们到达100多公里之外的汛的旷野用了大约一个月的时间。

漫长的旅程、艰苦的条件、凶险的环境……许多人开始退缩,开始后悔自己当初为什么要坚决离开埃及。尽管埃及人苛待以色列人,但他们已经忍受了许多年,不在乎再忍多少年。而且每个人似乎都相信:在自己的有生之年,埃及人还不至于那么迅速地将自己灭绝掉。但是行走于旷野则大为不同,他们不是缺乏饮水就是缺少食品,或者还可能有毒蛇猛兽袭击,以色列人时刻都有性命之忧。如果当初不惜牺牲生命的抗争只是为了今天以自由之身死在沙漠里,那么这份自由的意义的确令人在感知上大打折扣。

3. 天降美食

　　以色列人开始不满，他们对于离开埃及的意义已经开始产生怀疑。此时，汹汹的民怨如同泼满油料的干柴，只需要一个火星就能燃起熊熊烈焰！百姓们的情绪越来越大，任何事情都可能成为群体事件的导火索。如今，这个不满情绪的诱因产生了——以色列人断粮了。

　　出埃及之前，以色列人准备了大量的无酵饼，但是此行的时间远远超过了所有人的预期。因为有追兵堵截，所以以色列人做了较大的回转，这样浪费了一些时间。另外，由于老幼、辎重较多，他们没有像商队那样横穿西奈半岛，而是沿着半岛的边缘绕了一圈，一方面防止出现在横跨沙漠的时候淡水供应不足，另一方面也防止埋伏在固定线路上的伏兵和敌对部族的攻击。这样一来，原本按照常规，从埃及到迦南不会超过十天的路程，如今却延长了好几倍！

　　饥饿的以色列人又围着摩西抱怨了：你把我们领出来，是要饿死我们啊！我们在埃及再怎么样也还有肉吃呢！

　　所有听到这些抱怨的人都会感到心中苦涩。难道摩西没有面临同样的考验么？莫非这个80岁的老人不知道安稳地待在米甸的旷野牧羊远远强过在这里风餐露宿？难道他不清楚：带领一群满腹牢骚、头脑空虚的人行走在生死未卜的归乡之路上有多么艰辛？为了民族的希望，摩西付出的何止是一顿饭、一口水？然而，对于民众来说，这些都不重要，重要的是——他们需要吃的，而现在没有。旷野之中除了沙子就是石头，而这些都不能吃，如果任由这种状况发展下去，以色列人都会饿死。

　　面对沸腾的民怨，摩西的心情也非常难过。百姓的困难是现实的，似乎所有的人都有难处，唯独摩西本人没有。一心为了同胞的解放与自由把他们带出埃及,此刻摩西似乎反倒成了坑害他们的凶手!

疲惫与怨恨弥漫在百姓中间,一眼望不到边的人群黑压压地瘫坐在沙地上。

第一次,摩西陷入了绝望之中。

当我们面临挫折、困难甚至绝望的时候,总是盼望奇迹出现。但奇迹并不是凭空而来,而是来自于你我的信心与渴望。只要信心之火没有熄灭,我们就可以创造亘古未有的奇观,甚至可以移山填海,铸就从没有人敢想象的伟大与辉煌。此时的摩西虽然信心已经变得微弱,但他依然没有放弃。这位同样饥渴、疲惫、绝望的老人,流着眼泪在上帝面前祷告。他会成功么?

傍晚的时候,奇迹出现了:铺天盖地的鹌鹑飞入以色列人的营地。以色列人惊得目瞪口呆,他们从来没见过这么多鹌鹑一片片飞过来降落在地上。一茬落下了,另一茬继续降落,甚至都没有落脚之处!这些鹌鹑如此之多,密度最大的聚集之处居然深达一米!

摩西对呆立的以色列人高呼:这是上帝给你们准备的肉食,准备享用吧!

又惊又喜的以色列人看着乖乖任由他们捡拾的遍地鹌鹑,几乎不敢相信自己的眼睛,以为是在梦中!

以色列人的天赐美味还没有结束。第二天早上,当他们打开营帐之门时,看见营地周围遍布着一种犹如白霜的晶莹小圆物。以色列人彼此询问:这是什么?这句询问的话,就成为了这种东西的名字——吗哪。吗哪味道甜美,感觉像小点心或者薄饼之类的东西。从此,以色列人每天都可以在早上收获吗哪,直到他们进入迦南,吗哪才不再出现。

这些事情听起来神乎其神,其实,只要我们认真观察就会发现:直到今天,这些吗哪和鹌鹑群,我们还能看到呢。

鹌鹑是一种季候性迁飞的鸟类。每年冬天,地中海一带的鹌鹑都飞到非洲和阿拉伯地区避寒;等到了春天,又飞回北方。鹌鹑是雉科中迁徙能力相对较弱的一种,翼羽短,不能高飞、久飞,往往昼伏夜出,喜夜间迁徙群飞。地中海地区越冬迁飞的鹌鹑中,有一部分需要跨越西奈沙漠。此时的鹌鹑经过长途飞行,极其疲劳,落地之后很容易被捕捉,因此才有了上面所说的大批鹌鹑降落到以色列人营地的事情。据说直到现在西奈和巴勒斯坦的沙漠中,还有一些捕鸟人,在鹌鹑迁徙的时候,张网待捕,每次总能收获数万只鹌鹑。一些行走旷野的以色列人也会捉到飞临营地的大批鹌鹑，以此作为长期的营养补充。

另一个神奇之物就是吗哪，现在的西奈半岛还有这类食物。据说是一种甲虫分泌的糖类白色小颗粒，有点类似蜂蜜。这类甲虫吸食植物的汁液，经过体内的复杂代谢过程，酿造成这种味道香甜的白色小圆颗粒。

以色列人从汛的旷野继续前进，终于到达了一个叫做利非订的地方。这个地方现在还在，处于西奈半岛南端，而今已是一座城市，叫做拉法伊德。虽然如今这是一座不出名的小城，可是当年摩西他们走来的时候，这里却曾经发生了一件令以色列人世代不忘的事情。

到达利非订，以色列人又没有水了。在沙漠中行走，断水是常事。西奈半岛地下水资源并不贫乏，以色列人完全可以通过打井等方式来补给水源。可是，一种不劳而获的试探心理在他们心中滋长：既然有神迹，还要做工干什么？

他们又跑到摩西那里去吵闹，希望摩西给他们变点水出来。吵闹有时候具有传染性，一群人的激烈行径往往会将整个群体带入癫狂。对于任何一种信仰体系来说，对神迹实验性的试探而不是渴求，实际上都是对神灵的侮辱。

摩西不是傻瓜，他能够看出百姓渴望的背后到底隐藏着什么。但是面对情绪激动的百姓，他又能怎么办呢？摩西先是放弃了埃及宫廷的尊贵地位，后来又放弃了含饴弄子的平静生活。他穿越沙漠去解救自己的同胞，冒着生命危险一步步与残暴的法老周旋，终于把自己的同胞领出了埃及，获得了自由！可如今，这一路上同胞们的表现实在令人失望：自私、短视、贪婪，如今又来试探。

摩西把以色列人各支派的长老集合起来，请他们观看自己可以展示的神迹。他曾经那么希望通过自己的能力领导人民获得解放，也对自己的同胞寄予那么大的希望，而如今，他再一次失望了。如果不是上帝的命令，摩西简直不知道这些同胞们还有什么拯救的意义。

当着众人，摩西痛苦而艰难地举起手中的杖，向石头叩击。泉水从磐石之中流出，以色列人因神迹而痴狂、欢呼……但是摩西的心却在流血，这是摩西第一次因为神迹而痛苦。

当滔滔的红海之波在人们面前分开，当旷野中飞来铺天盖地的鹌鹑，人啊，莫非你的好奇心还是没有满足？难道上帝对你的关爱与格外的怜悯反而成了你试探和懒惰的依靠？

摩西觉得自己简直就像是一个变魔术的艺人、玩杂耍的小丑。这次的神迹展现被摩西引以为耻辱，因此他给这个地方取名叫"玛撒"，就是"试

摩西为干渴难耐的族人带来清甜的泉水

探"的意思,又叫做"米利巴",就是"吵闹"的意思。

4. 荒野大战

以色列人或真或假的饮水难题解决了,营地终于归于平静。然而,在夜幕低垂的西奈山边,一望无际的原野上,一个强大的部族武装正趁着黑夜的遮掩,一点点地向以色列人逼近。锋利的达摩克里斯剑悬在以色列人头顶,而他们居然浑然不知。

事情的最早源头要从雅各与哥哥以扫说起。

当以撒的儿子——雅各与以扫,分道扬镳之后,两个庞大的家族就各自发展了。雅各的一支以12个儿子为基础发展出以色列的十二支派。以扫的主要活动中心在西珥山一带,也繁衍出几十位迦南地区赫赫有名的族长。其中,他的孙子亚玛力发展出了亚玛力族。

亚玛力人是上古时代中东地区最古老的游牧部族之一,他们继承了祖父以扫的大部分传统与衣钵,并且以西珥地区实际控制人与保护者的身份在约旦河西岸到西奈半岛的广阔土地上游牧。他们部族繁荣、力量强大,甚至被称为"诸国之首"。

而以色列人经历了埃及几百年亦牧亦耕的定居化生活,基本上已经丧失了攻坚野战的组织能力,更无实战经验可谈。特别是两三百万以色列百姓,携带着数量巨大的辎重、牛羊缓缓而行,虽有武器在手,但是和剽悍的沙漠部落相比,基本相当于手无寸铁、毫无防备。

更加不利的是,以色列人没有采取有效的防备措施。一般来说,在前进部队中,最精锐的部分往往放在可能发生交锋的前沿,老幼妇孺则远离前线。因此,为了对付眼前陌生的环境,以色列人把最精锐的前锋放在了队伍前端,背后的红海与干旱贫瘠的西奈沙漠对以色列人来说似乎是最安全的天然屏障。然而,在大漠的风沙之中,一群人早就远远地跟上了这些缓缓行走的疲弱之师。

他们就是亚玛力人。没有人会在沙漠中遭遇亚玛力人而无动于衷，这些剽悍的旷野勇士极富耐力而且凶悍异常。他们善于以小股部队不断骚扰敌人，分进合击，如同沙漠中的群狼一样一口口吃掉敌人。

　　大概以色列人渡过红海之后不久就被这些亚玛力人盯住了，远远地一路尾随到此。面对这几百万人的庞然队伍，骁勇善战的亚玛力人并没有轻率动手。随着时间的延长，以色列人表现得越来越散漫，越来越掉以轻心——他们终于露出了亚玛力人渴望已久的破绽。亚玛力人几乎要笑出来：莫非这些人真的把凶险的沙漠行走当成普通的徒步旅游不成？

　　如今，即使有再多的以色列人，亚玛力人也不感觉害怕了。几股远远跟随的亚玛力队伍合为一支，准备向以色列人发动进攻。在亚玛力人看来，这一大群富裕的乌合之众简直是天上掉下来的馅饼。快马弯刀所到之处，成群的牛羊、如山的财宝、数不清的男女奴隶几乎是他们的囊中之物！

　　就像发动攻击前的狼群会兴奋得难以自持，亚玛力人此时的激动心情已经找不到更加合适的字眼来形容。习惯于弱肉强食的沙漠部落才不会做天与不取的傻事，以色列人在他们眼里就是自己的财产，绝对不能让这些肥嫩的羔羊落入别人的手里。

　　大概凌晨交更的时候，亚玛力人趁疲惫的以色列人熟睡之际，向老弱妇孺为主的营地后部发动了攻击！

　　队伍仿佛从天而降，在以色列人的营地中左右突驰。许多尚在梦乡的以色列妇孺还没有来得及睁开眼睛即遭毒手。喧闹与火光惊醒了前营的丁壮，他们没有想到，居然有人对手无寸铁、无怨无仇的老弱下手！如今的亚玛力人充分体现出"狼性"的一面——为了成功，不择手段。

　　被杀戮哭号声惊醒的以色列丁壮纷纷向后营冲来，与突袭的亚玛力人展开激烈的战斗。虽然亚玛力人剽悍勇武，以色列人是乌合之众，但是毕竟后者人数众多，而且拼死抵抗。袭击者此次收获不大——亚玛力人进行了一番杀戮和掠夺后，便匆匆从以色列营地退离，躲入漆黑的旷野中去了。

　　突遭攻掠，以色列人几乎晕头转向，根本不知道发生了什么事情。好在敌人已经撤出，他们似乎安全了——但这"安全"只是似乎而已。

　　当太阳在旷野中升起，以色列人震惊了：一支军队已经在他们的面前摆阵对垒。有眼尖的人认出他们的服饰和昨晚突入营地的袭击者一样！他们是亚玛力人。

一场大战正式展开了！这是以色列人几百年来的第一仗，也是生死存亡的一仗。

鉴于头一天偷袭得手，亚玛力人对真正的对战满怀信心。以色列人则对亚玛力人的战斗力充满恐惧，强烈的求生欲望让他们几乎动用了一切可以动用的资源与人力。

亚玛力人作为本地区的固有居民，其主要聚集地为距此不远的南地，如果僵持起来，他们的物资补给应当不成问题。而以色列人就不同了，庞大的人口滞留于荒漠，没有资源补给，没有后方依托，除了求生欲望和血肉之躯，他们一点优势也没有。

以色列人逃脱了埃及的奴役，经历了旷野中的生死考验，莫非那一点点生存下来的要求都是奢望？莫非自由的代价如此昂贵？曾经恐惧、懒惰、怨气冲天的以色列人如今安静了。他们终于明白：一切的怨言和恐惧都是无用的，只有选择战斗才有机会逃生，只有不怕战死才有机会存活。

经历了几百年的无战备生活，这些流落于大漠旷野中的以色列人终于拿起了对他们来说显得如此陌生的刀枪武器。他们有的曾经是泥瓦匠，有的曾经是牧羊人，有的曾经是农夫，有的甚至曾经是乞丐……这些已经不重要，他们是绝地求生的以色列人。如果这个种族消失了，将不会有人在他们的墓碑上写下"泥瓦匠某某某"、"牧羊人某某某"的字样。荒漠中的鬣狗会撕咬他们的尸体，秃鹫会吃掉他最后一根骨头，他们的妻子儿女将会成为奴隶，他们的痕迹将会在下一次风暴来临的时候成为缥缈的传说。为了生存，这些缺乏训练的乌合之众必须战斗，即使只剩下最后一个人。

双方的对峙持续了一天，除了小股的骚扰之外，亚玛力人没有进行大的冲击。从战术上来说，亚玛力人这样做是绝对高明的。他们采取这种围而不打却又不断骚扰的做法，目的是令对手不断消耗，不断增加恐惧感，等到对方疲惫崩溃的时候再发起全面进攻，一举消灭对手。这实际上也是各个大漠民族常用的战术，从匈奴骑兵到蒙古铁骑，几乎都是如此，而且屡试不爽。

两三百万人在沙漠里多滞留一天都是巨大的消耗，如果继续对峙下去，以色列人将会不战而溃。亚玛力人很清楚，只要再成功地拖住以色列人一天，明天早上发起进攻，饥渴困乏的以色列人就会像温顺的羊一样被他们宰杀掉！

亚玛力人的战术无懈可击。但是，他们忘记了一点：战争不是单纯的武器演示和战术运用，战斗双方的斗志同样十分重要。亚玛力人要的是对方的财富牛羊，为此不惜进行杀戮；而以色列人要的是活下去。这种不对等的诉求导致不对等的战斗欲望。背水一战的队伍永远都是可怕的，尤其当他们刚刚意识到自由的宝贵，他们宁愿为了这份美好的自由牺牲生命。

事情发展的进程使亚玛力人大吃一惊！

这一夜几乎没有哪个以色列人可以合上眼睛，除了一个人——摩西。

摩西是一位真正懂得军事和战争的领袖，但是他毕竟太老了，征战疆场对于他来说显然不合适。因此，摩西必须选择一位军事统帅作为助手来领导以色列人完成一系列的军事行动。这个人应当年富力强、机智勇敢、坚忍不拔而且正义正直。经过一段时间的观察，摩西选择了以法莲支派的领袖——约书亚。

摩西对约书亚说：明早你去与亚玛力人征战，我站在山上手持上帝给我的权杖为你祈祷！约书亚成为自以色列人形成民族以来第一位真正意义上的军事统帅。此后几十年，他继承了摩西的事业，带领以色列人回归迦南、开拓领土。

约书亚被指派的时候大约40岁，他的原名叫做何西阿，希伯来文是"拯救"的意思。摩西亲自给他改名叫做"约书亚"，即"耶和华拯救"的意思。约书亚（Joshua）正是"耶和书亚"（Yehoshua）的缩写，后来新约时代耶稣（Jesus）的名字，实际上就是约书亚名字的希腊文拼法。

太阳快出来了，亚玛力武士的弯刀似乎渴望鲜血的滋润，而绝望中的以色列人则在等待他们新统帅的命令。

约书亚对以色列众人发布了第一道命令：打开营门，向亚玛力人进攻！

不需要什么激动人心的演讲，更不需要什么誓师的宣言。此战如果失败，以色列人将会死无葬身之处；如果胜利，以色列人将会获得生存的权利。

约书亚指挥以色列人主动进攻的原因很明确：绝地反击的结果有两个——生或死，而困守营盘的结果只有一个——死。这一点不但约书亚知道，以色列人全都知道。因此，当他做出这项决策的时候，没有一个人站出来反对。

此时的摩西和亚伦以及以色列人的另一位重要领袖——户珥登上附近的一座山坡。摩西手持权杖，面对上帝为自己的勇士们祈祷。

营门缓缓拉开，从不按照规则出牌的亚玛力人震惊了，他们见到了一个比自己还不按规矩出牌的对手。

亚玛力人看到了一个令他们啼笑皆非的场面：穿着各色服装的以色列人，手持各样暂时可以称之为武器的东西，人不成伍、队不成列地冲出营门。面对剽悍精锐的亚玛力战士，他们似乎忘记了生与死的问题，如同一群发怒的蜜蜂，呼啸着扑入敌阵。

面对这样一群仿佛从地狱里涌来的，由疯狂的农夫、泥瓦匠和牧人、乞丐组成的战士，亚玛力人的弓箭、刀枪一下子失去了作用。前仆后继的冲锋与性命相搏的厮杀缠斗搞得亚玛力武士们一时不知如何应付。亚玛力人拼命稳住阵脚，控制自己的队形，但一切仿佛都是徒劳——在一波又一波不知疲倦、毫不畏惧的以色列人的进攻面前，亚玛力人的阵地终于崩溃了。

此时的亚玛力人不再是前来征服和掠夺以色列人的强者，面对如汹涌波涛一样的以色列人，他们既感到莫名其妙又感到绝望恐惧。他们后悔为什么没有安排一支迂回到以色列后方的突袭队伍，甚至根本没有准备预备队。

此战一直持续到太阳落山。视死如归的以色列人大获全胜，亚玛力人酋长战死，武士悉数被歼。约书亚没有辜负所有人的期望，一战成名。

此后亚玛力人与以色列人结下了世代相传的血海深仇，双方战争不断，直到最后的一个亚玛力勇士被以色列西缅支派歼灭在他们的故乡——西珥山。从此，剽悍的亚玛力人成为尘封历史中的一个符号。

5. 大漠深处的改革

有困难，找摩西

清晨，"得得得"的驴蹄声把旷野的薄幕掀开了一个小角，一小队人从远处匆匆赶来。

"快了，马上就到了。"赶驴的汉子回头告诉乘在驴背上的威严老者。

驴蹄声引起早晨捡拾吗哪之人的注意，他们抬起头，注视着为首的骑乘老者和他背后遮蔽得严严实实的车帐。

绕过一个沙丘，一片巨大的营地呈现在眼前。老人示意队伍停下来，向一位路边的以色列人问安并自我介绍。他就是给摩西送归妻儿的老祭司、摩西的岳父叶忒罗老先生。他们现在需要马上见到摩西。

摩西在米甸与他的妻子西坡拉生了两个儿子，大的叫革舜，小的叫以利以谢。摩西初回埃及的时候，把自己的妻子与孩子都带来了。然而，埃及的斗争凶险、艰难，他不得不先打发妻儿回到岳父那里去。在出埃及的道路上，摩西遇到的危机层出不穷，妻儿在米甸也终日提心吊胆。

摩西是个正常人，是正常人就会有脆弱的一面。当完成一天的旅程，大多数以色列人在家庭中享受儿孙满堂的天伦之乐，狭小局促却生意盎然的帐篷中传来欢歌笑语的时候，摩西本人却不得不在寂静黑暗中孤独就寝。

夫妻之间不能长期分离，否则会出好多问题，这个道理，叶忒罗老人十分明白。因此，当以色列人打败亚玛力人的消息传来，看看情况许可了，老祭司就带领自己的女儿和两个孙子匆匆赶来投奔摩西。

"摩西的家人来了"——消息像长了翅膀，顷刻间传遍营地。许多以色列人走出营地欢迎叶忒罗一行，不过欢迎的队伍中唯独少了摩西一人。

这情景搞得老祭司一下子如坠五里云雾，他实在搞不懂女婿的意思。是怪罪妻儿离开自己、未能与他同甘共苦，还是另有新欢、不愿再接纳糟糠之妻？

有热心人看出了叶忒罗的疑惑，他们一路引导老人进入营地，驻足在营地中央一座很大的营帐前。此时，营帐外已经密密麻麻地排满了人，他们都焦急地伸着脖子向营帐内观望。

营帐中，须发尽白的摩西正在主持解决两个家庭之间的纠纷。年老耳背的叶忒罗听不见具体的言语，不过看情况似乎是一些鸡毛蒜皮的小事。良久，两个闹矛盾的家庭在摩西面前握手和解，微笑着从营帐中走出。下一对怒目而视的冤家又走了进去……叶忒罗终于明白了自己的女婿不能出来迎接自己的原因——摩西成了百姓事无巨细的审判官。

叶忒罗老人制止了其他人打算向摩西通报消息的表示，转身离开营帐，准备到营地里走一走、看一看。

这一看可不得了，老人一下子忧心忡忡起来。

进入以色列的营地，其管理之混乱、纪律之松懈给叶忒罗留下极深的印象，摩西的终日操劳跟这种混乱与松懈的管理极不合拍。问题出在哪里呢？叶忒罗既是米甸的祭司，又是一位酋长，他很明白一个管理者应该做什么、不必要做什么。如果一只母鸡、一车粮食、一件衬衫的纠纷都需要最高领袖去过问，那么无论国家也好、机构也罢，这个组织的管理水平实在令人担忧。

摩西是一个伟大的统帅、高明的将领、灵命高深的祭司和坚忍不拔的勇士，但此刻的摩西却不是一个很高明的管理者。摩西带领以色列人从一个胜利走向另一个胜利，他的一举一动成了人们争相模仿的榜样，人们爱戴他甚至迷信他，各种各样的事情都拿到他这里裁决。两三百万人在一起，每天的争执和诉讼必定很多。摩西已无力脱身，何谈其他？

宗族势力是稳定社会的一个不可或缺的基础因素，尤其当基层管理没有到位，社会构架不够完善的时候，宗族势力的介入，可以在相当程度上对一系列矛盾与潜在危机起到很好的缓冲作用，并且以比较温和的方式将命令与民情上传下达。在埃及的几百年中，以色列人的生活一直以宗族势力为中心展开。埃及人想尽办法削弱这个弱小民族，宗族力量则帮助每一个苦难中的以色列人，至少在最低限度上保证生存、彼此鼓励；甚至对迦南的回忆与向往，也是在各个宗族支派中口口相传下来的。以色列人能够走出埃及，在与埃及的斗争中与摩西的指挥保持一致，很大程度上要感谢宗族势力的介入。但是当以色列处于大变革、大转折的时刻，这股势力的影响力与束缚力往往被打破。

以色列原本以宗族为基础，很多争执可以通过族中的长老主持解决。如今宗族体系已经随着他们一步步深入到旷野险境变得十分脆弱，并随着人们对摩西权威的推崇而逐步走向瓦解。各个支派的长老身处大漠旷野，他们跟青年人一样面临的都是全新的事物。除了比青壮年多出一副白胡子，他们对外面世界的认识，和其他人差不多。

每天，大批百姓聚集在摩西身边，等候他来处理民间纠纷和争讼事件。这位老人的生活被彻底打乱了。从早到晚，摩西坐在那里断案，而许许多多百姓则排队等待他解决问题。两三百万人的衣食住行、大事小情，凡有悬疑难解的，都拿来找摩西裁决；甚至邻里不和、家庭纠纷，也要找摩西说几句公道话。这样一番折腾，无论是摩西还是百姓，都感到十分疲劳。

与大获全胜之后士气高昂的百姓相比，现在的摩西可没有那么自信和乐观。作为领袖，他必须要为整个民族的生存发展做出客观可行的规划。但是，很无奈，作为一个兵民一体的民族的领袖，他根本没有时间考虑今后的发展，没有精力研究战略决策，再这样下去，以色列人的前景岌岌可危。

"出埃及项目"评估

摩西带领以色列人出埃及，回迦南，是一个典型的项目管理事件，而非简单的搭伴结队之旅。任何一个团体，几天时间的杂乱无章或许能接受（虽然由此必然引发很多麻烦，甚至是灾难性的后果），如果时间再拖延，这种混乱无序的状况将会酝酿出令人难以接受的后果。

此时，叶忒罗的到来为以色列人带来了新的机会和希望。他看在眼里的，与摩西感到苦恼的东西完全一致。叶忒罗老人急切地想要跟摩西谈一谈。因此，当疲惫的摩西完成一天令人头昏脑胀的裁决回到自己帐篷中的时候，老祭司叶忒罗已经在那里等他了。

假设我们是叶忒罗和摩西这场谈话的旁听者甚至参与者，我们来评估一下摩西"出埃及"这个项目事件的管理情况。

项目管理是"在项目活动中运用一系列的知识、技能、工具和技术，以满足或超过相关利益者对项目的要求"。简单说就是：为什么要做一件事？怎么样才能做得好、令人满意？

任何一个项目，从立项发起到执行结束，其关键因素无外乎三个方面：一、目标；二、责任；三、满意度。

第一个，目标，"要干什么"。比如说一个人跨越荒漠去做生意，那么他的目标肯定是通过贸易获得财富。以色列人由于在埃及受到奴役并且差一点儿被灭绝，因此"逃离迫害，回归迦南寻找生存空间"就成为他们的共同目标。

第二个，责任。是指在项目执行过程中，执行人（这里是摩西）如何承担起让大部分追随者感到满意的责任来。让所有人都满意是不大可能的，在一个两三百万人的大群体中更是如此。因此必须寻找到绝大多数人的共同利益诉求和目标方向，然后找出满足他们共同愿望的办法。具体到"出埃及项目"的执行，就是该怎么办的问题。

第三个，满意度。这个很好理解，目标定了、方法有了并且执行了，那么能否让追随者感到满意呢？

事实上，只要前两条做到了，第三条就顺理成章了。而在这三条里面，是否能够做好第二条是整个项目能否成功的关键。为了让项目顺利进行，让追随的以色列人满意，摩西在第二条中有什么问题需要解决呢？归纳起来，大概可以分成四个基本要点：

首先是"工作范围"的确定。为了完成"出埃及、回迦南"这个大项目，到底有多少具体的事情被分解出来做？每一部分需要做到什么程度？齐头并进或者交叉处理，总之，把那些混在一起的千头万绪理清楚。如果"工作范围"没有确立，事情将永远没有条理。而现在摆在摩西面前的项目就处于一团乱麻的状态。摩西像一个救火队员，他根本没有时间考虑那些分解工作、实施方案之类的东西，一件件极其具体的事情弄得他心力交瘁。在这种状况下，他只能任凭整个事业这么乱下去，而且看不到"从乱到治"的尽头。

第二个是"时间"。这个东西很敏感，人人都希望在最短的时间里完成最宏伟的目标。但是就整个大项目而言，没有人知道还要多久才能走出旷野、回到迦南。预期中几天的旅行现在已经被拖延到一两个月，而且看上去路途依然遥远。一系列突发事件更让归期不得不一拖再拖。因此，这个项目的总体时间难以一下子说清楚。倒是过程中一件件具体的事情，处理起来应该有个时限概念。比如说什么时候该储备粮食了，什么时候该到什么地方了，或者什么时候结束某个纠纷的调解，等等。然而，因为事无巨细全由摩西一人包办，前来的人又太多，从早到晚忙得摩西连争讼案件处理的时间都没法保证，更不要说其他诸如加强防御、保障物资供应等刻不容缓又十分棘手的大事，筋疲力尽的摩西甚至都没有精力对这些事情进行深入的思考。

第三个是"成本"。在一个具体的项目中，成本包括投入的人工、资金、设备之类——在这里我们不妨把"成本"泛化一点，实际上是指摩西和以色列人出埃及过程中需要付出的代价。由于生存下来是他们最主要的目标，因此为了达到这个目标，他们必须接受统一的领导，放弃一部分个人的自由和权利，接受一种体制的管理。对摩西来说，为了让混乱不堪的局面得到迅速改观，使停滞的进程被有效推进，他必须建立一个管理团队，将自己手中的一部分权力下放到各级管理者手中。

第四个是"质量"。具体到对以色列人"出埃及项目"管理这件事情上，摩西必须保证各个分项目令人满意。比如说：对外征战的战术制定，务求每战必胜；粮食物资的供应，务必充足、稳定、安全；争讼的处理，要快速、公正又能照顾到各方利益……只有这样才能保证整个事业的健康发展。

然而，呈现在摩西和叶忒罗眼前的，却是另一番景象。尽管摩西已经累得精疲力竭，但是各项工作仍然质量欠佳。再这样持续下去，以色列人大获全胜带来的兴奋与激动很快会消失无迹，代之以管理混乱、武备废弛之后的怨声载道。

现在，"出埃及项目"各个环节和要点已基本理顺，该是对其进展进行评估，并且拿出切实有效的解决方案的时候了。

无论是叶忒罗看到的，还是摩西感受到的，各个环节令人不满之处都指向了一个症结点：糟糕的管理。这种糟糕的管理状况肯定不是由于领导者本人疏于理政造成的。我们可以将管理混乱的状况归结为一点：管理体系的缺失。

因此，进行管理机构的改革，建立健全管理体制，已经是以色列人生存和发展过程中必须登上的台阶。在这个过程中，很多人可能会不大舒服：习惯于独立行事的百姓一开始可能会不习惯于被管理，习惯于一言堂的摩西和各支派长老们也必须适应接受体制的制约。但是，为了民族生存目标的实现，他们必须这么做。因此，管理团队的建立成为重中之重。

对此，叶忒罗老先生提出了十分具体的改革建议。

摩西的机构改革

以色列人的旷野旅程，既不等同于行军打仗，也不同于某件生意的合伙经营，甚至不同于一个国家的运转。他们与每一个状态形式都有点接近，但又跟每一个不一样——如同一个初创的小公司，业务在进展但企业却不一定走向了正轨，很多地方都处于"四不像"的状态。

这是以色列人当前所处的状态。

行军打仗，由于战场时机瞬息万变、军情敌情刻不容缓，因此领导者的决策和指挥必须迅速、果断，赋予指挥员的决策管理权力相对很大。而以色列人虽然需要管理体制，但总体而言其危机并没有严重到这个程度。另外，以色列虽然表面上看有点儿像合伙经营一个项目，但他们面临的危机更艰巨、复杂和紧迫。至于建立一个国家的管理体制，对当前的以色列人来说为时尚早，其复杂的管理结构，庞大而分工细致的管理体制，甚至会使这些荒漠中的以色列人不堪重负。

以色列人必须因地制宜地建立起一套切实可行的管理体制来。鉴于他们现在处于军民不分、军政混杂的情况，叶忒罗给予摩西的建议是：选拔合适的人才，"派他们作千夫长、百夫长、五十夫长、十夫长管理百姓，叫他们随时审判百姓，大事都要呈到你这里，小事他们自己就可以审判。这样，你就轻省些，他们也可以同当此任"。

叶忒罗建议摩西建立起逐级负责的管理制度：在这个结构体系中，摩西不再事必躬亲，而要学会做一个领导机构的管理者和重大事件的决策者。摩西本人可以从繁重而具体的琐碎事务中解放出来，放眼于更长远的民族发展大计。这一组织结构与现代企业管理制度中的"授权管理"与"例外管理"十分相似。前者强调在常规情况下的管理秩序，避免越级事件的发生；而后者则突出在重大事件上领袖决策的话语权，两者结合在一起，以此来推动事业的发展，以发挥最佳的协同效果。

人员管理层面，具体到以色列人来说，是对各级管理者的选拔，选拔标准是"敬畏神、诚实无妄、恨不义之财"——这是核心团队的"核心价值观"。此刻对以色列各级管理人员的选拔，他无既往经验可参照，也无成功案例可学习。因此摩西面前的"手表"只有一块，那就是"基于信仰的道德准则"——也就是"核心价值观"，除此之外，所谓的办事能力、从业经验等都被放到了次要位置。

也许是因为误打误撞，缺乏管理经验的摩西居然能够在唯一的"核心价值观"的选拔标准下组织起一个高效运作的管理团队，因此得以带领这一大批流浪者回归迦南。

当叶忒罗离开的时候，以色列人的管理已经初见成效，松懈与散漫不见了。作为一个兵民一体的民族，以色列人正如一把利刃，在沙漠中放射出凛凛刀光。

所谓"工欲善其事，必先利其器"，摩西与叶忒罗老人在旷野深处帐篷中的谋划，或许可以给现代的创业者们提供许多鲜活的启发和思路。

6. "十诫"契约

这群不久前还被各种各样问题困扰的百姓，目前的状况已经大为改观。生存问题解决了，管理体制建立了，以色列人如虎添翼，成长为沙漠中一支可怕的力量。当然如果仅仅如此的话，他们和那些打家劫舍的亚玛力人不会有多少区别，弱肉强食的丛林法则同样适用于他们。然而，一件事情的发生却彻底改变了以色列人的生活轨迹，甚至影响了整个人类发展的历程。

当以色列人在西奈山下屯扎宿营的时候，摩西却从人们的视野中悄悄消失了。依据《圣经》记载，此时摩西独自走上西奈山，去神那里接受了一样东西——"十诫"。

其实，摩西登山领受"十诫"律条的背后，有着极其复杂的信仰归属因素。

如果以项目管理的眼光来看待这一出埃及事件，会发现：除非有奇迹发生，否则这个项目从立项到启动，全过程都困难重重。因此，神迹的出现在很大程度上改变了整个事件的发展进程。从埃及的"十灾"到红海边的奇迹；从磐石出水，到从天而降的食物——奇迹带来了绝望中的生机，更使得一系列"不可行"变成了"可行"。这些神迹的发生，很大程度上指示以色列人：上帝就在他们身边。

因此，从离开埃及到西奈山下，以色列人在信仰角度解决了"信不信"的问题，以色列人认为确实有那么一位上帝在保护和关照着自己，身处大漠旷野，如果离开这位神，他们连生存都无法保证。因此，如何进一步加强与这位神之间的关系，确定起某种牢不可破的保障，便成为这群旷野中无依无靠之人不得不考虑的问题。

摩西正是在这个时候走上西奈山的。此刻，他是以色列人与上帝进行谈判的代表。

大多数人将"十诫"作为神谕看待，却忽视了其中的"契约"意味。事实上，在这份以色列人与耶和华签订的约法中，以色列人选择上帝作为自己唯一的神明并加以崇拜，作为回报，上帝给这个弱小民族以庇佑。

摩西与上帝的"谈判"是一个很有意思的过程：在这里我们看不到大多数宗教故事中所描写的高高在上或慈祥或威严的神灵，他是一位有情感、温柔、愿意倾听而且也愿意采纳意见的耶和华神。谈判之后，双方确定了一个根本原则：以色列人以上帝为民族的元首，作为回应，上帝承认以色列人为自己的子民，从此以色列人又被称为"上帝的选民"。

谈判之后的摩西代表以色列人与上帝签订了一份"协议"，就是所谓的"十诫",又称"摩西之约"或者"西奈之约"。"十诫"仿佛是一个国家的宪法总纲,虽然不是法典,却成为后世以色列人以及现代许许多多法律思想的基础。许多人称以色列人的信仰为"契约宗教",称"十诫"为"契约律法",从这个角度上来说很有道理。摩西为了这次谈判以及"十诫条约"的签署,在西奈山上待了四十天之久。

"十诫"的内容如下:

一、除了耶和华以外,不可有别的上帝;

二、禁止拜偶像;

三、不可妄称上帝的名;

四、遵守安息日;

五、孝敬父母;

六、不可杀人;

七、不可奸淫;

八、不可偷盗;

九、不可做假见证;

十、不可贪恋他人的房屋、妻子、仆婢、牛驴及其他一切物品。

看上去似乎简简单单的十条约法,却用了四十天!我们不妨逐条细看这"十诫"的内容到底说明了什么。

一、除了耶和华以外,不可有别的上帝——有些人可能认为这条太霸道。其实,只要我们知道这条诫命的产生背景和指向,就不难搞懂其意义。

从亚伯拉罕到以撒、雅各,以色列人的诸位先祖已经开始有了上帝崇拜的举动和理念。但是他们信仰体系的建立尚处于懵懂阶段。总体来说,他们信奉独一神。以色列人由于聚集在歌珊,较少参与埃及人的宗教崇拜和社会生活,其独一神信仰一直保留和持续下来。也正是因此,信仰多神教的埃及人对以色列人的隔阂、排斥与日俱增。但也不是一直都如此。古埃及第十八王朝(公元前1570~公元前1293)时期,埃赫那吞法老(公元前1352~公元前1336)、斯门卡尔法老(公元前1337~公元前1336)、图坦卡蒙法老(公元前1336~公元前1327)短短25年即历三朝的时代里,发生了一件具有极其深远的历史影响的事情:埃赫那吞宗教改革——埃及一改持续了两千多年的多神教崇拜,改为独一真神——阿吞(Aten)信仰!

这不单是埃及破天荒的事情，更是全世界都没有过的、系统理论化的独一神信仰。

古埃及人认为万物有灵，对许多事物都进行崇拜，既包括日月星辰，也包括山川河流，更包括动物植物。可以说，埃及遍地偶像、遍地神庙。到了埃赫那吞的时候，他提出了划时代的阿吞信仰。在这个信仰体系里，阿吞是唯一真神，创造世界万物，并具有超乎一切之上的能力。阿吞不仅是埃及人的独一神，更是全人类的独一神。所有那些被崇拜的其他神，均

摩西手持刻有十诫的石板

是阿吞的变体，而不是独立的神灵。这个观点和信仰体系，对以色列人虽处于幼稚阶段却已经朦胧成型的信仰产生了共鸣与启发，以色列人第一次与埃及人在信仰生活上出现了一致。

但是埃赫那吞的改革很快引发了全国神职人员的强烈反对，作为古埃及一支不可小视的力量，他们在百姓心目中拥有巨大的影响力。短命的埃赫那吞做了16年法老就不明不白地去世了。图坦卡蒙终止了一神教信仰，恢复了多神崇拜。以色列人与埃及人的信仰基础再次发生根本性的差异。但是，一神信仰的系统化、理论化认识终于在以色列人中一定程度地建立起来。至少以摩西为代表的一些人对于独一真神的信仰有着具体的理解。以色列人出埃及期间神迹不断，更广泛地使以色列人具备了接受独一真神的思想基础。

既然是独一真神的信仰，以色列接受"除了耶和华以外，不可有别的上帝"的信条自然不显得突兀。就像任何宪法都要开宗明义地阐明国家性质，对于以色列人来说，独一神的信仰也是这个奉上帝为领袖的"十诫"宪法的第一条总纲了。

二、禁止拜偶像。这一条跟前面的背景有关联。拜偶像是多神崇拜的一种形式，自然在被禁止之列。这里的"偶像"有三层意思——第一层：对于有形事物的崇拜，比如各种各样的雕像、塑像；第二层：对于无形事物的崇拜，比如事业与金钱、享乐……凡此种种，即为无形事物；第三层：对某些领袖人物的追捧。

三、不可妄称上帝的名。这条戒律不是说以色列人不能称呼耶和华的名字，而是说禁止以上帝的名义行自己的私利。并不是一个人自称相信上帝，他的所作所为就都有一层光环围绕了。

四、遵守安息日。根据《圣经》的说法，上帝用六天造世界，第七天停下来休息。后来世界各国推行六天工作制，第七天休息，就是来自于这个安息日的规定，又在这个基础上，发展为现在世界各国普遍实行的五天工作制。

一般来讲，一个人体力的生理节律周期为23天，情绪生理节律周期为28天，智力生理节律周期为33天。每一种生理节律都有高潮期、临界日及低潮期，临界日是指低潮与高潮临界时间。三个生理周期的临界日分别为 11.5 天、14 天及 16.5 天，临界日的前半期为高潮期，后半期为低潮期。因此，人类必须在工作一段时间后有一个身心全面放松的时间。如果不断工作，没有休息，很容易出现巨大的心理、生理压力，导致人的身体和心理全面崩溃乃至过劳死。

根据"十诫"的规定内容，比照人类的生活规律和生理节律，安息日的设立的确是异常科学和人性化的。

五、孝敬父母。这个规定与我们中华民族的传统何其近似！事实上，作为弱肉强食的游牧民族，尊老爱幼的行为并不多见。许多部族与民族，对于老而无用的人，往往采取排斥、冷落甚至虐待的态度和行为。他们崇尚的是马背上的勇士、攻城略地的屠夫，对于衰老垂危靠人抚养的老人，更多的是厌弃。但是，中华民族、以色列民族则把孝敬老人当成了一种必须遵守的法律准则和伦理规范。

六、不可杀人。生命对于每个人来说都异常宝贵，珍视生命并不是单单珍视自己的生命，还要珍视所有人的生命。这条诫命并不是说战争中或维护公众利益时不可以杀人，否则任何民族都不可能生存繁衍。这条诫命所禁止的是违背公众利益的杀害。

七、不可奸淫。奸淫肯定不是好事情，但到底什么是奸淫呢？古希伯来人认为，男子与已经订婚或者已经结婚的女人，或者女人主动与不是自己丈夫的男人发生苟合关系就是奸淫。以色列人离开埃及的时候，整个西亚地区甚至世界范围内，性行为的混乱程度简直令现代人无法想象。

八、不可偷盗。偷东西这种行为，可以说在任何民族中都是令人讨厌但却屡禁不止的。

九、不可做假见证。法庭宣判往往决定个人或者许多人的命运，因此一定要公正客观。在判决中，证人证言有时候非常重要，然而偏偏有那么一些人，为了一点利益关系，不惜抛弃良心做假证，从而影响了司法的公正性——这是"十诫"中绝对禁止的。

这个规定对古代的以色列人来说异常重要。作为兵民一体的流浪民族，以色列人面对很多现实的问题：居住过分密集，人口接触频繁，纠纷矛盾非常容易产生。这个时候，如果各级管理人员的判决在假见证的影响下失其公允，那么裁决更容易引发新一轮的矛盾甚至大的动荡。因此，司法公正成为古以色列人最重要的生存基础之一。他们对于做伪证者的惩罚也是极其严酷的——做伪证而引发的伤害损失，要全部归于伪证者身上，如果造成死亡，他们还要偿命。

十、不可贪恋他人的房屋、妻子、仆婢、牛驴及其他一切物品。这里面的关键词是"贪恋"，意思是说，对于别人的财产妻女，不要说染指，就是垂涎动念头也不允许。从这里我们也可以看出，"十诫"实际上是一种道德规范的纲领，也是后世法律规范的精神依据。

以色列人在西奈山下大约停留了一年的时间。在这段时间里，摩西除了传"十诫"给以色列人之外，还为以色列人制定了基于"十诫"思想的具体的法律法规。这个缺乏纪律与统一管理的民族，第一次以一个规范的政权形态出现在古代历史上。通过这一年在法律上、规章上、信仰上的确立与磨合，以色列人基本摆脱了过去一盘散沙的状态，成为一个有信仰、有管理、有规则的民族。在这个过程中，摩西的作用无可替代。

除了"十诫"，以色列人还进行了一次人口普查，尤其是对20岁以上可以作战的男丁有了全面的了解。

对以色列这个没有根据地的游牧流浪民族来说，人口统计实在重要，至少可以让他们了解自己的家底到底有多少。

在冷兵器时代，人口有时候是制胜的关键，丁壮数量则是一个民族战胜敌人的保障。自古各国都有人口统计的国家行为，这个统计往往是有目的的，一般来说都是为了战争或者对税收政策、管理体制进行大调整的前奏。这类普查，中国古代叫做"瞭民"，以色列人叫做"民数"。

经过全面普查，以色列共计男丁有60多万，算上老幼妇孺，总数应在200万以上。通过普查，以色列适龄青年普遍建立了兵民一体的义务兵制度；进一步强化了建立在宗族体系上但却高于宗族体系的管理制度。

以色列人摆脱了原来各个家族独立成一体、互不统属的结构，在尊重和承认各个家族领袖与长老地位和作用的同时，将他们编为各级管理官员，将一家一族的管理行为转变为一族一国的政权行为。摩西选拔了各个家族中最德高望重的七十位老人组成长老团（近似于后来的议会），来讨论决定以色列人的大事。

作为以色列人的民族英雄与领袖，摩西完成了这个民族从散到统、从乱到治的历史重任。

7. 贪欲的坟墓

　　以色列人在西奈山停留了大约一年的时间，第二年的二月二十日，他们拔营起寨，向巴兰的旷野走去。
　　这一段路几乎是整个西奈沙漠里最荒凉的部分。寸草不生的戈壁荒漠、一望无际的漫漫黄沙、毫无遮拦的似火骄阳——使以色列人高涨的情绪仿佛烈日下嫩绿的幼苗，一点点地垂头丧气、一点点地脱水枯萎。
　　在以色列归乡队伍中还有大量的其他民族成员，这些人不满足于埃及人的统治与压迫，与以色列人同仇敌忾地离开埃及、奔向自由。他们平时与以色列人混杂而居、过从密切，战时还可以提供帮助并且参与战斗。但是，这些人尚未参加以色列人的体制，与以色列人比起来，他们有相当的自由权利。
　　自由是个好东西。可是，在一个军事化集体中，自由有时候却会成为毒药——兵民一体的民族，要的是坚忍不拔和行动一致，这样才能保证不被袭击者消灭、不被艰苦困难吓倒、不被恶劣的环境毁灭。现在对以色列人来说，自由暂时算是一件奢侈品。
　　即使再好的事物也应该在正确的时间发生在正确的地方。以色列人当前面临着生存的危机，如果偏偏这个时候发生自由主义"革命"，那么几百万人的命恐怕都要被革掉。
　　然而很不凑巧，这场革命与骚动果真发生了。骚动的挑起者是那些没有编入体制的外族人，骚动的理由是单调的伙食。
　　以色列人从出埃及以来，一年里食用的都是神迹带来的吗哪。每天早上，吗哪都会降落在营地四周的空地上，大家将其收集起来作为口粮。然而人们已经不再满足了，开始要求吃肉，要求改善吃食。

外族人的呼喊引发了以色列人的连锁反应，终日行军使他们对于口味单调的吗哪忍无可忍，于是一些以色列人也加入了要求吃肉的抗议者行列。

带头闹事的外族人虽然是"要求吃肉"大游行的召集人，但随后作为追随者的以色列人越聚越多，从数量上一跃而升成为运动的主体。

以色列人的怨声怨气越来越强烈，导致摩西几乎要辞职走人了。摩西不是个政治家，他是一个耿直的人，他不会撒谎。面对诸多困难，焦虑与绝望时刻袭上摩西的心头，让他食不甘味、卧不安寝。此时的摩西除了向上帝祷告之外无法向任何人倾诉。《圣经》上说，上帝看到了摩西的痛苦，也看到了以色列人的状况，他答应以色列人会吃一个月的肉，甚至肉多得从鼻子里流出来！

七十人长老团分赴各个家族支系和营地，告诉人们这个将会有肉吃的消息——虽然他们暂时还不知道肉食的来源。

黄昏的时候，神迹再一次出现了。

我们前面说过，每年春季鹌鹑飞行迁徙要经过西奈沙漠。由于鹌鹑是一种不太善于飞行的鸟类，一旦有大风吹来，它们往往会随着风向改变路线。这次的神迹又与鹌鹑相关。

强劲的季风从海上吹来，数不清的鹌鹑像铺天盖地的云彩一样飞临以色列人营地四周。方圆几公里之内遍布密密麻麻的鹌鹑。它们一批又一批降落下来，多得无法计数！

经历了肉类资源的稀缺又面对如此巨大数量的鹌鹑，贪欲在以色列人中蠢蠢欲动。人们疯了一样追打鹌鹑，晾干为食。他们既不感恩也不珍惜，最少的也捉到相当于2200立方米体积的鹌鹑。如此巨大数量的鹌鹑，以色列人根本吃不了也储备不了，最终只能是糟蹋掉、浪费掉。

有时候，福祸相依难以分清。一般来说，野外民族需要尽量把食品加热弄熟再食用。可是面对你争我抢的疯狂场面，还有多少人会安下心来把食物做熟了再食用呢？结果导致鹌鹑身上携带的一些病原体根本没有被消灭掉，体弱的人一旦食用往往会很危险。

灾祸出现了。许多人的肉还没有吃完，奇奇怪怪的人畜共患疾病就开始流行。一批又一批体弱的人死去，以色列人开始极度恐惧起来。

可怜的死难者被埋葬了，这里成了以色列人的伤心之地。他们称之"基博罗哈他瓦"，希伯来语意为"贪欲之人的坟墓"。

8. 手足之争

离开基博罗哈他瓦之后，以色列人向哈洗录前进，身后留下的是荒凉的坟岗、追悔的泪水和痛苦的回忆。

回家的道路是何等艰辛，以色列人不但要战胜恶劣的自然条件和一个个强大的部落，更要战胜自己。这条路他们走了四十年，队伍中的丁壮大都没有活着看到梦中"流着奶与蜜的故乡"，但这丝毫不影响他们对故乡的美好向往。他们为了归乡的理想战斗、流血、牺牲，给千万后人铺出了一条通往迦南的艰辛之路。

在这条路上，摩西的妻子西坡拉去世了，颠沛流离中，除了短暂的分离之外，她始终追随在丈夫的身边，甘愿经受大漠的风沙、艰苦的考验而不离左右。

死者长已矣，而生者必须努力地活下去。蹒跚逶迤的以色列人缓缓地前行，到达了哈洗录。

这时，摩西出问题了。

根据犹太人的传说，摩西40岁左右，曾经从埃及向南到达过一个地方——古实，也就是现在的埃塞俄比亚。埃塞俄比亚还有一个名字叫做阿比希尼亚，阿比希尼亚在希腊语里是"混血"的意思，此名直到第二次世界大战意大利人入侵的时候还在使用。埃塞俄比亚与以色列人和西亚阿拉伯人以及欧洲人的渊源极深，当地很多民族都是这几个地方的民族混交的后代。据《圣经》记载，早在公元前五六百年前，以色列人就曾经大规模迁移到埃塞俄比亚。

摩西又结婚了。

作为领袖，摩西的婚姻很不简单，这里面涉及的东西太多了。

西坡拉去世之后，摩西并没有在以色列人中再找女子续弦，也没有再在迦南各族中寻找配偶，这其中自然有他的苦衷：摩西作为以色列人的领袖，其影响力和自身的风险性都很大。不论他迎娶哪一个支派的女子，这个支派的地位自然变得不一般。现在以色列人刚刚经过管理机构的改革，很多东西还不完善，各种矛盾冲突、各个分支之间的利益纷争错综复杂。一场婚姻甚至会引发民族内部的大分裂和大对抗——这是摩西不愿意看到的。

迎娶迦南的女子更不现实。与亚玛力人一战已经令他们十分清醒：这条归乡之路绝不是一路牧歌的悠扬远足，而是血雨腥风的战斗历程。迦南各族更是把以色列人看做真正的敌人——他们不仅要从武力上对抗、宗教上影响，甚至想通过联姻等手段把这个民族消化于无形之中。如果此时摩西迎娶一位迦南的公主回来，先不要说是否可能，单是摩西的作为都能令以色列百姓纷纷效法，恐怕这个民族还没到目的地就已经分崩瓦解了。

鉴于以上纷乱复杂的民族、政治、宗教原因，埃塞俄比亚确实可以看做是摩西再次续弦的最佳人选地。摩西此举对稳定与以色列人同行的外族人有相当意义。

好事往往多磨——摩西的姐姐和哥哥站出来反对他。

在争取离开埃及、与法老斗争以及行走大漠的过程中，有两个人的身影一直守护在摩西的身边——他的姐姐米利暗和哥哥亚伦，这两个亲人给了摩西强有力的支持。

在上层领导者中，摩西、亚伦和米利暗组成了决策集团。摩西是以色列人的领袖，米利暗做了以色列人的先知，亚伦当了祭司。祭司、先知、领袖的"三权分立"制度初具规模。在以后的漫长岁月里，以色列人基本上遵循了这个管理结构：领袖管理军民百姓；祭司的任务是献祭、主管国家宗教事务和百姓宗教生活；先知有点像后来的舆论监督者，可以直接指出前两者和民众百姓的错误和罪恶。

先知不是君王任命的职权，而是受上帝圣灵感动说出一些话，上帝通过他们的口表达自己的意思。只要被上帝选中，任何人都有可能成为先知。先知指出社会的罪恶与不公正，并且以预言的形式告知由此而来的危险后果。

摩西的姐姐米利暗是我们所知的最早一位女先知，但这并不等于说米利暗是个圣人。

对摩西来说，米利暗不止是姐姐，更是恩重如山的恩人。还记得当年那个悄悄跟在漂流的褓褓后面的小女孩么？她就是米利暗。姐姐对弟弟的爱，往往都掺杂有母亲般的情感，更何况是曾经亲手救起自己弟弟的米利暗。米利暗爱弟弟摩西，也以自己的弟弟为骄傲，但如今弟弟却令她气不打一处来，导火索就是摩西娶了一个古实的女人。

以色列人重视婚姻，也很重视血统的纯洁性。作为以色列人的领袖，摩西当年娶了米甸女子，多少有不得已的因素；可如今，他居然又没有娶本族女子，这令作为先知的米利暗非常不高兴。另一个方面，摩西的权力和影响力越来越大，米利暗和亚伦感觉自己的存在价值越来越得不到体现，他们甚至认为自己正在被日益边缘化，领袖、祭司、先知的三权分立体系正日益被摩西的个人集权所取代，无论是米利暗还是亚伦都产生了一种难以排遣的失落感。还有，以色列人马上要进入迦南了。亚伦和米利暗没有认识到这才是万里长征的第一步，浴血奋战和艰苦奋斗才刚要开始。他们天真地以为一旦进入迦南，大业就要成功，国家就要建立，以色列人就要歌舞升平了。如今已经如日中天的摩西，到时候更不会给老哥老姐留下多少利益与地位了，亚伦和米利暗打算赶快行动夺权。

不过米利暗和亚伦的行事方式非常有问题，他们居然在以色列百姓面前贬低摩西。

摩西不是一个高调处世的人，相反，在很多情况下他往往表现得谦卑随和。虽然经常听到攻击谩骂他的声音，摩西却总能平和处之，并且朝着既定的方向坚定不移地前进。因此，摩西这个和蔼而富有原则的老头就成了以色列人眼中的圣人——虽然他自己并不承认这一点，但他的崇高地位绝不是靠造势造出来的。

摩西与自己的哥哥和姐姐组成了领导以色列人的"三驾马车"，在公众面前拥有崇高的地位和巨大的影响力。这亲密无间的三个人一旦出现裂痕，必然引发百姓的迷惘。

亚伦与米利暗对大家说：耶和华不只是跟摩西说话，传播神谕，同时还对他们说话，也就是说，三个人都能从上帝那里获得信息，摩西一个人独自拥有无上的荣耀似乎有点独占其名的意思。

一瞬间，摩西从崇高的宝座上跌下来，几乎成了欺世盗名的小人。

悲伤的摩西听到了这些传闻，但他无可奈何。一个是对自己有救命之恩的亲姐姐，一个是一直坚定支持自己的亲哥哥——作为兄弟，摩西又能说什么呢？摩西不能出手伤害自己的亲人，哪怕只是一点点。

摩西甚至无法作出解释、说明，争吵会使原本已经十分复杂的情况变得更加混乱，最后导致以色列人在沙漠中决裂，部族彻底分崩离析。

最坚强的堡垒往往不是从外面攻破的，最紧密的同盟往往因内耗而崩溃。米利暗与亚伦不见得真的明白他们自己的所作所为会带来什么后果，他们甚至都不知道自己在做什么。这两个人不认为自己在蓄意破坏，他们只是渴望获得自己应得的名分和威望。然而他们的行为造成的后果却远远超出其预料之外。

没有人站出来为摩西说话，除非是上帝自己。可是这次上帝还会帮助摩西么？事情朝着戏剧性的方向发展：上帝真的发怒了！

《圣经》上说，耶和华直接召唤摩西、亚伦和米利暗站在会幕之前，明确地告诉他们：他对于亚伦和米利暗的启示可能是在梦里，也可能是在一些异象里，但一定是通过密语传达的；只有对摩西，耶和华的指示直截了当、不需要密语——摩西是以色列人的领袖。

上帝大怒离去，留下三个人呆立原地，亚伦和米利暗噤若寒蝉，不知道激怒了上帝的自己将会面临什么可怕的情形。

米利暗突然染上了大麻风！大麻风是一种很可怕的疾病——可能就是现在所说的"麻风病"，在古代的西亚、北非甚至东亚中国，大麻风广泛流行。在几千年与麻风病对抗的战斗中，无奈的人类不得不采用极其残酷的方式来对待麻风病患者——不是烧死，就是活埋或淹死。最温和的手段是隔离患者。中世纪的欧洲，如果不把麻风病人活埋、烧死或淹死，则要把他们赶出居民区，驱逐之前还要先举行送葬仪式！病人要穿上特制的服装，头上顶着土，表示你虽然活着却已经是死人，边走边摇铃，以便让大家早早躲开。

所有的人都深信：米利暗可怕的疾病来自于上帝的惩罚！最恐惧的人是亚伦，他瑟瑟发抖地求自己的弟弟摩西饶恕姐姐。

亚伦的哀求是多余的，善良的摩西同样为自己的亲人难过，他求告上帝饶恕自己的姐姐。最终,米利暗在营地之外被隔离了七天,麻风病不治而愈。为了等候姐姐痊愈归来,摩西让以色列人在旷野里静静地驻扎等候了七天。

当太阳在大漠的晨曦中升起,当米利暗忐忑不安、忧心忡忡地跨过沙丘向记忆中以色列人的营地眺望,看到在熹微的晨光里静静等待她的以色列人,米利暗体会到了"无地自容"的心情。

9. 何珥马大败

米利暗归来,以色列人再一次拔营起寨,这一次,他们的目标是巴兰的旷野。巴兰位于迦南最南端,以色列人驻足巴兰,实际上是要进入迦南的前奏。

自从雅各带领全家离开迦南,以色列人终于第一次如此近距离地看着自己"流着奶与蜜的故乡"。几百年前,为了生存和希望,雅各全家不足二百人前往埃及寻找梦想;几百年后,同样是为了生存和梦想,两三百万以色列人跨过波涛汹涌的红海,穿越荒凉干涸的荒漠,战胜强大残酷的敌人,终于在摩西的带领下,站在了故乡的边界。几百年的时间,许多可歌可泣的故事在传唱,以色列人在迦南和埃及之间转了一个圈,从起点又回到了终点,而原因却是如此简单——为了生存。

以色列人奉行多生观念,每个家庭平均拥有3到4个男丁,60万男丁平均来自15万到20万个家庭,每个家庭拥有200平方米的生活面积当不为过。所以以色列人需要有20到30平方公里,可以提供最起码生存保障的地方——除了进入迦南,他们确实不容易找到如此大片供养这么多人口的地方。

此时的迦南,民族纷繁,散布各地,主要包括居住在希伯伦的亚衲人,住在南地的赫梯人、耶不斯人、押摩利人，住在爱琴海沿岸的腓尼基人，以及住在迦南南部、地中海边的非利士人等。这些民族或居于城邦或游牧草原，相互分分合合、征战不断。每个民族手里都攥着一大堆其他民族跟自己签署的和平条约，每个民族又有一大堆彼此撕毁条约的纪录——总之，各方势力错综复杂，乱作一团。

毫无疑问，以色列人的到来必然引发迦南各族居民的反对与抵抗。但是，以色列人不得不进入迦南，否则整个民族的生存和发展将会出现问题。

摩西选了十二个青年人，他们分别代表十二个支派。摩西让他们走遍迦南全地，考察各地风土人情、人口分布、武装配置、战斗力强弱和资源情况，为大规模进入迦南搜集决策情报。在这十二个人中，就有曾经率领以色列人歼灭亚玛力挑衅者的约书亚和另一个著名人物——迦勒。

十二个年轻人上路了，他们的面前是无尽的希望，背后是无数同胞的嘱托。

虽然这些探子的职责是收集情报，做出决策并不在他们的任务范围内，但摩西对他们的选用可谓意味深长——他们必将成为下一步进军迦南的各支派领袖，成为回归大业的坚强执行者。任务是艰巨而又光荣的，然而并非他们中的所有人都认识到了这一点。

十二个青年人用了40天走遍迦南整个地区。40天后，这些年轻人回到加底斯见摩西和亚伦的时候，带来了迦南丰富的物产——饱满的石榴、可口多汁的无花果。此外，他们还砍下一枝带着葡萄的葡萄藤，由两个人抬着运回来。

看到如此丰富的物产，以色列人欣喜若狂。这"流着奶与蜜的故乡"着实可爱，上帝给以色列人的指引果真不虚。然而，探子们随后带来的关于迦南民族的描述却着实令人心惊胆战——迦南的居民勇武剽悍，尤其是亚衲族人，如同天神一样，个个都是巨人！在亚衲族人面前，以色列人简直就是蚱蜢！在此基础上，他们进一步演绎——这些迦南人以吃人为食，都是恐怖的食人族！

大多数探子忘记了自己的职责——探查而不是决策！除了约书亚和迦勒，探子在向摩西和亚伦汇报之后不是等待决策而是纷纷提出建议——我们不能进入迦南，那里实在太可怕了！

摩西派人去迦南考察，40天后，他们带回了葡萄、石榴和无花果

探子们的主张令以色列人六神无主，他们纷纷号啕大哭。历尽千辛万苦终于来到迦南，然而却要面对凶猛残忍的迦南食人族！天啊，生活为什么这么不公平？！莫非摩西和亚伦在合伙诱骗人民，把两三百万民众引到这里来，借着外族的手消灭么？

满腔热情化作乌有，百丈雄心顷刻崩溃——以色列人的精神世界彻底涣散了。他们不再相信摩西和亚伦，也不再接受他们背后的那个上帝。以色列人的心中充满了绝望和愁苦，或许还有仇恨，而这仇恨是针对摩西和亚伦的。当约书亚和迦勒站出来劝导大家坚定信心的时候，愤怒的民众居然要用石头将他二人打死！

以色列人开始疯一般围攻摩西和亚伦，人们大声嚷嚷着要重新选一位领袖，带领民众回到埃及去——与其这样死掉，不如回去做牛做马。痛苦悲哀的摩西与亚伦绝望地注视着众人。

摩西没有做任何分辩，他默默地退入会幕，再次站在上帝的面前。

在上帝面前，谦卑的人是有福气的，摩西得到的无数次祝福和支持正是源自他的谦卑。

百姓的吵闹与癫狂令摩西和亚伦绝望，更令上帝愤怒。

可怕的神迹发生了：除约书亚和迦勒以外，被派到迦南侦查回来的十个人，全部患上了很奇怪的病。这疾病来得突然，发作也很快，十个人迅速发病倒下，还没有查出病因就呜呼哀哉。只有约书亚和迦勒两人健康地活着。

人们停止了吵闹，无名的恐惧袭上心头。他们应当还记得，在出埃及前的最后一个夜晚，那个对于他们来说是得救的时刻、对埃及人却是恐怖之夜的晚上……他们不敢想了，冰冷恐怖的死亡似乎已经降临他们寂静的床榻，吓得他们从睡梦中惊醒，十具痛苦挣扎而死的尸体仿佛在默默地告诉他们：你们的末日快到了！

事实上，上帝已经做好了彻底毁灭以色列人的准备，就如同他当年一夜之间消灭所有埃及人的长子那样。一场巨大的瘟疫即将来临，以色列人将会突然消失在历史的地平线上。

然而，一个人的祷告与请求拯救了这些处在死亡边缘的人们，这个人正是摩西。虽然受到诅咒、遭到唾骂、经历冲击几乎被杀死，摩西对同胞的爱与怜悯一直没有转变。

上帝接受了摩西的祈求，饶恕了以色列人。但是，这一批20岁以上的以色列人不再允许进入迦南地，他们将会在旷野中流浪、战斗40年，为他们自己的罪孽付出代价，直到这一代人统统死掉，新一代人才有资格进入迦南。

这是一个虽让人产生些许宽慰但却绝对沮丧的神谕。他们已经站在迦南的边界，谁还愿意转回头继续在旷野中流浪？以色列人面对上帝的怒火，终于明白自己的行为引发的后果是多么可怕。但他们还想争取一下，或许摩西能说服上帝回心转意。

此时摩西居住在巴兰旷野的何珥马山，以色列人驻扎在旷野中的山脚下。经过一夜十惊的忐忑不安，清晨，以色列人的代表聚集到山上向摩西表态：我们错了，我们要去迦南。

有些事情，一旦做了就很难再有回头的机会，瞬间的背叛换来的是终生的忏悔与赎罪。

无奈的摩西悲哀地看着自己的同胞。他太知道自己带领的队伍经历过多少艰辛与困苦了：骄阳风暴、毒虫猛兽；既要寻找活下去的资源，又要提防敌人的进攻；多少人在旅途中死去，心中默念的只有梦中才会出现的迦南美地；多少战士倒下，为的是给同胞们铺出一条伸向故乡的通衢大道。

摩西知道以色列人的结局是什么，由于一念之差，他们将会走向另一个曲折、艰难、痛苦的征途。眼前的同胞除了约书亚与迦勒以外，不会有任何一个年龄超过20岁的男人活着进入迦南，迦南是一个他们永远在接近、幻想但却永远到不了的天堂。

摩西难过地告诉同胞：现在不要去攻打迦南了，上帝已经不再支持他们。

为什么会这样？离开埃及、行走大漠，我们倒下了多少人、丧失了多少牛羊财产、吃了多少苦！上帝不是无私、伟大、仁爱的吗，莫非你连这一点点的悖逆都不能忍受？你不是给了我们这土地的应许吗，难道你说了话可以不算数？以色列人不仅对上帝失望了，就连摩西也同样失去了存在的意义。

人有很多局限，其中之一是宽以律己，严以待人。以色列人同样最容易原谅自己，即使犯下滔天大罪，他们也会给自己重罪轻判甚至免于发落。但上帝是公正的，他会怜悯但不会改变规则——既然叛逆就必须接受惩罚，以色列人既然已经接受了"十诫"，那就必须承受后果。

以色列人决定孤注一掷：既然上帝不和他们同行，摩西不支持他们，那么好吧，我们自己来战斗！不管是神仙还是皇帝，让他们见鬼去吧。

以色列人进军了。他们抛弃了摩西、亚伦的领导，也抛弃了70名长老组成的议会，更抛弃了像约书亚这样的军事统帅，甚至连上帝的信仰也抛弃了。此时的以色列人真可谓轻装上阵，看起来毫无思想负担可言。其实他们的心理压力比以前更大，他们不知道今后的道路怎么走，心里既没有为失败做好准备，也没有想好如何迎接成功，他们只有患得患失——这样的队伍拿什么来取得胜利呢？

摩西在进攻迦南这件事情上已经没有了绝对的发言权，以色列人内部指挥不一、各怀心事。一些人在观望，一些人在躲避，更多的人自以为是，还有一部分人则唯摩西马首是瞻。以色列人已经没有了统一编制，简直成了一大群沸沸扬扬的乌合之众。

摩西站在高山上看着这支熙熙攘攘而又满怀热情的队伍，看着这些他亲手带出埃及转战旷野的同胞。他知道这些人将会面临什么，心中充满了无尽的悲凉与痛苦。

以色列人在何珥玛附近对迦南展开进攻了。在这里，他们遇到了一批久违的"老朋友"——亚玛力人。虽然这些人和在西奈旷野中袭击他们的亚玛力人不属于同一个部落，但他们对以色列人的态度同样十分不友好。事易时移，亚玛力人从挑衅者摇身一变成了自卫者。与亚玛力人联合作战的还有本地的迦南人。迦南人并不是一个单一民族的名字，而是迦南本地闪米特语系的一批民族的总称，后来迦南人中又加进了非利士人。因此，阻挡在以色列人面前的，是亚玛力人与迦南地区多个民族组成的联军。

这一次，以色列人的进攻难度非常大。

首先，摆在他们眼前的，是复杂而又陌生的地理环境。由于他们抛弃了摩西，离开了约书亚和迦勒，因此失去了向导的指引，而其他曾经仔细探查过迦南的十个人已经死掉。以色列人不得不误打误撞地选择攻击点。他们首先进攻的很可能是后来称为"犹太高原"的一片山地。这里遍布峭壁悬崖，海拔高度在800米到1000米之间。选择从这里进攻，以色列人的大兵团根本无法展开，也就发挥不出群体作战的优势。同时，以色列人自始至终不得不选择仰攻——这在冷兵器时代是极其艰苦的攻坚战。

其次，敌人的兵力分布和配比结构是立体性的，以致以色列人的进攻处处受到制约。亚玛力人擅长平原作战，犹太高原的迦南人则是山区作战

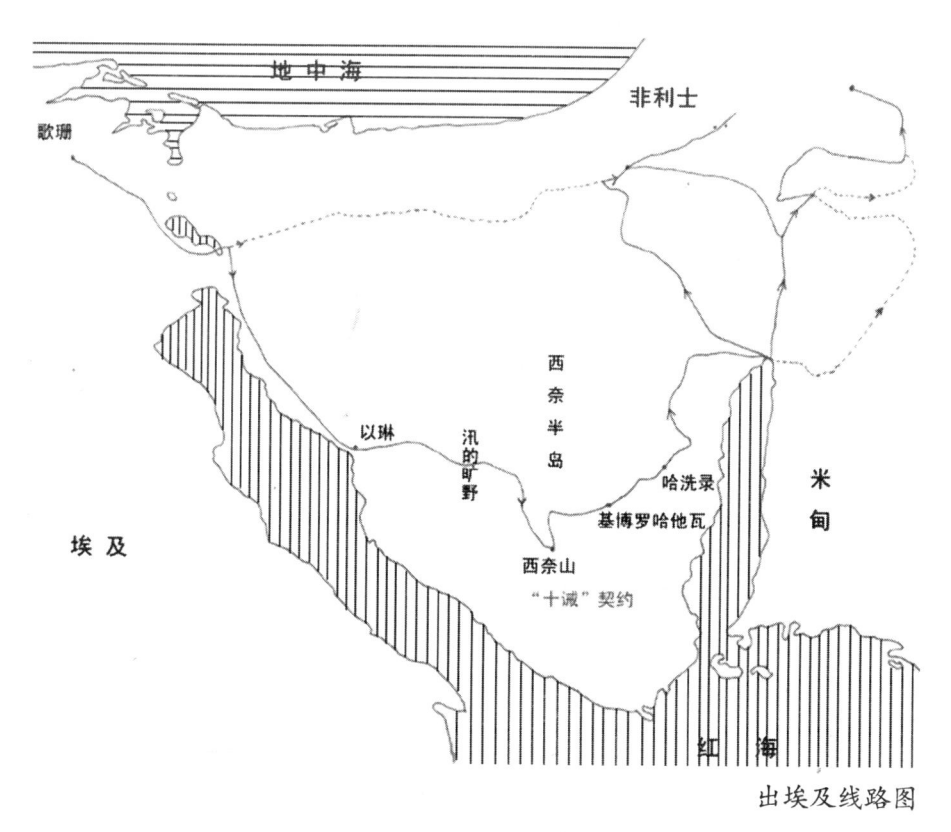

的专家，在平原和谷地上，亚玛力人可以牵制和攻击以色列人。在山岭峭

出埃及线路图

壁间，四顾茫然的以色列人则面临迦南人的迎头痛击。

崎岖复杂的山地、勇猛剽悍的迦南战士、令人心悸的呼号呐喊……所有的一切组成了一幅恐怖的屠杀场面。以色列人的信心彻底崩溃。在强大的敌人面前，以色列人四散奔逃。迦南人和亚玛力人乘胜追击，一直追赶到迦南南部边疆的何珥玛山。如果不是山脚下巨大的营盘和崎岖难行的山路阻挡，他们恐怕早已被屠杀殆尽。

垂头丧气的以色列人进退维谷：进入迦南已经不可能，退回旷野更是心有不甘。他们将何去何从？

10. 大叛乱

　　大多数人很难从心灵的困境中成功突围，他们更关心的是眼前的变化。芸芸众生的眼睛往往盯着面前的方寸之地甚至回头向后看，对当前状况稍有不满，就会转头怀念那些旧日的时光。当以色列人在旷野中遇到困难的时候，他们多次吵嚷着要回到埃及去继续做奴隶就是明证。

　　在困难面前朝前看——这是真正领袖人物的气质。既然不可能人人都成为向前看的领袖，那么这社会必然在领袖人物的"向前冲"与平民百姓的"向后看"中达成一种微妙的平衡与和谐发展关系。如果只有前者的一往无前，整个社会都会走向浮躁和冒进；如果都如后者那样瞻前顾后，则社会必然停滞不前。因此，他们之间的互相妥协才能推进社会的稳定发展。

　　不知从什么时候开始，各支派间和支派内部的上层领袖们走动得越来越频繁，似乎在忙忙碌碌地筹备什么事情。这批以色列精英阶层悄悄地聚集、联络，他们决定发动民众，推翻摩西的权威，走一条他们认为合适的道路——回埃及去。现在的当务之急，是从摩西手中夺过指挥和话语权，然后带领以色列人从迦南边境掉头回去。

　　营地里的气氛越来越不正常，很多人在交头接耳，小声议论着什么。但是当摩西、亚伦经过他们身边的时候，大家又会赶紧收声，若无其事地掉转头去忙各自的事情。

　　摩西和亚伦已经看出问题的端倪，但是他们没有采取任何行动。现在他们很忙，不是考虑怎么进攻，也不是考虑怎么把怨恨的苗头压下去，而是向以色列百姓教导一系列的典章制度、生活准则、如何献祭、如何敬拜等信仰规定。

在这些典章规定中，很多仪式使用的材料，必须要进入迦南之后才能使用和采纳。比如摩西规定：献祭需要很多面粉、油和酒制成的食品，而这些东西对于旷野中流浪的游牧民族来说却难以获得，只有在迦南从事种植、酿造的定居者才能得到。这些东西对现在的以色列人来说十分珍贵、稀有，怎么可能大量用于献祭呢？那么，摩西这么做只有一种解释：尽管眼前遇到了巨大的困难与阻碍，但他对以色列人最终回归迦南依然信心坚定。在他眼里，这条看似荆棘丛生的跋涉旅程并没有因为一场惨败而告终，他依然深信自己的同胞必将踏上那块土地。

摩西为进入迦南的那一天准备着。他相信上帝已经指明：这一代20岁以上的男人注定倒毙在旷野，无法进入迦南，而新一代的孩子正像小树苗一样茁壮成长，有他们在，这个民族依然有希望！摩西意识到自己已经老了，他也说不清自己在即将来临的、漫长的旷野转战中还能支撑多久，他必须抓紧时间完成自己的工作。

这边摩西紧锣密鼓地工作，另一批人也在紧张地忙活着———一场政变就要展开了。

叛乱的发起人是摩西同族的利未人领袖之一可拉，遥相呼应的是流便支派的大坍、亚比兰等人。他们纠集了250名以色列精英领袖，公开围攻摩西和亚伦。他们的口号很有意思：既然大家都是圣洁的，为什么唯独你们占据高位呢？意思是说：这些作为助手和各级管理人员的精英们要平等分享摩西和亚伦的权力。

并非所有看上去合理的主张都是合时宜的，有的口号说起来冠冕堂皇，但其发起者本人却是心怀叵测的。作为在旷野荒郊中跋涉的半军事群体，以色列人怎么可能推行几百个领袖共同分权决策的机制呢？一旦实行，刚刚形成的高效管理系统势必会在繁复冗长的争吵和辩论中走向崩溃。对于这一点，领头发难者肯定心知肚明。他们发难并非真的是为了冠冕堂皇的口号所指示的目标，其背后的想法显然是想利用这250人为自己制造夺权的借口和机会。一旦摩西和亚伦下台，新的夺权者未必实行什么民主制度，而是更可能继续那种一言堂的作风。

这是一场生死较量。如果可拉一派胜利，不但摩西、亚伦死无葬身之地，从历史的高度来看，以色列人也必将走向灭亡。摩西和亚伦该如何应对？

以色列人除了新确定的管理体系之外，也继承了按照支派和家族为中心进行管理的传统，这是为了保证管理信息与民意的顺利沟通。以色列人以敬拜上帝的会幕为中心，为十二支派安排不同的驻扎方位。其中，与摩西同属利未支派的以色列人驻扎在会幕南面，跟他们紧挨着的是流便支派。这两个支派由于是近邻，平时沟通接触很多。再加上利未支派是摩西和亚伦的近亲，作为自己最亲近的同胞，摩西很希望自己的宗族支派能够多多与其他支派接触交往，以便为决策者排忧解难，向大家宣传摩西的政策。

现在，可拉以摩西最亲近的利未人和流便人为核心，开始实施"堡垒从内部攻破"的夺权行动。人都是有贪念和虚荣之心的，大多数人眼里看到的是位高权重者荣耀非常，却往往忽视了他们背负的巨大责任以及宿夜难寐的心理压力。

可拉带着250个以色列精英领袖们对摩西和亚伦展开围攻和质问。为了师出有名，他们的攻击中句句不离"上帝"、"圣洁"之类的话。可拉首先说的是：难道这250位领袖就不圣洁么？为什么只有你们独揽大权？

可拉一语甫出，其他250人立即群情激奋，一时间形成了对摩西和亚伦的群体围攻和大批斗。无奈的摩西和亚伦匍匐在地，显得那样绝望。可拉计划的第一步终于成功。

就在"精英们"批斗摩西和亚伦的时候，营地中的大坍、亚比兰等人也丝毫没有停歇，他们四处发动群众，人们心中的苦闷、惶恐、愤懑、不满和忧伤，仿佛找到了宣泄的出口，一时间"回埃及去"几乎成了众人的共识。聚集在大坍、亚比兰身边的百姓越来越多，甚至一些议会中的长老也开始骑墙。

虽然越来越多的人认同回归埃及的必要性，但是，由谁带领？这个问题没人敢贸然回答。在长期经历神迹奇事的以色列人心目中，摩西是他们的精神支柱，他和亚伦的合法地位与权威性难以撼动。虽然以色列人对摩西有各种不满和不理解，但依然以信任为主。即使摩西下台，民众更愿意接受一位摩西指定的继承人。如果得不到摩西的认同，"回埃及"这个决策还有什么可行性？

百姓对摩西的推崇与认同，对于造反者们来说实在是个很重要也很具体的挑战。

反叛者的策略很明显，无非是上、中、下三策。

上策：摩西痛痛快快退位，交出权力，可拉顺理成章成为新的领袖（可拉当然最愿意接受这个结果，但是不知道大坍、亚比兰和那剩余的250人是否愿意）。

中策：挟天子以令诸侯——摩西从此成为毫无实权的傀儡，唯唯诺诺地接受可拉他们的指令。

下策：发动流血政变，把摩西和他的追随者统统杀掉，在血雨腥风中接班。

但他们不得不把可能发生的诸多负面因素考虑进来。

摩西退位——退位之后的权力真空谁来填补？是可拉还是大坍和亚比兰等人？这些人全部都不具备领导的权威和力量。那么，为了扬威和稳定局面，恐怕只有大开杀戒。

摩西被架空——不说摩西背后的神奇力量，单说摩西的巨大影响力和号召力，就是一件麻烦事，即使摩西真的屈服也是一时的权宜之计。让摩西当傀儡的做法无异于给自己的性命做倒计时。因此，要趁着摩西还被软禁的时候杀光异己分子。

流血政变——看上去似乎快意恩仇，但会马上掀起一场巨大的内战，不知道要流多少血、死多少人，直到最后形成多头统治下的平衡或者整个民族四分五裂，每个发动者都如愿以偿地获得一小块利益，但付出代价的是整个民族的命运与前途——当然，以革命的名义，可拉他们顾不了那么多了。

政变者：

一、可拉一方

姓名：可拉。

身份：利未人，摩西的近支亲戚，拥有一定权威的领袖。

追随者：以色列人的250位领袖，基本为宗教领袖阶层。

政变目的：可拉——夺取最高权威；250人——获得与摩西同等权力的机会。

二、营地中大坍和亚比兰等人

姓名：大坍、亚比兰。

身份：流便支派领袖。

追随者：营地中的众多百姓。

政变目的：大坍、亚比兰——夺取最高权力；百姓们——寻找一位继续带领他们的领袖。

可以看出，参加政变闹事的各方，虽然口径类似、行为一致，但是其权力和利益诉求不同，也就是说，叛乱一方并非铁板一块。这些利欲熏心的人，已经被野心家利用却浑然不知。

面对如此复杂的叛乱场面，摩西该如何应对呢？

既然反叛者倚仗的是人多势众，摩西只能分别对待、各个击破。

第一招，摩西稳住那250个气势汹汹的精英们。他承诺：明天一早，每个人手持香炉在会幕门前，看上帝会选择谁为新的领袖。

很多人都是不自量力的，也是心存侥幸的。他们既受可拉的煽动又对自己的现状心存不满，摩西此话实际上打开了这些精英们内心深处的阀门。从理论上说，所有在场的人都有成为新领袖的可能性，由此推演——他们为什么一定要跟从可拉的号召呢？不管摩西背后的上帝是真是假，反正摩西八成要下台，那么明天上台的会是谁呢？250个人基本都有了各自的人选（恐怕都认为非自己莫属）。他们也有共同否定的名额——可拉。先由可拉将摩西赶下台，然后再由自己登上宝座——每个人都希望成为"鹬蚌相争"故事里趁乱得利的"渔翁"。250个人萌生出250种想法和渴望，几乎每个人都对明早的选举仪式生出无限的遐想——可拉的批斗会显然开不下去了。

下一招，谈判解决争端。摩西派人去找大坍和亚比兰，几方一起坐下来开个讨论会也未尝不可。然而，大坍和亚比兰坚决不来。没有哪个叛徒是坦诚待人的。他们心中有阴暗，自然认为别人在时刻算计自己。大坍和亚比兰当众喝斥摩西的使者：你把我们从富庶的埃及带出来，又不能兑现给我们的承诺，是要在旷野里害死我们吗？现在又来命令我们，你是不是想要称王，让我们受你奴役？大家的眼睛是雪亮的，你骗不了我们！

这番声讨之词，实际上是当着以色列众人的面，彻底否定摩西所从事事业的价值，并将其良苦用心归于阴谋诡计。

大坍、亚比兰和可拉，作为以色列人不同支派的领袖，不可能不了解以色列人为什么要出埃及，不可能不知道以色列人离开埃及前后从被压迫、被屠杀到成为自由人的彻底改变。然而，挫折和困难使他们丧失了信心，狭隘的权欲使他们失去了方向。他们放弃了家国之梦的坎坷道路而宁愿选择回到埃及去再次被屠杀和奴役。

大坍和亚比兰天真地以为摩西已经被可拉围困住，现在是找他们求和的。如果他们不赶快表明态度、扩张势力，等到可拉众星捧月般地下山，自己就没有好处了。

如果他们知道摩西已经成功地把可拉带去的人分化瓦解，恐怕根本不会那么匆匆表态，而是会装聋作哑。可惜得很，错误的信息导致错误的判断和决策。

摩西听了手下人的报告，极其愤怒悲伤，他对自己深信不疑的上帝发出怨言：我没有跟他们要过财物也没伤害过他们的人，他们为什么这样对待我？

他不明白，这些自己平时关心爱护、谆谆教诲的得力助手们，怎么突然变成了这副嘴脸？难道上帝真的抛弃了自己？

第二天一早，可拉领着250位精英领袖来到会幕前。

这会幕就是安置耶和华圣约柜的地方，也是日后以色列人圣殿的前身。以色列人的生活围绕着会幕，以后则围绕着圣殿。

可拉不但带来了250位领袖精英，还召集来大批的以色列百姓。在人多势众的群众面前，摩西和亚伦交出权力是难以避免了。今天的仪式，不过是摩西等人装神弄鬼、给自己找的台阶罢了。

可拉看到摩西与亚伦丝毫没有禅让的意思，非常诧异、不满。既然两个老头子不懂事，那就发动群众来逼迫一下——如今的可拉人气冲天，连大坍和亚比兰身边的群众都聚集过来。

"逼宫"开始了。

凡是群众运动，都要搞清敌我关系，而敌我关系的确认与同盟的产生大多以利益为基础。如果想要刺激众人追随自己大闹一场，只要点中大家共同的"软肋"即可。如今以色列人的"软肋"正是眼前令他们难以接受的现实——迦南虽美好却不能进入，更糟糕的是，20岁以上的男丁都要倒毙旷野。而带来这个糟糕消息的人是摩西。

群众的力量是巨大的，虽然不能移山填海，但是让个把领导者"下台"似乎不在话下。不过现在情形却显得有点复杂——摩西本人从来没有称王、称帝，没有强迫别人对自己效忠，更没有向以色列人征收哪怕一块钱的税。既然从来没有真正"上台"，还有什么"台"可下呢？摩西和亚伦不过是上帝指派的执行者罢了。

如今的政变，虽然看上去是针对摩西和亚伦的，其真实的目的是为了摆脱西奈山那位给予他们诫命的神，以可拉等人的意愿建立新的国家体系。但是他们不会知道，如果以色列人真的改变"十诫"约定，肯定要付出代价——信仰和国体这个东西可不是闹着玩的。

摩西和亚伦悲哀地注视着喧闹与狂躁中的人们，依然不做任何表态。

人怨正在酝酿，而天怒却真的要来了。一道耀眼的光照在会幕上，所有的人都惊呆了。

如此近距离地见到这些奇特的景象，所有的人都面面相觑，连摩西和亚伦都瑟瑟发抖地进入会幕之中。

会幕外的人们惶恐而好奇，他们不知道摩西进入会幕去做什么。全场突然安静了下来，只有可拉心里在暗暗冷笑——魔术要登场了。另外250个人则各怀心思。虽然他们中的大多数人已经预感到自己此次"陪太子读书"——成为可拉这朵新红花的绿叶。但是，既然来了总还有一丝希望，至少他们在摩西眼里的印象总会比可拉好些，即使可拉或者别的什么人上台，自己作为拥立有功的开国之臣，总会有些优待吧。

当会幕外保持着奇特安静的时候，摩西和亚伦在会幕内却经历着痛苦的煎熬。上帝决定消灭以色列人！摩西和亚伦苦苦哀求上帝改变意志。摩西对同胞怀有非常复杂的心情：一方面，他时刻没有改变对他们的热爱和责任感；另一方面，他又实在对自己的同胞感到伤心和失望。他恳求上帝不要毁灭那些可怜而无知的人们。上帝的旨意发生了改变——他决定区别对待。

摩西和亚伦出来了，会幕外的平静被嗡嗡作响的窃窃私语所代替，人们忐忑不安地注视着摩西和可拉。百姓们实在不知道该支持哪一方好，于是他们决定先听听摩西带来了什么旨意。

摩西环顾四周，说出了一句不带任何好恶色彩的话：大家离开可拉、大坍和亚比兰的营帐，离得远远的。

人群在骚动，他们不知道接下来将会发生什么事情。当大家看到可拉脸上志得意满的神情以及摩西和亚伦充满自信的目光，更是无所适从。

可怕的沉默，太阳仿佛也黯淡了。令人揪心的沉默之后，终于有一个人怯生生地迈出了脚步，远远地离开。紧接着是第二个、第三个……越来越多的人离开可拉的身边。

看看人群散去，摩西召集以色列70名长老组成的议会，然后带领长老们向大坍和亚比兰的营帐走去。表面上看来，摩西是彻底让步了——大坍和亚比兰不来，老头子不是亲自去请了吗？

摩西领大家站定，再一次宣布：请大家离开大坍、亚比兰、可拉这几个恶人的营帐。

这话已经有了摆明立场和最后通牒的意思。看看局势突变，刚才稍稍聚拢过来和原先犹豫未走的人们纷纷离开。

众人离开的时候，恐怖的惩罚降临了。

一道巨大的闪电划过阴霾的天空，闪电引着了一个巨大的火球，250个人连同可拉瞬间被恐怖的火球吞噬了。

在红海和死海一带，有一种特殊的自然现象——泥面沼泽。这种沼泽表面上是干硬的泥土，下面是沼泽泥浆。干硬的泥土上可以行车走人甚至安排营帐，但如果泥面破裂，一切都会被吞噬。可拉、大坍、亚比兰的营帐居然全建在这种泥面沼泽上，巨大的闪电带来的地动山摇使这三个人的营帐下的地面突然开裂，所有不离开的人，全部被大地吞没。当他们的营帐在地面上消失后，沼泽表面慢慢愈合，平静得像没发生过一样。

所有人都恐惧得四散奔逃，唯恐自己的家也遭受同样的灭顶之灾。

可拉、大坍、亚比兰还有那250个支派的精英领袖消失了，但麻烦并没有就此终止。

可拉等人消失的第二天，激愤的百姓开始向摩西发难了。他们认为摩西就是杀死他们领袖的凶手！这些人可能属于普通群众，没有机会目击和参与全过程，因此产生这样的误解；也许他们受到了一些目击者的煽动，那些煽动者不敢站出来，只好发动群众。

在喧天的怒吼中，没有任何人可以解释清楚，也没有人有兴趣倾听摩

可拉、大坍、亚比兰的死亡

西他们的解释。

人民不懂得什么政治博弈，他们很容易被一些心怀叵测者所描绘的美好蓝图所蒙蔽，甚至天真地为此献出生命。但是，终有一天他们会发现：这美好的蓝图几乎都是镜花水月，他们献出生命战斗得来的，不过是少数人的地位和特权。

愚昧而愤怒的百姓准备杀死摩西和亚伦。他们似乎完全忘记了摩西对他们的帮助、引领和贡献——他们来自于不同的支派，自己的领袖和精英的死亡，在他们眼里简直是不可接受的事实。

在人们的剧烈冲击、谩骂、推搡中，摩西和亚伦被拥到了会幕前。一个简陋的会幕能够有那么大的能力，把250个人一瞬间烧死吗？人们不相信，甚至鄙视这样不能自圆其说的借口。

绝望的摩西和亚伦转头看着会幕，突然间，他们的眼神变成了敬畏和震恐！一片云降落在会幕上，耀眼的光彩显露出来。所有的人都安静了，人们似乎可以听到自己由于颤抖而牙齿磕碰的声音。摩西和亚伦匆匆赶到会幕前站好，人们默默地给他们让开一条路。

上帝的声音如同雷鸣："快离开这些人，我要将他们马上消灭掉。"摩西和亚伦惊恐地匍匐在地，祈求上帝饶恕众人。

百姓震惊了，他们终于在这一刻看到了昨天那些人遭遇的真正答案，然而他们醒悟得太晚了。一场巨大的瘟疫在营地里扩散开来。

当亚伦在营地里献上赎罪之祭，使疾病得以平息的时候，营地里面已经死了一万四千七百人！

可怕的场面，惨烈的惩罚，令以色列人惊恐万状。他们全部噤声了、害怕了、安静了，可是令摩西感到痛苦的时刻来临了。摩西并不想建立一个以他为元首的国家，不希望人们由于对他的恐惧而显现出虚假的恭顺。他不是埃及的王子，也不是什么强有力的统治者。如果失去上帝的应许，摩西只不过是一个米甸沙漠里的普通牧羊人。既然这么多矛盾几乎都是从公众以及精英们对神权的不信任而来，摩西决定做一件证明上帝应许的实验。

他召来十二支派的长老和亚伦，每个支派包括亚伦都献出一柄手杖放在会幕那里。摩西希望通过这个测试来宣告上帝的拣选旨意，以使以色列人不要再为眼前的挫折而困惑、纷争。第二天，其他十二柄手杖都没有变化，唯独亚伦的手杖在24小时之内发芽、开花，还结出了熟杏！这个神奇事件证明：亚伦的祭司地位是上帝亲自指派的，人们当确信无疑。十二支派的长老们心服口服，以色列会众彻底被眼前超乎寻常的神迹惊呆了。

不管怎么说，以色列人的内部纷争告一段落了。

历经动荡的以色列人现在站在一个历史的十字路口：是树立摩西自己的威信，开始大搞个人崇拜，还是继续坚定信仰，重新塑造以色列人的精神世界？前者代表了摩西王朝的到来，后者则是对"十诫"协约的继续遵守。

在这个历史关头，领导者摩西的个人决定很大程度上影响着这个民族的命运。最终，摩西选择了后者。

第八章 ● 迦南

　　120 岁的摩西独自登上耶利歌城河对岸的毗斯加山顶。在这里,他充满向往与渴望地眺望着河对岸广袤富庶的迦南平原。摩西知道自己不能跨过约旦河,亲自踏上那片魂牵梦绕的土地了。

1. 西珥山麓的流浪者

一系列事件之后，以色列人持续约40年的旷野流浪正式开始。

虽然这是一段看上去充满了艰辛与枯燥冗长的跋涉，但却是在为他们最终进入迦南、回归"流着奶与蜜的故乡"蓄积力量。

以色列人从温暖舒适的埃及来到旷野；从定居状态改为游牧生活；从平静生活到边放牧边战斗；从分散居住到高密度驻扎——这一系列巨大变化，使老一代以色列人难以适应沙漠生活并由于水土不服而纷纷死亡。不过40年后他们并没有人口锐减，以色列人不但基本达到了人口总量平衡，而且青年一代茁壮成长！这也说明，在旷野中的几十年里，以色列人的生存条件尚可。

以色列人主要驻扎和游牧的地方在死海南面的西珥山丘陵地带。他们之所以选择这里作为生存之地，有几个原因：

一、与周边民族关系较好。死海南面有以东人——以扫的后代。死海东北面和东面，分别生活着摩押人和亚扪人（这两个民族是亚伯拉罕侄子罗得的后代）。以色列人周边的这些民族，虽然已经跟他们分开几百年了，但彼此之间还承认那一层血缘关系。因此，只要互不侵犯，他们之间相处还是相当融洽的。

二、在夹缝中生存。以东人、摩押人和亚扪人虽然与以色列人的关系都维持得不错，但他们之间相处得并不好。也许是这几个民族相处日久、摩擦更多。以色列作为一个温和的、与各方关系都比较友善的外来者，得到了难得的休整与喘息的机会,在强者的夹缝中生存发展。

三、水草相对丰美。在西珥山以北、死海南端,有一条河叫做撒烈溪(现在这条河叫做埃赫沙河,是注入死海的几条河流之一)。这个地方属于地中海式气候,每年只有旱季和雨季。雨季来临,到处绿草如茵;到了旱季,只有常年流动的河流两岸才依然有可供放牧的绿地。以色列人以畜牧业为主要生产生活来源,自然需要有相对丰茂的水草。

四、看似荒凉的国际商业中心。以色列人东面是地广人稀的亚拉巴洼地,其宽度大约相当于约旦河谷,经此跨过沙漠直接到达阿喀巴湾(就是以色列人渡过红海之后的地区)。这个地区虽然荒凉,但以色列人却愿意长期驻扎。因为这里是一个重要的国际商业交汇点,许多商队从此经过。以色列人的牛羊畜牧产品,迦南各地贩运过来的商品均要通过这里进行国际贸易。以色列人天生具备商人的眼光,他们在这里自然成为商品交换的主角,从而获取相当丰厚的利润。此后,这里又发现了大铜矿,原来由于荒凉被各族忽视的亚拉巴洼地一下子成了争夺的热点地区,犹太人和以东人为此地区的控制权还真刀真枪地打过好几仗。

五、与周边民族的经济互补。以色列人以畜牧业为主,还不具备向农耕社会转变的条件。为了获取相应的生活生产资料,以色列人必须与周边民族进行贸易交换。以东人、摩押人和亚扪人,则是以商业活动为主要经济来源。因此以色列人可以在相对小得多的压力下发展区域经济,壮大自身实力。

基于以上几点,以色列民族的元气得以迅速恢复,无论是体力、精力还是头脑,迅速蜕变为一个巴勒斯坦的游牧民族。他们积累了足够的经验,磨炼出坚强的意志,整个民族基本上已经为进入迦南做好了准备。

2. 群雄四起

此时，包括迦南地区在内的广大环地中海地区的民族结构正在发生翻天覆地的巨大变化。

当以色列人在迦南门外打转转的时候，迦南内部发生了巨大的变化。40年前的弱势民族如今扬眉吐气，40年前的强大国家却山河破碎。为了争夺对这片富庶土地的统治权，无数人血洒疆场。毫不夸张地说，几千年来，巴勒斯坦的每一寸土地都被鲜血浸染着。

除了以东人、亚扪人、摩押人——这些以色列人已经十分熟悉的民族之外，现在的迦南大概还有如下几个主要民族：

一、亚衲人。这个民族以身材极其高大著称。俗话说：身大力不亏。在一对一的战斗中，高大强壮的人往往能够轻而易举地把相对瘦小的对手放倒。但奇怪的是，这些亚衲族人几十年来没有什么特别的建树，仍然聚集在希伯伦一带及山地中。他们没有因为自身的强壮而成为优势民族，反而被其他民族驱赶、排挤到贫瘠的地方。随着以色列人进入迦南，分布在各地的亚衲人大部分被歼灭，极少数被非利士人收编并逐步为其同化。

二、利乏音人。这也是一个极其高大、强壮的民族。虽然人数众多，但却分别被摩押人和亚扪人驱赶、压制和打散，最后只剩下一个称为巴珊的小国。

三、亚玛力人。40年前以色列人刚刚跨过红海的时候就是他们进行偷袭，与以色列人的第二仗是在迦南南部的高原地带打响的。双方各胜一场。亚玛力人的故乡在西珥山，是以扫后代的一个支派。他们和以色列人结下了血海深仇，双方战争不断，最后亚玛力人被消灭在西珥山——兴起于斯、灭亡于斯，不知这是命运的巧合，还是命运的嘲弄。

四、阿拉伯人。阿拉伯人是生活在阿拉伯半岛的游牧民族，分为两个部族：一个是贝都因人，他们的祖先叫做卡坦；另外一个是亚伯拉罕的后人，应该就是《圣经》所说的"以实玛利"。贝都因人主要活跃在北非一带，以实玛利的后代阿拉伯人则以西亚、中东一带为主。当犹太人流散到全世界之后，迦南地区居住的主体是阿拉伯民族。此后，他们不断被外来民族征服，首先是希腊人、罗马人，然后是蒙古人，后来还有欧洲来的十字军、奥斯曼土耳其人、德国人、英国人等。如此复杂的历史背景和民族状况，简直把中东搅成了一团乱麻。

以色列人出埃及前后，两河流域活跃着几个强大的民族，其中，最具有代表性的是亚摩利人、赫梯人和非利士人。

公元前2007年，亚摩利人入侵两河流域，摧毁了阿卡德人和苏美尔人建立的吾珥第三王朝——吾珥王朝的首都，就是当年亚伯拉罕的故乡吾珥城。

公元前1894年左右，亚摩利人建立起一个以幼发拉底河河畔的巴比伦城为首都的王朝。从那时起，美索不达米亚就被称为"巴比伦尼亚"，那里所有居民都被称为"巴比伦人"，这个国家被称为"古巴比伦"。古巴比伦的一位伟大君王——汉谟拉比（《汉谟拉比法典》的颁布者）统一了两河流域，使巴比伦文明达到了一个相当的高度。但是到公元前1750年，这个显赫的王国开始分崩离析，并先后受到多个敌对势力的攻击，其中以赫梯人、喀西特人的入侵最为猛烈。

喀西特人来自伊朗高原西部边缘地区，他们于公元前1743年对巴比伦王国进行了第一次大规模的进攻。虽然此战没有立即灭亡巴比伦王国，但是在达成某种均衡之后，旷日持久的蚕食战争就展开了。汉谟拉比继承者——萨姆苏伊鲁纳统治开始的不足十年间，被巴比伦王国统一起来的亚述、马里、卡尔基米什，甚至"海中之地"——位于波斯湾顶端的沼泽地，都先后脱离了巴比伦。两河流域由统一迅速走向诸侯林立和分崩离析。巴比伦王国，这个继承了苏美尔－阿卡德帝国尊号的强大国家，如同昙花一现般迅速由盛转衰。

公元前1595年，巴比伦被赫梯人攻陷和掠劫，辉煌的巴比伦第一王国灭亡。但是，赫梯人的眼睛并没有停留在两河流域的富饶土地上，而是把矛头指向了整个小亚细亚乃至于更加富饶的埃及。他们撤离了巴比伦城，任凭喀西特人对其进行占领。以巴比伦城为中心，喀西特人再次统一了多个城邦国家，建立起新的、区域性的苏美尔—阿卡德王国。这个政权名义上存在到公元前1169年，但是在其370年的统治中，却有差不多240年处于分崩离析的内战状态。与赫梯人同样骁勇善战的喀西特人并没有来得及走向更广阔的世界，就这样在连绵不断的内乱与纷争中度过了几百年，直到公元前729年最终为亚述帝国所吞并。

与喀西特人不同，赫梯人摆脱了两河流域的种种羁绊之后，轻装前进，以迅猛的势态席卷了整个西亚大地。公元前15世纪末至公元前13世纪中叶，当喀西特人在两河流域深陷泥潭无法自拔的时候，正是赫梯历史上的新王国时期，也是赫梯王国最强盛的时候。赫梯人的锋芒直指叙利亚、巴勒斯坦和西奈半岛，甚至于埃及本土。在多次的正面交锋中，赫梯与埃及这两个强大帝国陷入胶着状态，他们扩张的脚步就此戛然而止。公元前1283年，在赫梯新王哈图西里二世执政时，赫梯同埃及法老拉美西斯二世缔结了所谓的"银板和约"。从此，两个接壤的强国经历了一段势均力敌的平衡时期。也正是此时，埃及内部矛盾频繁、民怨沸腾，拉美西斯二世正式掀起了迫害以色列人的狂潮。

赫梯人的王朝持续时间并不长久。从爱琴海上迁徙过来一批皮肤白皙、轮廓突出、高大强壮的民族，这些人就是非利士人的前身，被称之为"海上之民"。公元前13世纪，原本零零散散的"海上之民"迅速兴起，他们不但在海上给埃及人致命打击，更在从地中海到红海、叙利亚甚至更广阔的区域对赫梯人展开坚决的进攻。这种对于两大强国不分青红皂白一律通吃的做法，促使埃及和赫梯采取彼此心照不宣的协同军事行动，但是收效甚微。除了非利士人拥有铁质武器这样的高技术装备之外，同盟双方的离心离德更是一个不容忽视的原因。埃及人将战争中俘虏的非利士人直接安排在迦南地区——这里虽然名义上是埃及的势力范围，实际上更为赫梯人所控制——既然不能解决麻烦，埃及人宁肯把麻烦送给赫梯人去解决。

貌合神离的合作，助长了非利士人的壮大。公元前13世纪后期，非利士人的实力迅速提升，其武装力量席卷整个西亚。不但两河流域受到他们的致命攻击，就是赫梯王国也被肢解成若干小国。搬起石头砸了自己脚的埃及人在气势汹汹的非利士人面前，再也不敢跨出尼罗河谷一步。不过非利士人的勇猛善战并没有帮助他们建立起一个统一的帝国，而是以不同的小国形式各自为战。他们虽然打碎了旧有的国际秩序，却没有建立起一个真正属于自己的国家体系。

如此纷繁复杂的局面，正是以色列人出埃及进入迦南前几十年的情况。多亏以色列人在西珥山相对封闭和平静的环境下韬光养晦，如果他们提早几十年进入迦南，恐怕早就被汹涌而来的一系列惨烈战争彻底消灭。

40年很快过去了。游牧生息在西珥山到西奈半岛之间的旷野的以色列人已经不满足于狭小的缓冲地带的生活。他们决定逐步向迦南平原一带迁徙。虽然迦南内地的各个民族你死我活地自相攻伐个没完没了，但大多数以色列人对此行的信心还是蛮足的。这种自信首先来自于他们与以东人、摩押人和亚扪人多年相处中形成的经验。习惯于以金钱换和平的以色列人还是有办法对付的。几十年的和平经营，使以色列人积累起相当的财富。与如上民族交往，以色列人一直严格遵守平等交易原则。

以色列人虽然还有对埃及的记忆，但大多数人已经从心理上割断了对埃及的向往，对迦南则倾注了更多的感情，这也成为以色列人最终进入迦南建立邦国的内在动力。绝大多数当年在加底斯驻扎过的20岁以上男子都已经死去，只剩下约书亚和迦勒，他们在摩西身边同时参与对以色列人的管理工作，这也为其此后接替摩西担当以色列人的领袖打下了基础。

经过几十年的磨合与完善，以色列人的管理体制日趋成熟，管理机制愈发合理。在刚刚渡过红海到达西奈的时候，宗族势力还占据着重要地位，发挥着重大的影响作用。尤其是当年在加底斯，可拉等人发动的政变，正是在宗族支派的基础上挑起来的。

以色列人的经济实力有了质的提升，从一个贫弱小族到拥有一定的财富积累，为以色列人下一步争霸迦南打下了物质基础。

正月的时候，以色列人到达了加底斯——当年以色列人进迦南首战失利的地方。

这时，米利暗去世了。

以色列人的队伍又出发了，人群扬起的遮天尘沙后面，留下的是米利

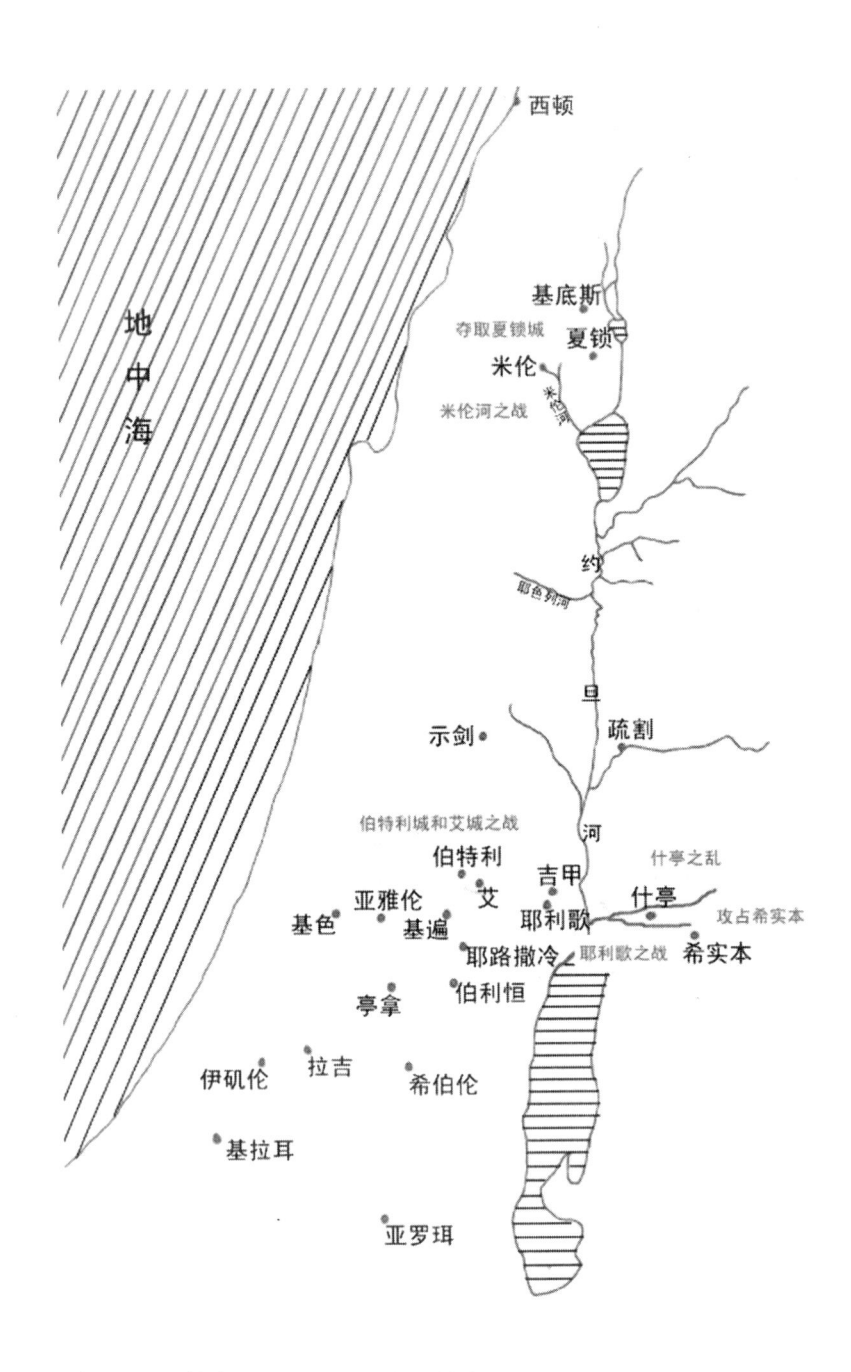

迦南地区城市分布及主要事件

暗孤独的坟茔。五个月以后，以色列人到达何珥玛。在这里，123岁的亚伦去世。死前，他脱下圣衣，其职位由自己的儿子以利亚撒继承。亚伦去世的时候，身边陪伴的有他的儿子和摩西。离别是伤感的，出来的时候是姐弟三人，而如今只剩下摩西一个人在跋涉。

以色列人在何珥山下哀悼了30天。米利暗和亚伦的去世，标志着以色列人旧时代的结束和新时代的即将开始。虽然其中有些许伤感和留恋，但当年轻的勇士们站在富饶的迦南边界，以坚定脚步踏上归家之路的时候，更多的希望、信心和无穷的动力在他们的血管里激荡。经历40年艰辛历程的以色列人终于要回家了——当他们跨出这充满自信与希望的一步时，历史正在被新一代人书写。

3. 不期而至的战争

以色列人居住在以东人的东面，如果他们想要进入迦南地区，最近也最好走的路线，是借道以东人的土地，直接从一条被称之为"王道"的大路进入迦南。

如同以往发生的多次接触一样，以色列人先派出使者，向以东王提出借道行走的请求。他们的条件很优厚：不走其他的路线，直接从大路走；路上只要喝了水、消耗了资源，全部作价补偿。凭借以往的经验，以色列人认为以东人最多就是讨价还价一番，肯定会让以色列人过去。但是这次，以东王断然拒绝了他们。

以东也算是迦南地区的一个大国，为什么作为兄弟国家此时突然对以色列人翻脸了呢？主要有以下几个原因：

一、此次以色列人迁徙规模太大。他们依然有两三百万之众，如此众多的人口从以东跨越南北的道路上穿行而过，地方上不仅难以控制治安，也难以保证物品供给。另一方面，一旦对方稍有二心，说不定就会上演鹊巢鸠占的悲剧。生活在弱肉强食的迦南，从来都习惯于以"丛林法则"思考的以东人，绝不可能冒险同意一大批外族人武装穿行于自己的国土之上。

二、以色列人这回是有组织、有计划、大规模的全族迁徙。以东王不是傻瓜，他很清楚随之而来的会是以色列人对迦南领土的诉求。以色列人进攻迦南，完全是为了自身的发展需要，他们的成果分享计划中根本没有以东人的份儿。

以东王断然拒绝以色列人的过境请求后开始大规模动员。随着紧急的号角声传遍西珥山，无数剽悍的以东勇士蜂拥到以东的边界。他们严阵以待，对昔日的兄弟之邦投去了警惕的目光。

看着剑拔弩张的边境气氛和邻里关系，以色列人并没有做什么停留，他们收起行装，驱动队伍，蜿蜒的大军直接向北，经何珥山朝希伯伦方向迁移，做大回转，不但绕过以东的边界，更绕过摩押和亚扪的边界——既然以东人的态度如此警惕和不友好，估计摩押人和亚扪人的态度也不会相差很多，干脆绕过去就是了。

生活在高原山地里的以东人、摩押人和亚扪人是这片险峻土地的主人，他们对于山地作战的驾轻就熟如同以色列人放牧牛羊一样得心应手。曾经在何珥马作战大败而回的经验告诉以色列人——山地作战是异常艰苦和困难的，没有十足把握绝对不能轻易出手。

一般来说，各个周边民族都清楚以色列人的回归目标是迦南，因此迦南以外的民族对他们并没有太多的忌惮和警惕。但是这次似乎有点邪门——以色列人再次起行的方向，并不是向东，而是向北朝着希伯伦的方向。

希伯伦南面大约30公里左右的地方有一个小国，叫做亚拉得。亚拉得国王对于以色列人的动向非常关注。这位王想当然地认为，他的国家正处于以色列人预期的行进路线上。几百万人一路走来，亚拉得国王应当怎么办？闭门观望还是拒敌于国门之外？这两种方式亚拉得王都没有采纳，事实上，他有更深一层的打算。

以色列人几十年来一直在迦南边缘地区游牧，与亚拉得人之间应当多有往来。周边民族对以色列人预期的武力从根本上来说是看不起的，否则也不可能允许这个民族在自己周围平平安安地生活繁衍几十年。在大家眼里，这是一个自保有余而进攻力不足的民族。

即使战端一起，亚拉得人坚信自己还有坚强的外援。亚拉得这个国家虽然不大，却是诸多亚摩利人建立起的国家之一。他们的东北面，一个强大的亚摩利人国家——希实本就在约旦河的东岸与他们呼应。希实本实力不弱，他们的先王与摩押人发生了一场大战，结果摩押人被打得丢盔弃甲，狼狈地退出约旦河东岸的大片富饶土地，龟缩到南面的山地中去。有这样强大的盟友南北呼应，以色列人不能不考虑后果。

以色列人有大群的牛羊和数不清的金银财宝，这对那些垂涎欲滴的周边小国的君王们来说，简直是一个流动的自动提款机。如果此时出动一支精锐的队伍，呼啸而过袭击一下，应当有不错的收获，天与不取的事情傻瓜才会去干。

于是，亚拉得王带领一支强大的骑兵以突然袭击的姿态出现在跋涉的以色列人面前。疲惫的以色列人实在没有防备，被对方打了一个措手不及。奔腾呼啸的亚拉得人马队穿营而出，不但抢走了一些金银财物，更抓走了几个以色列人做了俘虏！

依照亚拉得王的打算，以色列人在此次袭击中所受损失虽然不大，但他们毕竟锋芒受挫而且有人被抓。他的目的就是要通过这次挫折敲打一下以色列人，让他们放弃扩张和发展的念头，老老实实回到亚拉巴洼地的沙漠边缘去放羊做生意，安安稳稳地过平安小日子。亚拉得王预期的事态发展是这样的：摩西派人来见亚拉得王，除了用金钱交换战俘之外，还会在亚拉得人的强大武装面前被迫低头，签订充满屈辱的条约，保证彻底离开亚拉得人的势力范围。

但是，亚拉得王没有想到，对于以色列人来说，这种协定的签署，等同于在他们的脖子上套上一根绳索，等待敌人来拉紧。一个屈辱条约换来的会是所有周边邻邦的蔑视，以色列民族将会在很短的时间里被一个又一个民族袭击、抢劫，然后再去谈判、付钱、签订条约……以色列人会永无宁日地生活。

亚拉得王没有真正设身处地站在以色列人的角度对此次事件进行推演。事实上，他的袭击已经把以摩西为首的领袖集团推上了绝路。摩西对自己的同胞再熟悉不过——面对胜利，他们会有百倍的热情、万丈的雄心，可一旦遭遇失败和挫折，他们的信心将会大打折扣。一个失去信心的民族、队伍，如何面对一个又一个强大的敌人呢？这一次已经不是单纯的战与和的问题，简直可以上升到存在或被灭亡的高度。即使没有此次亚拉得王的袭击，摩西也急于坚定以色列人的信心，加强其民族凝聚力和战斗力。这时，亚拉得王自愿送上门来了。

摩西迅速动员以色列人，呼唤起以色列人满腔的愤怒，激发起他们同仇敌忾的斗志。摩西实在太需要有一场真正的大胜仗来加强民族的凝聚力，以面对更多更强大的敌人了。于是，完全出乎亚拉得王的意料，摩西出了一个狠招——倾其所有兵力，孤注一掷地向亚拉得发起彻底的歼灭战！

当以色列人积极备战的时候，亚拉得人正在优哉游哉地盘点抢来的财物，调笑抓来的俘虏，等待以色列人的使者来讲和。当国王亲自登上并不高大的城墙向南眺望时，他被彻底惊呆了：几十万以色列战士如同天边的蝗虫一样，迅速向亚拉得城聚集！黑压压涌来的人群似乎都将亚拉得上方的空气凝固住了！

亚拉得王的使者被派出去向希实本王求助，可却迟迟没有回音。连唇亡齿寒都不懂的希实本王把亚拉得人抛弃了！

以色列人像一股沙漠深处呼啸而来的狂风，把蓄积了几十年的怨气一股脑地倾泻在亚拉得人的身上。面对潮水般一波又一波攻坚的队伍，亚拉得城墙被冲出了多处缺口，有的地方甚至整体崩塌，以色列士兵冲入城中与亚拉得人血肉互搏。在山呼海啸一般的冲锋呐喊中，亚拉得勇士颤抖的双手几乎攥不住冰冷的刀枪！战斗以极富戏剧性的原因开始，又以极其残酷的方式发展和结束。

此战，亚拉得人全军覆没、国家灭亡，都城被以色列人彻底摧毁。不但如此，亚拉得版图范围内的城池尽遭以色列人攻破和毁灭。亚拉得彻底荒凉没落，这个地方也获得了一个新的命名——何珥马（就是"毁灭"的意思）。

4. 争执再起

现在，以色列人绕道继续向北，沿着既定路线——以东和摩押的边境行走。然而，这条原本毫无异议的既定路线却开始引起激烈的争议。原先的以色列人几十年都处于和平之中，没有跟邻邦发生过什么冲突与矛盾。因此，当他们决定向迦南迁移的时候，为了避免流血冲突而选择绕道行走。可是，经过亚拉得一战，以色列人的自信心迅速膨胀，他们甚至认为自己应当有胆色和勇气去撕毁国际条约，发起对邻邦的攻击。

跋涉在贫瘠的旷野中，以色列人虽然避免了作战，但却比行走"王道"要多付出好几倍的艰辛和巨大的物资消耗。以前由于怯懦，他们接受了绕行的安排，选择了宁可流汗也不流血的方案。可是如今他们通过一场彻底的胜利坚定了自己战胜任何敌人的决心。他们甚至认为自己几乎不用受什么挫折，就可以顺利地踏上迦南的土地。

他们把问题想得太简单了！以色列人刚刚歼灭了一个亚摩利人的国家，周边各国甚至迦南诸国不可能对此无动于衷。如果此时以色列人鏖师进入以东或者摩押人的土地，这些原本就对以色列人有所疑心的民族更会坚定自己的怀疑，甚至突破芥蒂，组成多个民族的联军发起保卫战。就像当年以色列人在迦南南疆面对迦南各部和亚玛力人的联合作战大败而归一样，如今的以色列人依然不具备双线作战甚至多线作战的能力。

摩西不能满足百姓的要求，虽然他知道这条路途艰难，但是他更知道，绝不能为了某些人的极度自我膨胀而把整个民族引向死亡与不必要的挫折！因为他们的下一个目标是另一个亚摩利人的国家——强大的希实本国。希实本国与摩押人世代为仇，并且占领了大量摩押人的领土。但是以色列人如果对摩押人稍有动作，就可能激发起亚摩利人与摩押人摒弃前嫌、同仇敌忾对付以色列人的斗志——这样无异于给以色列人前行之路安插了一座铜墙铁壁，如果以东人再发起进攻，腹背受敌的以色列人必然会彻底溃败。况且，即使以色列人侥幸穿过摩押，占领希实本并进一步进逼迦南，他们进军的道路将会变得充满荆棘，背后可能是暗处射来的冷箭和投枪。

摩西的解释毫无意义，很多绝密的作战计划也不能向百姓解说。领导层的沉默助长了推波助澜者的信心，大群的百姓开始围攻——几十年前他们父辈所做的事情，在他们这里继续上演了。

"神迹"对于这一代以色列人来说已经十分遥远。如同一个摆脱逆境的人，多年以后往往会忘掉大部分在逆境中帮助过他的人。可怕的事件出现了——无数条毒蛇进入以色列人的营地，很多人被毒蛇噬咬，被咬部位极其疼痛、红肿，甚至造成死亡。这个过程很痛苦，伴随着撕心裂肺的惨叫声，营地一瞬间变成了人间地狱！

百姓们恐惧了，他们连忙跑到摩西那里认错。同样痛苦的摩西急切地向上帝祈求治疗同胞的办法，上帝终于答应了他的请求——摩西铸造了一条铜蛇，用杖挑着，行进在营地里。凡是被蛇咬过的人，只要看一眼这铜蛇就能活过来。从此，摩西在旷野中举蛇的事情在以色列人中广泛

摩西制作了一条铜蛇，用杖挑着竖立在营地

传扬，并传到其他国家和民族。摩西在旷野中举起的铜蛇，已经成为救死扶伤、援助孤苦、拯救患难的标志。

一场大灾难平息之后，以色列人又要出发了。

他们没有改变既定路线，仍旧沿着以东的边界前行，首先到达了以东人和摩押人的边界——撒烈溪，然后沿着摩押人的边界到达亚嫩河谷驻扎下来。

5. 攻占希实本

亚嫩河的意思是"急流"或者"喧哗之河"。这条河流穿越在摩押高原的陡峭峡谷中，深约500多米，谷口宽的地方达到3公里，但底部的宽度只有30多米！造成河水以极其湍急的速度流过，发出震耳欲聋的巨大喧嚣。亚嫩河终年流淌，滋润着两岸的草场与山川。

亚嫩河两岸是富庶的兵家必争之地。跨过亚嫩河，就是亚摩利人的领地，属于高原地区，林木繁茂，古时与黎巴嫩同因森林储量丰富而著称于世。亚摩利人就是为争夺这块土地与摩押人兵戎相见，最后将摩押人驱赶到亚嫩河以南的贫瘠山地中去。

从路线上看，以色列人必须从约旦河东岸渡河进入迦南，而不是像几十年前那样从迦南南部的高原山地仰攻。亚拉得一仗，希伯伦方向的亚摩利人已经全面做好了迎战准备，使以色列人从这里进入迦南的计划绝难实现。因此，可供选择的唯一合理路线就是从以东、摩押和亚扪边界取道希实本，再取道巴珊，然后才能到达与耶利歌城隔河相望的约旦河东岸。以色列人跨过亚嫩河谷之后，不得不借道希实本的土地。因为他们西侧是平均海拔达1000米左右的亚巴琳山系，人员辎重根本无法通行。如果再向西，跨越亚巴琳山系，就是死海——以色列人此时再也没有迂回前进的可能性。于是，以色列人只好再次去找希实本王西宏，协商借道行走的事宜。

以色列人承诺会为路上的一切消耗付钱。

作为亚摩利人建立的城邦国之一，希实本的力量虽然不是最强大的，但却具有相当的战斗力。他们北邻巨人利乏音人建立的国家巴珊，南面紧邻与自己关系一直不怎么样的摩押人。因此，希实本一直处于练兵备战的状态。多年的征战造就西宏手下的军队勇猛剽悍，一次次边境冲突与对外用兵也坚定了胜利的信心。

当然，如今的亚摩利人已经不再有当年古巴比伦的荣耀与辉煌，西宏不得不审时度势地适应国际局势。因此，当以色列人全线进攻，以最快的速度摧毁了亚拉得王防线的时候，面对一次又一次十万火急的求援，他只能保持沉默。

现在，几百万以色列人屯兵边境，要从自己的国土上穿行而过，如果他们一旦有了领土要求，引狼入室的希实本人根本没有能力在自己的家园里控制局面。亚摩利人在巴勒斯坦地区建立了多个政权，最著名的除了希实本之外还包括耶路撒冷、希伯伦、耶末、拉吉和伊矶伦，这五个城邦国家的国王又被称为亚摩利五王。理论上说，一旦一国出了事情，同宗同族的其他国家会出手相帮。但这只是理论上的，如果没有直接涉及自身危机，即使同宗同族，各国之间也不会轻易出手，除非真的会由此获得什么利益。希实本王不就对亚拉得的灭亡保持沉默吗？

西宏必须拒以色列人于国门之外。他知道以色列人除了借道本国已经无路可走，如果不从希实本穿过，他们只能困死在荒漠里。但这并不是他要考虑的问题。任何一个迦南民族都不会把这种妇人之仁放在心上，他们关心的是自己的国土有没有扩张，自己的牛羊有没有增加，自己的战士有没有去战斗和抢掠。对西宏来说，除了歼灭以色列人，别无他途。

不过，单凭希实本一国之力恐怕难以战胜以色列人。因此，西宏必须联合其他的城邦一齐出动。但是以色列人一战而灭亚拉得，所有国家都看到了，估计没有谁愿意为西宏出这个头。西宏观察到以色列人虽然兵强马壮，但同样牛羊成群，财物众多，各国对他们随身携带的财产垂涎已久。如果以夺取以色列人的财富——牛羊为号召，估计还是会有别国响应的。希实本人必须首先出手，只要能够给以色列人一定程度的首轮打击，再大肆炫耀一下自己的战利品，贪婪的各位亚摩利国王就会迅速地派出军队来分享以色列人这头肥羊！那时候，面对亚摩利人的强大联军，以色列人根本不会有胜算！

以色列人此时刚刚渡过亚嫩河，驻扎在河边的雅杂，等待希实本王的回音。以色列人还是幻想能够通过和平手段穿越希实本国的。

他们没有等来西宏的回信，却迎来战车奔驰和士兵行军卷起的滚滚烟尘！

希实本的军队进攻了。这是一支训练有素的武装。他们能够在亚扪人、巴珊巨人和摩押人之间，通过战争手段硬生生扩张出一块地方，说明绝不是平庸之辈。与西宏带领的骁勇战将相比，摩西所率领的以色列人，无论战斗经验还是单兵能力都有一定差距。毕竟，以色列人并没有专业化的武装部队，而公元前22世纪由亚摩利人建立的古巴比伦王国则早已经拥有专业化的常备军队，只有在需要打大仗、恶仗，人员兵员不足的时候才会动员农民和平民参战。当亚摩利人从两河流域将生活重心向迦南以及约旦河东岸偏移时，其强大的军事力量能够给本地固有民族以不小的军事压力，并迅速打拼出一片天地，划定出各自的势力范围。

从战术思想和战斗的专业化方面来说，亚摩利人是以色列人进入迦南过程中最难对付的敌人之一。另一个可怕的敌人，就是来自爱琴海的非利士人。此战，希实本人志在必得，出动的是本国精锐，肩负保家卫国的重任；以色列人则动用了全部的可战资源，属于背水一战。

如果此战失败，希实本人还有回旋的余地——雅博河到亚嫩河之间相对宽广的土地可以成为他们整顿再战的后方，而以色列人则必然灭亡——如果他们在亚嫩河北岸战败，亚摩利人绝对不会给三百万以色列百姓从容渡河南逃的机会，心胆俱裂、丁壮折损的残败之师必然成为西宏案板上的鱼肉。即使一部分人侥幸渡过亚嫩河南撤，他们在摩押人和以东人的边界也不可能再享受到原先的和平待遇，很可能要不断遭受攻击。

人有时候是不能有太多退路的，退路多了往往会丧失进取的动力，尤其是在狭路相逢的战场上。各项条件都比较优秀的社会角色，由于可选择的退路多，更容易流于空谈和在人生选择中三心二意。以色列人和希实本人之间的战斗也是如此。

战争以异常紧张的方式在异常紧张的气氛中开始。以色列人没有采取任何迦南人习惯的战争礼仪，也没有摆阵对垒，甚至连招呼都没打就突然间冲了上来。当山呼海啸一般的以色列人冲锋的时候，亚摩利人被惊得目瞪口呆。这群训练有素的战士，实在不知道眼前的对手怎么会这么不按规矩打仗。亚摩利人的队伍被冲击得站脚不稳，接连不断涌来的敌人令这支百战百胜的军队莫名其妙地迅速崩溃。

面对此情此景，西宏愤怒而又绝望。西宏是亚摩利人勇士中的勇士，因此他才能够在弱肉强食的草原上拼杀出一个国家。也正是因此，战斗成为他人生的主要部分，他生命的终结不是衰老昏聩于户牖之间，而是在战场上失败的那一刻。如今，西宏的军队崩溃了，国土沦丧了，一个亡国之君的结局绝不会比乞丐强多少。他必须选择以一个勇士的方式来结束自己的生命——战斗到最后一息。

西宏倒在乱军之中，死在以色列勇士的刀下。他的倒下意味着希实本的灭亡。

看到国王战死，希实本人争相溃逃。战场上的失败，使全国上下顿时陷入瘫痪。来不及组织任何反击的亚摩利人只能争相潜逃。间或有难以成规模的反抗和攻坚，也都迅速土崩瓦解。一场两个民族的大攻杀，以以色列人的全面胜利和希实本人的国破家亡而告终。

夕阳如血，在从容流淌的约旦河边，多少妇孺的哭嚎与鲜血，正被大漠的狂风所吞没。

6. 巴珊巨人

以色列人站在巴珊的边界了。他们的锋芒已经到达雅博河渡口——那个当年雅各获得以色列之名的地方。

此时，整个约旦河东岸都震动了。亚扪人躲在密密麻麻的堡垒后面严阵以待，巴珊人则早早地进行了全民动员。

巴珊人是疑似亚衲族人的利乏音人。这个民族的特点是身材极其高大。他们的国王噩，被称为最后一个利乏音人。从他4米长、1.8米宽的铁床可以判断，这位国王的身高当在3米左右！是一个传说中的伟大勇士。

如今，以色列人占领了与巴珊人素不相识的希实本人的地盘，短暂的欣喜之后，兔死狐悲的气氛迅速占了上风。因为以色列人并没有向东进入亚扪人地盘的意思，还想一路向北，在整个约旦河边寻找合适的渡河西去的渡口。

这一次，巨人们连通报探讨的机会都没给以色列人，他们的队伍已经在雅博河边以逸待劳了。

记得几十年前以色列人由于恐惧亚衲族人而不敢进入迦南，以至于又流浪了三十八年，如今，与亚衲族人差不多的利乏音人大部队站在面前，不知道以色列人是怎样的心情。

巴珊人的平均身高至少有2米。游牧的以色列人身材并不高大，他们继承了大部分亚洲闪族人的人种特征，尤其是身高，整个民族的男子平均身高应该不超过1.7米。

几十年来，亚衲人、利乏音人这样的大个子，一直是以色列人的头号假想敌。在他们心目中，这些巨人从来都是他们进入迦南的最大障碍。口口相传中，这些巨人成了口能喷火、目能放电的怪兽！因此，当活生生的利乏音人站在他们面前，以色列人反倒释然了——除了极其高大以外，看不出他们还有什么超自然的力量。那么好吧，拼死一斗，或许可以战胜这些巨人。

就像卢梭告诉过我们的一个经验：狗的大小不一定是战胜对手的关键。人也是如此。巴珊的巨人们可能到死也不明白：为什么与自己从未谋面的以色列人会突然间像吃了兴奋剂一样猛扑过来。这些与自己没有深仇大恨的敌手简直如同山洪暴发一样势不可挡！几十万人的队伍铺天盖地冲上来，如同凶猛的蚂蚁吞噬了一切。利乏音人毁灭了！最后一个利乏音人——国王噩战死，连他的铁床都成了以色列人的战利品。

从此，以色列人牢牢地控制了约旦河东岸的渡口，为进入西岸的迦南做了充足的准备。

7. 什亭之乱——美丽军团

以色列人战胜巴珊巨人的事情传遍了约旦河两岸的巴勒斯坦各民族。如今,他们占领了北到黑门山、南到亚嫩河谷的土地。这块土地面积并不大,只有不足2万平方公里。但这对以色列人来说可是破天荒的大事情——他们终于第一次拥有了属于自己的土地!

以色列人牢牢控制约旦河东岸的土地之后,开始寻找最佳的渡河地点。他们缺乏山地作战和仰攻高原的能力,但可以在平原上展开队伍,与强大的敌人较量。因此,以色列人选择进入迦南的地点必须具备以下几个特征:在平原上或洼地上,以便于军队展开攻击;必须是一座大城,攻占之后能够迅速扩大战果,也能够起到震慑周边的作用;城市距离约旦河要有一定距离,但不要过远,这样既可以避免被半渡而击,又可以达到过河之后迅速包围对手的目的。

遍寻约旦河西岸的城镇地点,唯一符合此作战意图的只有一个地方——耶利歌城。耶利歌城在约旦河西岸的约旦河谷南部,距离死海北端8公里,耶路撒冷以东28公里,海拔高度为负250米,地势低洼。这座城市地处战略要冲,占据在三条重要通路的交汇点上:西北一条进入中巴勒斯坦,西南一条通往耶路撒冷,南部一条通往犹太高原——占领这座城市就意味着获得了打开中部迦南大门的钥匙。

以色列人若进入迦南,第一仗就要针对耶利歌用兵。虽然耶利歌附近还有一些小城镇星罗棋布,但作为迦南重镇的耶利歌城如果不被拿下,以色列人时刻都有可能被强大的迦南各族联军挤压在狭小的约旦河谷地而遭灭顶之灾。而在约旦河东岸,摩押人也会毫不客气地在他们的软肋上插上一刀。因为相当一批摩押人认为,以色列人从亚摩利人和巴珊人手中夺得的土地，应当是属于他们的。

以色列人在约旦河东岸一系列摧城拔寨的胜利，使得与其接壤的摩押人万分恐惧。身为近邻，摩押人实在不愿看到自己的身边突然崛起一个强大的国家。于是，一场意外的麻烦出现了，发生地点正是以色列人进攻迦南前聚集和驻扎的什亭。在这里，以色列人进行了为期数月的整编和动员，为此后的一系列恶仗做好物质和心理上的准备。摩西也在有计划地向以色列人未来的新领袖——约书亚转移权力，协助其树立必需的威信。就在此时，南部的摩押人开始酝酿一场针对以色列人的阴谋。

摩押族人是米甸人，其他的米甸人还包括以实玛利人、亚玛力人等。摩押王巴勒看到与自己毗邻而居的新来民族实在多得可怕，就把百姓领袖找来开会，对他们说，以色列人实在太多了，他们消耗干净自己土地上的物产，会渡过亚嫩河来吃光我们的一切！

摩押人决定做出点什么事情把对方赶走。经过彻夜探讨，巴勒与群众领袖想出一个荒唐的办法——动用巫师来诅咒以色列人。从这个决策可以看出巴勒对打败以色列人是多么缺乏信心。

巴勒去请的，是距离此地相当遥远，居住在幼发拉底河畔的小镇毗夺的巫师巴兰。

这个巴兰在整个美索不达米亚地区闻名遐迩，祝福、诅咒、观星、解梦、预测等都是他的强项。巴兰很有名气，也很有钱。

巴勒的使者携带着作为聘金的金银，请巴兰去为摩押人诅咒以色列人。巴兰是一个非常有职业操守的巫师，为了保证自己每一次接单都是高质量的，接受订单之前，他总要祈祷一番。于是，巴兰对使者说：你们今夜在这里住下，我必须按照上帝的旨意行事。到了晚上，巴兰向上帝祷告，上帝告诉他：你不能跟他们去，也不能诅咒以色列人。第二天早上，巴兰告诉使者：我不能去。

巴勒又派了更加尊贵的使者，带着更丰盛的礼物出发了。

做巫师的最忌讳干逆天而行的事情，巴兰太明白这个道理了。可是，金银财宝的诱惑力很大，没人可以轻易抵御。于是他又让使者住下，决定再祈祷一次。不料，这次祈祷的结果居然是允许他前往！第二天，巴兰早早地骑上他那头忠实的驴子，跟使者出发了。巴兰建议使者先回去禀报巴勒，让他建筑作法用的坛，杀牛宰羊以作为献祭，等他一到就登坛作法。上帝知道了巴兰的用心，派了一个天使，手持出鞘的长剑，拦住了巴兰的去路。

巴兰看不到拦住了他去路的天使，他的驴子却看到了。驴子在原地转了个弯，从路上跨进田间去了，任巴兰怎么打，它都不回到正路上。突然，天使现身在巴兰面前，责备他：如果不是驴子从我面前偏过，你早就没命了。天使命令巴兰作法的时候，祝福以色列人，巴兰遵从了天使的旨意。

巴兰作了一首类似于《推背图》、《烧饼歌》的预言诗歌。在诗歌中，

天使手持长剑拦住巴兰的去路

巴兰预言以色列人将会取得胜利，不但打败摩押人，还会占领迦南。

花了钱、费了力，自己请来的大师却给敌人祝福，巴勒简直快气疯了。但是他依然没有放弃最后的指望：我本来准备给你极大的荣华富贵，可是没想到你居然这么干！巴兰遗憾地告诉巴勒：不是我不想帮你，是上帝告诉我不能做，而且不但不能诅咒以色列人，我还得祝福他们。

愤怒的巴勒恨不得杀掉巴兰，但是他内心深处又惧怕巴兰的道行。巴勒站起身，头也不回地走了。他是一个果断的人——一件事情既然法师术士不能完成，那么就只有通过自身的努力来完成。强攻不行，那就只好智取了。他已经想好一条妙计，正准备急着去实施——事态刻不容缓，巴勒不能再停顿了。

虽然征战疆场往往都是男人的事情，但女人有时可以出面解决关键问题。美丽的女子之于赳赳武夫、慷慨英雄几乎是百战百胜的绝杀武器。在中意的美丽女人面前，最聪明的男人的智商也会降为零。

一天早上，当以色列人在熹微的晨光中匆忙筹备一天事务的时候，远远看到一支摩押人的队伍出现了。

久经战阵的以色列人并不惧怕敌人的攻击，他们开始准备摆阵对敌。队伍渐渐走近，以色列人惊讶了。沙漠旷野中缓缓走来的，是一支芳香四溢的美丽军团——一大群盛装美貌的摩押女子来到他们的营门之外。几十年跋涉转战的以色列人，一直以来都在接受以"十诫"为核心的道德观念约束。尤其是女人，以贞操为人生标准，大多数女子成年之后都要向父母、出嫁之后向丈夫宣誓自己会保持贞节。与此相对应的，是以色列男子对家庭的忠诚，他们长久以来都过着一种看上去十分单调的生活。现在，单调的军旅生涯中突然冒出一大批美丽的外族女子，以色列青年们一时间紧张得手足无措。

这些美丽的女人开始当着他们的面，进行一些宗教祭祀活动。当时的迦南祭祀活动，几乎离不开酗酒、淫乱和暴力，而这支"美丽军队"在以色列人面前展现出的激情渲泄，必然引起以色列人的浓厚兴趣与因感官刺激而来的兴奋。

摩押王巴勒不是个傻子，他能够看出，以色列人的胜利与他们的信仰体系有直接关系。如果想要把以色列人从胜利中分化瓦解，当务之急是尽快使其信仰体系彻底崩溃掉。这需要有两个因素：引诱他们违反诫命，从而远离自己的信仰；引诱他们来敬拜摩押的神，从根本上改变他们的精神世界。

以色列战士被眼前大胆热辣的美女部队彻底迷惑了。他们手中的钢刀慢慢低垂，警惕与敌意彻底消失，在一双双温柔玉手的牵引下，这些驰骋沙场的青年加入到摩押女子淫乱祭祀的行列。

这种火爆、新鲜而又令人兴奋的"美女攻势"持续了相当长的时间，对以色列人的内心世界造成巨大的冲击。一些百姓已经准备脱离以色列人的队伍，加入到摩押人的社会中去。更多的人干脆对是否进入迦南不感兴趣。虽然这些女人的背后还有手持刀枪的男人们随时准备剿灭自己，但他们实在认为没有武力解决问题的必要。以色列人的家庭结构开始动荡，原先建立在婚盟契约基础上的稳固家庭，在男人们出外寻欢作乐的风潮中开始动摇。放荡的生活可以彻底消磨一个人的意志，很多以色列丁壮男子失去了斗志。以色列人的社会风气开始走向败落。

性开放只是破坏"十诫"条约中的一条。但"十诫"是一个体系，违背了其中的一两条，和违背了"十诫"全部是一样的。以色列人是否没有必要继续遵守别的约定了？换句话说，"十诫"契约是不是过时了呢？

以色列的社会风气在迅速堕落。与摩押人的神相比，年轻人开始对自己的上帝不满——我们何必这么克制自己，像别的民族那么享受生活不是很好吗？很多支派宗族加入到狂欢淫乱的行列中，而这些宗族的领袖却不能禁止。

问题越来越严重，已经到了整个民族是合是散的转折点上。

无数血的教训和经验告诉人们，淫乱行为就是罪恶，人们必须为此付出代价。一场奇怪的大瘟疫再次袭击以色列人，素来缺乏相关免疫的以色列人迅速病倒，死了两万四千人。

天降的灾难使以色列人惊恐，他们清醒地认识到自己的所作所为产生的恶果了。

摩西找来各级审判官，开始执行洁净社会的工作。摩西是个高明的人，他不对百姓下手，而是毫不客气地把放任大规模淫乱行为的支派领袖吊死了！

就在以色列人悼念支派领袖的时候，一件事情成了战争的导火索：在悲伤哭泣的人群面前，一位以色列人的领袖的儿子带着一个摩押领袖的女儿，于大庭广众之下再次招呼年轻人狂欢取乐！以色列人突然醒悟了：必须彻底扫荡摩押，否则一旦他们的渡河战役打响，背后的摩押人是不会善意相待的。

这直接导致了以色列人对摩押人的战斗。

自取其辱的巴勒根本没有机会组织起有效的反击，整个国家灭亡了。值得一提的是，此次以色列人对摩押人之战，又被认为是针对米甸人的战争。因为此次对阵的除了摩押人之外，还有来自于好几个民族的五位国王组成的联军。这五位国王除了那个召唤以色列青年来狂欢的女子（这个女子后来在冲突中被以色列人杀死）的父亲苏珥之外，还有以未、利金、户珥和利巴——这些君王所统治的虽然不是强国，但是眼看着约旦河东岸的国家被一个个吞并，不免兔死狐悲，因此联合反击也是可以理解的。

五位国王再一次联合聘请了巫师巴兰。在这场冲突中，巴兰是否没有抵挡住诱惑，违背自己感知的声音而做出了违心的诅咒？

现实情况是，巴兰被以色列人杀死了。远在两河流域的巴兰本来没道理卷入这场约旦河东岸的冲突中，也许这次五位国王送给巴兰的礼物金银很多，终于令他做出了违心的让步。

五位国王全部战死，以色列人彻底荡平了约旦河东岸的广大土地。他们可以义无反顾地大踏步跨过约旦河，向西岸的迦南美地进发了。

8. 摩西的最后时刻

当进军号角即将吹响的时候，摩西比所有的人都要忙碌。他主要在做三件事情：

一、申明"十诫"律法，时刻告诫人民要保持纯正的信仰——这是以色列民族存在的根本。

二、确认各个支派协助分地的领袖。鉴于以色列人已经获得了相当规模的土地，而且还将占领迦南的土地，以后难免会遇到分割土地按支派居住的情况。因此，摩西要预先指定各个支派的领袖，协助以色列人进入迦南之后的土地分配工作。

三、摩西要亲手向约书亚移交权力。

进攻迦南以前，以色列人对河东已经获得的土地进行了先期的分配。从南面亚嫩河谷到北面黑门山的整片区域都给了流便支派、迦得支派和玛拿西半个支派的人。

之所以这样分配，从后方支持的角度考虑是很科学的。以色列人的主力部队进攻迦南，必然要在约旦河东岸留下老弱妇孺，这些人需要强有力的保护。此外，以色列人渡河西去作战，东岸如果不巩固，很难保证不被敌人占领，从而使以色列人面临腹背受敌的尴尬局面。从最近的一次人口普查来看，流便支派丁壮数量为43730人，迦得支派为40500人，玛拿西支派52700人，按半个支派计算，大约是26000人。流便支派、迦得支派和玛拿西半个支派的丁壮总数大约在10多万人，而随大部队渡河作战的为4万人左右。

摩西的做法很有道理。因为人都是有贪欲的，而对于小利的贪图往往会使他们失去进取的动力。此时的以色列人也不例外，一个小插曲就很说明问题：当以色列人占领约旦河东岸的土地并且分配给如上两个半支派之后，流便支派、迦得支派和玛拿西半个支派的代表来找摩西，表示他们既然已经分得土地，就不想渡河作战了。摩西十分气愤，他要求以上两个半支派的人必须以大局为重，参加战斗。经过说服，这两个半支派表示：他们不但要派兵参战，而且保证会作为作战前锋进攻迦南，直到整个战斗告一段落，其他各个支派也能够分配到土地才会回来。

由此可见，假设没有预先分派土地给一部分支派，就没有以色列人在河东如同爱惜自己生命一样拼死固守已经获得的土地，从而巩固后方、保护老幼。但是如果给每个支派都分得一小块地，那么大多数支派都可能像前面的情况一样放弃进攻迦南的想法，在约旦河东岸小富求安。另一方面，狭小的土地、有限的资源，分派起来并不容易，很有可能发生由于分配不均造成的矛盾纷争甚至兵戎相见——还没渡河作战，以色列人首先发生内讧和内耗，进攻迦南的战斗力不但会因此大打折扣，还会因顾念河东产业，各怀心思，稍遇困难就退缩逃跑，整个民族的前景大大堪忧。

现在的分配可以很好地避免这一点：一方面给整个以色列民族做出了榜样——两个获得土地的支派告诉人们，他们也将在河西获得土地，从而增强其战斗意志和决心；另一方面把已经分配到土地的战士安排在前锋，断绝其逃跑退缩的路线，在后面奋勇征战的全族人的推进下，无论有意还是无意，他们必须尽力冲锋。即使遇到困难，出于保护胜利果实的考虑也必须上下同心。前锋用命冲击，后续部队必然军心大振——这种高明的统驭之法，即使在今天的企业管理中也是值得大大借鉴的。

完成了如上几项工作之后，120岁的摩西独自登上耶利歌城河对岸的毗斯加山顶。在这里，他充满向往与渴望地眺望着河对岸广袤富庶的迦南平原。摩西知道自己不能跨过约旦河，亲自踏上那片魂牵梦绕的土地了。山下，以色列人整装待发，正精神饱满地准备渡河攻击。摩西不能再与他们同行了，他老了、累了。他深知，当自己将这些生龙活虎的青年人送到家乡的门口时，自己的任务就已经完成。现在，他要安安静静地享受几天生活，做一点完全属于自己的事情，比如说——回忆。人是有感情的，人老了就总容易回忆，尤其是对出生的故乡、旧时的故人。一生战斗的领袖摩西也不例外。

摩西的一生极富传奇。他先用40年感受纷繁复杂的世界，又用了40年面对挫折和困苦，旷野中放牧的艰辛令他一天天衰老。随后的40年里，他每天都在殚精竭虑中度过——要管理数量巨大的人口，解决千头万绪的复杂问题，战胜一个又一个困难，绕过数不清的险滩与陷阱。他的眼睛必须穿过面前的阴霾与艰险，为自己同胞的未来去奋斗。

现在，一百多年风风雨雨过后，摩西终于有时间安安静静地回忆自己的一生。不知他是否会回忆起在尼罗河两岸的芬芳里奔跑的小小身影，及面带善良笑容的埃及公主？是否会回忆起那个对他呵护有加胜过自己生命的小姐姐米利暗？那些与自己一同在埃及皇宫中追逐打闹、习文练武的埃及王子们现在怎么样了？还有从风沙中赶着羊群走来，美丽的大眼睛中闪动着羞怯的小姑娘——他后来的妻子西坡拉，正直善良但却总是会犯点错误的哥哥亚伦。

摩西死在山上，没有人知道他的坟墓在什么地方。他死去的时候没有疾病，身体健康。也许，他是在回忆的睡梦中离开了这个世界。

以色列人在山下为摩西哀哭流泪并守丧 30 天。

在这一年里，他们先后丧失了三位领袖。然而，他们却由此完成了最后的凤凰涅槃。整整一代人虽然死去，但他们在几十年的战斗与自我反省中为以色列的新一代铺就了一条通向迦南的道路。从这里，以色列勇士将会渡过约旦河，踏上迦南的土地，并着手实现许多代人的渴望与梦想。

当号角吹响的时候，他们就要出发了！无数人在心底发出呼喊：迦南，我们来了！

9. 耶利歌之战

耶利歌城是进入迦南中部的门户，也是打开胜利之门的钥匙。能否攻占耶利歌城成为以色列人能否进军迦南，在约旦河西岸站稳脚跟的关键。这也是自约书亚接替摩西职位以来，第一次全面独立指挥以色列人进行的战争，他十分需要以一场胜利来稳定全体军民的信心。这渡河作战的第一仗，以色列人极其重视——他们势在必得。

为了做到知己知彼，约书亚派出两名密探进入耶利歌对民情舆论等进行实地探查。

作为迦南重镇，耶利歌城城高墙厚，易守难攻。此外，城还分为内外两层，如果外层被攻破了，内围的城墙也要耗费同样的力气去攻打。

密探们找到了一个地方——喇合的家，喇合似乎开了一家妓院。他们到达那里，并且在其中居住，探听各色人等的舆论风声。但是很不幸，他们刚刚到那里就被耶利歌人发现了。

经过对迦南人风俗习惯的考察，可以发现，酒与性在这些民族的日常生活中扮演着重要角色。作为一个以卫戍为主要职能的城市，长期居民绝大多数为男性战士。酒类的生产需要有一定的场地、技能和时间——这都是军旅之中的人所不能办到的。喇合所开的"妓院"，实际上更应该是一个可以提供酒精饮料并且尽情狂欢的场所。

为什么以色列人的密探很快被发现了呢？根据以色列人的信仰传统，白天的时候不能饮酒，一些持最纯正信仰的人根本拒绝饮酒；即使饮酒也是小酌即可，不但不能醉酒更不能酒后寻欢。以色列密探的形迹如此与众不同，难怪放浪形骸的耶利歌人会在第一时间看出他们"非我族类"！

对于有传统游牧习俗的民族来说，对客人的保护是主人必须尽的义务。旷野中行走的人无非是三种：商人，那个时代商业不发达，因此商人尚不是很多；逃犯；苦行修行者，按照游牧民族的习俗，旅行者无论走到什么地方，只要手摸到了主人家的帐篷，其家人就一定要款待。时间以三天为限，超过这个时间，客人必须主动离开。在做客期间，主人要尽自己一切所能保护客人的安全，甚至为此做出重大牺牲也在所不惜。如果放弃了这个义务，主人会被所有人耻笑和疏远，人们将不屑与其为伍。

喇合家里面来了以色列人的消息很快传到耶利歌国王的耳朵里，他马上派人来查问。鉴于如前所述的传统和风俗，喇合矢口否认留宿了客人，只说他们已经离开了。来人没有搜查喇合的家，他们相信了喇合的话然后离开了。可见喇合有相当的社会地位和权势，三言两语就能打发掉国王的使者。

喇合偷偷来到两个以色列人的住处，告诉他们现在耶利歌城守卫者人心惶惶，以色列人在东岸的战果轰动了整个西岸。喇合认为，以色列人破城占领耶利歌只是时间问题。出于现实的考虑，她救助了以色列人。喇合让以色列人在自己面前发誓——如果喇合救助了他们，要保证喇合一家将来在破城之日的安全。双方发誓认可之后，喇合把两个探子偷偷从城头上缒出城外，他们在深山里躲藏了三天之后，顺利把各种情报带回给了约书亚。

后来以色列人果真遵守了约定，保护了喇合以及她的整个家族，并且把他们接来与本民族共同居住。不要小看这个几千年前的交际花，她就是此后出现的一位最伟大的以色列君王——大卫王的太祖母。

约旦河全长200多公里，算上蜿蜒曲折，加倍计算估计达到400公里以上。河流平时宽度在2米到800米之间,深度达到5米。但雨季就很难说了,河流扩展,水面抬升,宽度和深度会远远超过以上的数据。

以色列人离开什亭到达河边的时候,正值阳历五六月份,河水暴涨,难以跨越,所以就在河边驻扎了三天。大军调动所需的粮草辎重消耗之大可想而知。几十万人驻扎三天意味着什么,恐怕新领袖约书亚再清楚不过。可是这该死的河水到现在也没有停止上涨的意思——约书亚终于可以理解当初摩西遇到棘手问题时的心情了。

以色列人以几名祭司为先导,肩扛圣约柜,走下约旦河。

令人惊讶不已的事情出现了——滔滔上涨的约旦河水在祭司脚落入水中的一霎那断流了!随着圣约柜前行,以色列人的队伍居然顺利地徒步跨越约旦河,到达了河对岸!

为了纪念这次对以色列人来说匪夷所思的神奇事件,约书亚命令每一个支派都要派出一个代表,12个人各自在约旦河底的路程上捡一块石头

约书亚率领队伍顺利渡过约旦河

扛在肩上。大队人马过了约旦河以后，到达距离耶利歌城大约3公里的一个地方，叫做吉甲——这个地方很可能就是我们现在已知的卡巴马夫谢废墟。在那里，他们停住脚步进行休整，放置约柜，并把从河底拾捡来的12块石头堆放起来，作为教育后人的证据。

对以色列人的迅速渡河，迦南诸王根本没有预料到。

虽然约旦河不是什么难以跨域的天堑，但此时正是涨水季节，以色列作为一个在旷野中游牧的民族，大多数人不通水性，所以几十万人如果想要渡河，非得准备大量的渡河工具不可。以色列人所驻扎的摩押高原紧邻盛产树木的希实本，但是其砍伐和运输均需要大量时间与人力、物力。如果再制造出渡河船只，更是旷日持久，消耗巨大。按照正常推测，从以色列人驻扎什亭准备作战到渡河，至少需要一年左右的时间才能做到万无一失，届时迦南诸国早已做好充分的联合准备。即使以色列人准备速度超常，但是他们不会偏偏挑涨水季节渡河进攻。按照迦南地区的物候情况，每年阳历五六月份正是麦收季节，开战对于各国的收割生产肯定大大不利。如果等这个季节过去了，粮草充沛、兵强马壮的各国联军腾出手脚来跟以色列人大干一场的成功率就会高很多。

正是因为如上原因，当得知以色列人靠徒步行走就跨过了正在涨水的约旦河时，迦南诸王都心惊肉跳，一时间阵脚大乱，匆匆投入到组织收割生产，迅速坚壁清野的自保工作中。此时此刻，组成抵抗以色列人联军的工作不但没有着手实施，甚至连取得共识都还没来得及！耶利歌城被孤零零地丢在了以色列大军面前，一场以色列历史上空前规模的攻坚战即将打响。

当以色列人驻扎在吉甲的时候，迦南诸王没有采取任何行动，只是观望和自顾自地筹备城防。在背对约旦河的扎营地点，以色列人非但没有遇到敌军的骚扰和军事挤压，反倒可以平心静气地休整和筹备攻城事宜。

游牧近40年，以色列人难以进行割礼，如今难得全族的大部分丁壮都在，他们居然在这里补行了割礼！割礼的恢复期至少要5到7天，恢复期间既不能作战，行动也不便。如果此时敌人杀来，以色列战士怕是连逃跑都不能。令人感到奇怪的是，迦南诸国不仅没有对他们进行军事攻击，耶利歌城军民也没有大规模逃遁的记载。由此可以推测，耶利歌城大概是一座军事要塞，大战将至，满城军民都有战斗岗位，此时的行动，更像军事上的严防死守。或许其他城邦希望通过丢下一个耶利歌城,让以色列人的步伐有所放缓。也许他们希望耶利歌的高大城墙能够让以色列人知难而退。

以色列军队准备攻城了。对这群旷野中的游牧人来说,进攻如此高大的城防根本没有经验可循。耶利歌国王采取了坚固城防守卫者都会采用的战术——据险死守。以色列的大部队上来了,团团围住城门紧闭的耶利歌,但他们并没有开始攻击,而是在做一件很奇怪的事情。

以色列战士清早起来列队出发。在他们的大队后面,是祭司所抬的圣约柜,约柜前是七个手持号角的祭司。以色列军兵一言不发地行进,祭司吹响号角,约柜缓缓前行。庞大的队伍默默无声地环城一周行进,只有时而低沉,时而嘹亮的号角声在莫名其妙的耶利歌人耳畔回荡。行军过后,以色列人回营休息,这一天的军事任务算是完成了。古今中外,如此攻城方式不光没人见过,简直是闻所未闻!这令原先惊慌失措的耶利歌人感觉甚是奇怪,看着以色列人安静围城行走又安静离开,耶利歌人甚至认为他们集体性疯掉了。也许这是什么攻城前的宗教仪式?耶利歌人不懂以色列人的信仰规矩,只好提高警惕。

第二天清晨,神神秘秘的以色列大部队又出现了。同样是无声行进,同样是祭司、号角、约柜……又是一圈,今天的军事行动又结束了。这样一直持续了六天!耶利歌人对以色列人这种可笑而又古怪的行径已经麻木。在他们看来,这些以色列人恐怕是对耶利歌城墙束手无策,只好装神弄鬼吧。

第七天清晨,懒洋洋的耶利歌守军张开惺忪的睡眼,观望着以色列部队从眼前的城下走过,仿佛在接受检阅。今天的情形有些不一样,以色列人围绕着城墙走了七圈。当祭司吹响号角的时候,耶利歌守军刚刚在伸懒腰——这是起床号吧,天天如此他们基本上都习惯了。然而今天的情形与前几天大为不同——耶利歌城崩塌了。一瞬间,几十万以色列军兵一起发出了巨大的呼喊!喊声如此强烈,令每一个睡意未消的耶利歌人毛骨悚然。然而更可怕的事情还在后面——随着呼喊声,一股巨大的能量从地层深处传来——地震了!随着地壳的剧烈震动,耶利歌城的城墙崩塌,坚固的城防一瞬间变得千疮百孔!

发出呐喊的以色列军队如山洪暴发一样从各个缺口涌入城中。措手不及的耶利歌人被迫在城中与汹涌而来的以色列大军展开巷战!一时间城墙上下、巷间屋内……衣衫不整、睡意未消的耶利歌战士和以色列军兵展开了搏命厮杀。

确切地说，这简直是一场屠杀。很短时间内，以色列士兵彻底荡平了耶利歌守军。摸不着头脑的耶利歌王被杀，全城毁灭。整个耶利歌城，只有喇合一家被保护下来，其他人全部战死或被杀。鲜血染红了约旦河西的土地——大规模的迦南征战开始了。

耶利歌坚固的城防瞬间崩塌

10. 艾城与伯特利之战

以色列人干净利落地拿下耶利歌城，震惊了其他所有城邦。一些长期以来心存芥蒂的城邦开始冷静看待眼前的局势了——看来，大家必须摒弃前嫌、联合对敌或许才能够得到一线生机。

以色列人占领耶利歌，等于占据了进攻迦南的滩头阵地。如果想要以此为基础进一步扩大战果，进而控制整个迦南中部，就必须向西北纵深发展。那么，另一座古老城市——艾城就在以色列兵锋所指的必经之路上了。

艾城是人类最古老的城市之一，虽然其年代比耶利歌要年轻不少，但其历史依然可以追溯到公元前3000年。可惜的是，正如其名字——艾城（荒场）一样，这座古老的城市只给我们留下孤独的残垣断壁，在落日的余晖中诉说着神秘的往事。

当以色列人到达的时候，艾城完全可以与耶利歌城媲美，其城坚墙高，可以令任何敌人束手无策。

住在艾城的是亚摩利人，由于约旦河东岸的两个同胞国家先后灭亡，骁勇善战的艾城勇士从感情上已经对以色列人产生相当大的抵触与防范。距离艾城西部仅3公里的伯特利城和艾城形成唇齿相依的犄角之势，在以色列大兵压境的情况下，两个城邦迅速团结起来，为了保护家园组成了同仇敌忾的联盟。

约书亚派出密探，去侦查他们即将进攻的艾城。密探带回来一个非常振奋人心的消息——艾城唾手可得，大约只需要两三千人就足够了。

踌躇满志的三千以色列人出发了，艾城就在眼前——攻破艾城，迦南的中部就门户大开了！

此时的以色列人兵锋正盛，令所有迦南城邦势力不敢正视。胜利的喜悦迅速转化为骄傲，大多数时候，艰苦跋涉之后取得阶段性胜利带来的狂喜和骄傲是很难清楚分辨的。而当胜利者意识到自己的骄傲情绪时，这种情绪早已经悄悄转化为狂傲或者浮躁了。此时，连约书亚都没有意识到弥漫在全体以色列战士之间的骄傲自满情绪——在他们看来，迅速结束战争、占领迦南只是时间问题。但是，包括约书亚在内的所有人似乎都忘记了一件事情——以色列人的生存压力与危机不但没有因为攻占耶利哥而减弱，反而更加巨大了。此时，他们背后是滔滔疯涨的约旦河，面前是敌对的民族。所有敌人都在等待时机，窥探以色列人的虚实。自从离开亚拉巴洼地以来，以色列人一路高歌猛进、胜利狂奔，让人感觉如同神兵天降。但是，任何一个有统帅能力的人都明白，只要是人的队伍、人的行为，就会有破绽，越是强大的队伍，其破绽越是致命。这些无意间暴露出的破绽，只要被对手抓住、全力攻击，其庞大的身躯说不定会如泥胎偶像般一触即溃。

即使再强大的军队，轻敌冒进都是失败的开始。三千以色列士兵刚刚在艾城门口列队，还没来得及通报姓名，猛虎下山一样的艾城勇士就从开启的城门中蜂拥而出。一时间刀枪如林，杀声四起，以色列人还没看清阵势就被杀得天昏地暗，三十六人被当场砍倒，其余人落荒而逃。

这是以色列人自离开旷野以来面临的最大挫折。艾城一战的失败，使以色列人从胜利的巅峰迅速滑向失败的谷底。

此战对本地的迦南人具有重大意义。对于置身前线的亚摩利人来说，这场胜利打破了他们心目中以色列人不可战胜的心理障碍，坚定了他们勇于主动出击的决心。对迦南各族人来说，亚摩利人的战果坚定了他们的信心——联合起来，拼死一战，或许可以打出一个生存的机会来。以前你争我夺、互相攻伐、勾心斗角的迦南各族终于开始在共同的危机面前团结起来。迦南南部和北部的联盟军队正在形成，迦南人不再是一盘散沙，而是包括至少七个主要民族，控弦披甲之士几十上百万人的强大联盟！如果想要战胜这个令人恐怖的敌手，首先必须在心理上和空间位置上分化和瓦解敌人。

在心理上，以色列人必须在短期内迅速扭转战败的局面，不但要战胜而且必须占领艾城和伯特利，从心理上再次打击对手，使迦南诸国的联盟从信心上被瓦解而代之以恐惧。另外，占领这两座城市，就如同把钉子钉进巴勒斯坦中部，使南北两面的联盟力量被拦腰切断。

但连日转战，以色列人已是疲惫之师，加之新败，扭转颓势谈何容易？面对只有大胜才能求存的局面，无能为力的约书亚绝望了。虽然他知道自己必须这么做，但是他真的办不到。

约书亚有一件事情百思不得其解——为什么所向无敌的以色列勇士会在一座小小的艾城前损兵折将呢？根据《圣经》记载，约书亚为此祷告询问上帝，得到的结果令他震惊——有人做了不该做的事情——擅取私藏战利品，以至于影响了大家。

任何一个战斗集体都是有纪律的。与杀人放火、劫掠作恶的匪徒团伙不同，凡是有一定理想主义诉求和信仰基础的部队，有所为有所不为是其最起码的准则。以色列人在沙漠中生活日久，虽也积累起一定财富，但迦南的花花世界却不是他们在风沙飞扬的大漠中所能想象的。一座耶利歌城的攻取，随手可取的金银财宝，声色犬马的享乐遗迹已经令他们目瞪口呆、心向往之。今天，约书亚居然发现有人私留战利品——任由发展下去，以色列人的武装没有被强大的敌人击败，也会被物质享乐和对财富的贪婪攫取欲望所击溃和吞没！

如何找出违反纪律与规定之人呢？约书亚主持以色列人进行了分组抽签。他坚信上帝会帮助他们找出这个犯罪分子。结果，犹大支派的亚干被抽了出来。人们在他的帐篷里找到了缴获来的一件上好的衣服、大约两公斤半的银子和大约半公斤多的金子——这是一笔价值不菲的私匿财富。约书亚确认此次以色列人战败是由于亚干违反纪律、触怒上帝造成的，于是亚干受到了死刑的处罚。以色列人因此进一步受到了纪律约束——矫枉必须过正、乱世需用重典——大战在即，温情主义的东西要不得。

完成了对内纪律的整肃，以色列人从思想上高度统一起来。接下来，是对艾城和伯特利实行反攻。对以色列人来说，此一战将是最后的机会，如果二度攻城再次失败，以色列人进攻迦南的步伐将会就此止住，迦南各族联军旷日持久、连绵不绝的进攻与战略打压将会来临——以色列人灭亡的日子为期不远。正是因为看清了这一点，约书亚在此次战斗中尽遣以色列人主力，不保留任何实力——假如战败，再保留实力已经没有意义，滔滔的约旦河将会是他们最后的葬身之处。

约书亚首先挑选三万精兵，命令他们趁夜悄悄运动到艾城背后就地隐蔽埋伏，另选五千精兵，埋伏在城西艾城与伯特利之间。安排妥当之后，清晨时分，几十万以色列人拔营而起，大张旗鼓地向艾城进发。艾城人还没有从上次战胜的喜悦中清醒过来，更没有留心观察背后的埋伏之敌，就

私藏战利品的亚干被处以死刑

被眼前隔山谷而驻扎的以色列大军所惊呆了。事实上，从城头观望下去，不要说几十万人，即使只有几万人的军队也是蔚为壮观，更何况以色列人

尽力大张旗鼓、耀武扬威以吸引艾城人的注意力。

现在对于艾城人来说,退守不是出路,撤离没有去处,只有拼死一战才有机会——两军再次面临你死我活的局面。

艾城人出动了。这次艾城王亲自带兵出征。当时西亚与环地中海各地城邦林立,城邦君主一般都是勇士和将军。平时他们享受百姓的供养,但到战时为了保卫家园和百姓则必须横刀立马、驰骋疆场。与其他君王一样,艾城王也是一位勇士,肩负着保卫城邦的重任。

两军开始交战。艾城军队如同下山的猛虎,以迅雷不及掩耳之势扑向以色列大军的前锋。与此同时,以色列人的部队也冲锋了。双方队伍的战锋一触,顺势胶着在一起。

焦急的艾城军民在城头观望战阵,盼望他们的国王能够再次得胜归来。渐渐地,以色列人的军队开始退却,对抗渐处下风。艾城人全城出动,尽全力攻击以色列人以扩大战果。在艾城军队的强大挤压与攻击下,以色列攻城部队全面崩溃,掉头逃窜。艾城人奋力追击,此次,不把他们赶到约旦河里誓不罢休!

正当艾城军民奋力追赶以色列攻城主力的时候,两支埋伏的伏兵出动了。首先,埋伏在城后的三万精兵趁艾城空虚无人把手,兵不血刃迅速占领城池;紧接着,五千埋伏在伯特利和艾城之间道路上的伏兵成功地阻断了伯特利的增援人马,使增援部队难以到达战斗位置,迟滞了其进军驰援的步伐。就在艾城军队追歼以色列人、伯特利增援部队苦苦支撑的时候,艾城城头突然之间烈焰飞腾——以色列伏兵占据了城池并放起一把大火。艾城人惊呆了,他们不知道后面是什么人、多少人攻占了自己的城市,但是他们吃惊地发现——自己腹背受敌了!

惊慌失措的艾城人企图转头撤退或者马上返攻城池,但这显然是不可能的了。

刚才还被追得乱作一团、落荒而逃的以色列大军,突然之间稳住了阵脚。他们变得精神饱满、斗志昂扬,在山呼海啸般的冲锋口号中一下子成了虎狼之师!此时,艾城人撤退或脱离战场的步伐被反过来缠斗的以色列大军彻底拖住,只能在旷野中进行绝望的拼杀。更可怕的是,占领城池的三万精兵中的大多数也开始从背后向艾城士兵发起了进攻——艾城军队被彻底包围了!

城西,以色列五千精兵与增援的伯特利军队正在进行着极其惨烈的攻防对抗。伯特利军队像疯了般发起一次又一次冲锋,都被以色列人以坚强的意志压制下去了。伯特利人的冲锋越来越舍生忘死,越来越猛烈。因为他们知道,每争取到一点时间,艾城被救援下来的可能性就增加一分。假设艾城失手,伯特利也将遭受灭顶之灾。因此,伯特利人的进攻之坚定、战斗欲望之强烈,几乎等同于保卫他们自己的家国。突然间,增援部队的攻击力量弱了下来,进而迅速瓦解、退后——原来他们看到了以色列人放的大火——既然艾城已经失手,继续进攻除了徒增伤亡之外已经没有任何意义。对伯特利人来说,迅速脱离战场,免得如同艾城人一样被歼灭掉才是当务之急。

就在伯特利人退却的时候,旷野中的歼灭战也已接近尾声。腹背受敌的艾城人如同他们的亚摩利同胞一样,在前仆后继的战斗中纷纷倒下,后面的战士踩着同胞的尸体继续进行着绝望的拼杀——他们在望眼欲穿地盼望伯特利的增援。

在尸山血海、屠杀一般的歼灭战之后,艾城人全体阵亡,他们的国王被活捉并处死——又一座迦南古城被毁灭了。伯特利的状况也好不到哪里去,以色列人几乎是兵不血刃就占领了几乎为空城的伯特利。

艾城与伯特利的攻陷,是对此前耶利哥胜利战果的有效扩大。从此,以色列人牢牢地控制住迦南中部,把迦南各部势力从中间切成两段,进而向北和向南分别扩张——进军迦南的旅程终于走向了正轨。

11. 歼灭五王,铲平南方

攻占迦南中部只是以色列人进军的开始而不是终点,还有许许多多的大仗、恶仗等着他们。迦南,注定要在血雨腥风中迎来一个崭新的格局。

以色列人进入迦南，必然带来迦南民族结构的大变动、大迁徙。原有的民族体系、平衡关系将会被彻底打破。已有的社会结构、信仰体系等也将会重新调整。在这场变化中，原先已经达成利益平衡与分享关系的各方各派各城邦，必然要面对这个相对封闭体系之外的一股巨大力量的摧毁。摧毁的结果是，一个强大的民族加入进来，整个国际秩序和势力范围格局重新洗牌。

如今，摆在迦南各族人面前的无非是守、战、和谈三策。

企图通过"守"来达到拖垮以色列人的目的显然行不通。以色列人在旷野与大漠中锻炼了几十年，其顽强的生存能力与坚强的战斗意志，是任何一个固守者所不敢面对的。况且，当时的迦南各城邦的城市功能尚不完善，粮食存储、物资供应的能力十分薄弱，面对围困造成的生存威胁，其缓冲能力很差，也许经历艰苦卓绝的抵抗也难以挽回被一个个吃掉的结局。

如果选择"战"，那么任何一家单独面对以色列人显然都是不行的：亚摩利人采取过主动战斗，但是失败了；摩押人采取过分化腐蚀，也失败了；耶利歌人采取了不战不降的固守，还是失败了。看来，迦南各族人必须建立起跨越族系、人种与信仰的国际联盟，以集中优势兵力与以色列人决战。这似乎是一个可以采取的有效手段，但也有不小的困难。首先，迦南地区长期处于分裂割据状态，城邦之间互不统属、勾心斗角、征伐不断。各个民族间有深深的积怨与矛盾，如果不是面对生死威胁，让他们坐在一起讨论迎敌大计根本不可能实现。另一方面，即使各城邦取得共识，但他们自为一体的决策机制，势必造成各自为战、一盘散沙的局面。战争是综合实力的对比，但绝不是双方各自国力、兵员数字的简单叠加。混乱和缺乏统一指挥的同盟，有时候比单打独斗的挑战还要耽误事。

剩下的一种方法就是"和谈"，但还没人用过——因为此前迦南各族普遍蔑视以色列人，不屑于对这些旷野中的流浪汉低下高贵的头。客观地说，和谈是迦南各国保存实力和国脉社稷的最好手段，但要掌握时机。

以色列人进军迦南之初，和谈尚可以说是一种行之有效的方法。因为那时候以色列人还缺乏自信和必胜的战斗意志，貌似强大的迦南人还有和谈的本钱。可如今的情况大不相同：一系列的胜利越来越坚定了以色列人攻占迦南的决心，而迦南人的虚弱与不堪一击也越来越明显地暴露出来，此时迦南人哪里还有实力基础再和谈呢？缺乏对等实力的合作与谈判永远都是不现实的，即使达成协议也一定是不平等条约。因此，就算是为了下一步的和平谈判争取权重砝码，迦南各族也必须联合起来，打上一场至少是势均力敌的僵持战，就像当年赫梯人勇敢地与埃及铁骑发起针锋相对的冲锋，最终签订了平等的"银板和约"一样——此次迦南各族中也有赫梯人的城邦，他们一定对胜利之后的和谈拥有更多的认识和体会。

这像一场赌博，赌注就是性命：胜了，大家逃出生天；败了，大家尸骨无存。迦南各国决心一战的宣言就像一双双伸向赌台的手，手中攥着的，是各个城邦军民以及君王们自己的身家性命。

但是当这场生死存亡的赌博开始下注的时候，却有一个"赌徒"，偷偷地撤注溜走了。这个"赌徒"叫基遍。

基遍是迦南南部的一座重镇，位于耶路撒冷西北约12公里，居民属于希未人。城内猛将如云、勇士林立，是任何一个迦南城邦都不敢小视的国家。基遍的城市规模和军事力量均比耶利哥与艾城要强很多，基遍的盛衰成败一直受到迦南各城邦的关注。

拥有如此实力和规模，基遍人似乎更应当充满战斗信心才对，为什么会悄悄退出同盟呢？问题就出在这个同盟建立的基础上。

任何一个未经考验的同盟都是不可靠的，至少人们的心理认同上是这样。

无论是耶利哥还是艾城与伯特利，当他们被围困、攻打与屠杀的时候，没有任何一个迦南城邦出于道义与自身的利益考虑伸手帮他们一把，而是任由他们自生自灭。如今，以色列人已经牢牢控制了迦南中部，并迅速纵深发展，基遍正处于他们进攻南方的咽喉要道上。耶利哥陷落了，艾城和伯特利也已陷落，如今轮到基遍。他们几乎可以认定自己将会成为下一个被推下雪橇喂狼的孩子。基遍人甚至可以想象：当自己的军民勇士在为整个迦南的利益浴血奋战的时候，其他迦南君主会如何悠闲地袖手旁观，直到自己的最后一个战士倒下，他们也不会派出哪怕一兵一卒前来援助。然后他们还会继续彻夜狂欢、宣淫不羁、得过且过，挨到下一次不知会落到谁头上的打击，又一个飨狼的孩子被推下去……

正是因此，基遍人做出了一个大胆的决定：单独与以色列人议和，签盟约。以色列人接受了基遍人提出的乞和条件，从此，基遍人成为以色列人的附庸者，虽为二等公民但也受到保护。

基遍投降的实际意义不仅仅是保护了一城一地，减少了以色列人的伤亡，更主要的战略意义在于：由于基遍人的主动投降，企图坐山观虎斗的所有迦南城邦都毫无遮拦地暴露在以色列人的兵锋之前——看来，以色列人的攻占步伐毫无疑问地加快了！

迦南南部门户大开，在以色列人的雄兵猛将面前，耶路撒冷首当其冲。

迦南诸国绝望了、愤怒了。他们终于团结起来，由耶路撒冷王牵头，一个包括耶路撒冷、希伯伦、耶末、拉吉和伊矶伦五个最强大城邦的联盟组成了。

这五个城邦分别占据迦南南部的各处要塞，其战略意义十分明显。联盟形成之后的第一件要务，就是出兵强夺基遍，扼守住迦南南部的大门，以此为基地与以色列人展开对峙。然后迦南北部和中部各股势力向此集结，再以优势兵力把以色列人彻底赶进约旦河。

基遍人临阵变节，虽然不够坚定，但是当我们看到这五个最大联盟的情形之时，似乎就可以明白：这五所城邦以及前面的艾城和伯特利都是亚摩利人的地盘，基遍作为希未人的领地，一直在夹缝中求生存。如果不是因为城防坚固、猛将如云，他们恐怕早就在亚摩利人一波又一波的进攻、蚕食中被兼并掉。如今，以色列人陈兵境上，居然让希未人的基遍为了所谓"迦南人的利益"身当剑锋。天知道这些野心勃勃的亚摩利人会不会在交战双方两败俱伤的时候来个渔翁得利呢？战也是亡，不战或许能够存一线生机——既然如此，基遍人宁肯选择投降。

作为一个要塞和堡垒，基遍城市规模很大，五王中任何一方都万难确保取胜。但联合大军一到，情形就另当别论。基遍人害怕了。根据盟约条款，以色列人肩负保护基遍的责任。因此当基遍的求救信使到达位于吉甲的以色列人驻扎地的时候，约书亚马上点齐兵马，准备向基遍驰援。

约书亚非常清楚基遍的战略意义，失去基遍城，等于以色列人的前进步伐受到阻滞，以色列人在中部的战略存在都会受到威胁。因此，以色列人不但要解基遍之围，而且最好早早决战，以有效消灭五王联军的主力，为进攻南部开拓道路。

但是，想要一举击败五国联军谈何容易？为了拿下基遍，这五个联盟城邦也是尽遣主力，势在必得。

约书亚是一个罕见的军事统帅，几十年的旷野历程和摩西的言传身教，使他具备了非凡的视野和战略头脑。他深知在锋芒正盛的敌手面前，必须避实击虚速战速决。五王联军，实在何处？兵强势大、不怕恶仗。虚在何处？互不统属，指挥不便。如果把他们看做一个整体，的确很吓人；但它们实际上就是五个凑合到一块儿的个体。只要集中兵力各个击破或者打乱其军阵，就有可能取胜。

五王联军一到达，城高将勇的基遍就吓得乱了阵脚，进攻者们很是得意了一番。在气势汹汹的大军面前，以色列人恐怕也不敢出手吧。

夜色笼罩着约旦河，也笼罩着迦南的旷野。基遍城头一片黑暗。漆黑的旷野中，到处是围城联军星星点点的篝火和恣意说笑的士兵。大概用不了几天，基遍就会沦陷了。

焦急的基遍军民登城企盼援军的消息。但是，他们根本找不到增援部队的灯火形迹。即使大军真的赶来，恐怕也要明早了——届时，五王联军的攻坚部队可能已经冲进城门。毕竟以色列人是外来人，他们实在没有必要为了一个小小的基遍冒太大风险。袖手旁观然后渔翁得利——这在迦南是通行了几百年的生存法则。基遍人已经决心拼死一战了——几天时间里，他们先是向以色列人乞降，如今他们实在没有脸面再投降于亚摩利人。既然注定要灭亡，还不如充满尊严地战死。

此时，夜色笼罩的漆黑旷野里，一支部队正在摸黑匆匆行进。约书亚调动了以色列所有主力部队和最骁勇的战将。大军从吉甲摸黑进发，夜色掩盖了他们的行踪。包括基遍人在内，没有任何一方会想到以色列人选择在黑暗的旷野中迅速赶来。

经过彻夜行军，当以色列军队抵达基遍城下时已经是黎明时分。亚摩利五王联军的将士们正在梦乡里预演着攻入基遍的辉煌，以色列部队突然进攻了！仿佛从天而降的呐喊声冲破了拂晓的薄幕，刀枪火把映红了破晓的天空。许多士兵还没有搞明白刚才的呐喊是来自于梦中还是现实，就已经血溅五步。当亚摩利战士们清醒过来的时候，他们看到，黑压压的以色列大军如同铁桶一样围卷上来！

抵抗是毫无意义的，投降也难保不被杀掉，于是逃跑成了他们唯一可行的方案。绝望而恐惧的五王带领亲随部队向南一直逃窜，到达耶末附近的玛基大城邦属地。玛基大王收留了他们，让他们躲在了山区的洞中。

国王一逃，全营大乱，亚摩利士兵纷纷向西面的亚雅伦平原溃败。

亚摩利军溃败，在逃亡途中遭遇了巨大的冰雹

基遍到亚雅伦平原之间有一条狭长的山谷，称为伯和伦上坡、伯和伦下坡。大量溃败下来的军队争相通过，互相拥挤踩踏毙命的不计其数。后

面追赶上来的以色列人一通掩杀,联军尸横遍野。这时一场巨大的冰雹从天而降,被冰雹砸死的人比战死的还要多,五王联军彻底覆灭!

肃清五王联军主力部队之后,约书亚的目光投向了玛基大。玛基大是远离中部战场的一个城邦,五王带领自己的残余部队在此集结,以山地为依托,准备再次反攻或就地开展游击战。

在以色列的追兵面前,五王联军的士兵丢下自己的君主纷纷逃窜,除少数人逃入周边的几个城防坚固的亚摩利人军事要塞外,绝大多数都被歼灭在旷野中。与自己的部队失散的五位国王被以色列人发现躲在一处山洞里,于是,他们束手就擒,并且被处死。

以色列的部队顺势拿下玛基大城,玛基大也灭亡了。

短短几天,以色列人连取六城、降一城——如此骄人的战绩恐怕是迦南各城邦从未见过的。对迦南南部的所有城邦来说,除了"拼死一战",他们已别无他途。一场新的大战继续酝酿。

消灭五王联军之后,整个迦南南部的大部分抵抗力量已经难以形成规模,只剩下迦南城邦中最强大的位于亚雅伦平原西面的基色。这座城市在约书亚时代一直没有被攻占,直到所罗门王当政时期,由于与埃及采取和亲政策,埃及派重兵攻占了基色城,把这座城市作为埃及公主出嫁以色列君王的嫁妆,才为以色列人所占有。

面对汹涌而来的以色列人,基色毅然举起新的领袖旗帜,带领一批弱小的本地城邦,组成新的战斗联盟,悍然出兵向以色列人发起挑战。

以色列人攻占玛基大以后,回转锋芒,攻下位于玛基大西南方的近邻立拿。以此为战略跳板,准备占领五王所拥有的城市之一——拉吉。此时,基色国王也亲率军队在拉吉附近向以色列人讨战——一场对拉吉的争夺战就此展开。基色虽然是一个区域性的强大城邦,但是在锋芒正盛的以色列人面前,只一阵便全军覆没,包括国王在内的基色将士基本全部战死。基色的势力迅速回缩到西南部山地以图自保,不再插手迦南事务。

以色列人乘胜出击,一天工夫就占领了伊矶伦,然后迅速占领希伯伦及其所属城市。紧接着,他们用最快的速度转战西南部的底壁,没有遇到什么有效的抵抗就占领了这座城邦。

以色列人终于击败了大多数抵抗力量,迅速攻占了整个迦南南部地区。在取得这些被攻占区域的统治权之后,他们的主力撤回渡河之后的大本营——吉甲。在这里,他们要进行休整和必要的物资、兵员补充,并且以巴勒斯坦的南部与中部为根据地,继续准备向北部扩张。

12. 悲壮的米伦河

以色列人攻占迦南中部非常迅速,其进军南方的步伐也是快马加鞭。但是当他们基本扫平南方和中部,回军驻扎到吉甲以后,他们的进攻步伐明显放慢了。

从《圣经》记载上来看,由以色列人进攻迦南到最终分配土地,大约经过了八年的时间,此间的征战历程至少有六七年。而攻占耶利哥、艾城、伯特利以及打败其他迦南五城联军等,整个过程应该不超过一年。

作为一个游牧民族,他们从来没有管辖这么多土地的经验,也没有太多农耕文明的背景。当然,与大多数历史上的蛮族不同,以色列人的管理结构和模式似乎要比丰衣足食的迦南本地政权更具有科学性和前瞻性。

武力征服并不见得是真正的占领,只有站稳脚跟才是土地的主人。没有根据地的进攻者,归根到底只能沦为四处破坏与掠夺的强盗。因此,以色列人需要适应当地的气候和农业文明的生活方式,消化已经获得的权力,并且把他们已有的管理结构移植到迦南已取得的土地上来——这需要一个过程。

以色列人占据迦南南部,逐步消化已经获得的土地,并以吉甲为前线,与迦南北方展开对峙。这个过程至少持续了三到五年的时间,直到最后,北部的迦南诸国终于沉不住气,新一轮大战又展开了。

迦南南部的土地相对贫瘠,山地众多,由于山地和高原的阻隔,经济贸易发展水平较低。北部的自然情况要好许多，腓尼基和地中海沿岸，自古就是商业贸易的重要通道，这里还拥有富庶的平原和牧场，是农业经济和城邦经济文化发展的繁盛地区。

正是因为如上原因，南方以亚摩利人一支独大，北方则是七大民族混杂居住，冲突不断。毕竟，富庶之地总是众人争夺的焦点。

这么多民族在这里混杂而居，各有各的利益需求，各有各的信仰体系和价值观念，将如此众多的民族城邦团结在一起，谈何容易？

以色列人屯兵吉甲这些年，也看到了迦南北方的复杂情况。但以色列人也有自己的弱点和问题：他们目前还是一个兵民一体的民族，没有形成一个职业军人的阶层。因此从他们的作战指导方针来看，他们要做的不是旷日持久的拉锯、渗透、围困和骚扰，这样实在牵涉精力，自己的生产生活很可能受到极大的影响或者全面瘫痪。因此，以色列人更喜欢进行集中打击的大会战。只要能够与敌人的主要兵力展开正面决战，以色列勇士倒是有充足的把握将敌人的有生力量集中歼灭，从而摧毁其战斗意志，造成整个敌方阵营的全面溃败。

迦南北方纷繁复杂、民族杂处的城邦虽然个个规模不大，却给以色列人的征战带来不必要的麻烦——由于互不统属又没有联盟关系，以色列人在攻打一座城邦的时候，虽然不见得有其他城邦支持，但以色列人却无法引出更多的敌人聚而歼之。他们不得不一个城邦一个城邦地攻打、一个地方一个地方地出兵征服。这样一来，整个以色列民族不得不被拖入系列战争的泥潭，征战连绵不绝，生产生活将荒废……不出几年，家底不甚丰厚的以色列人将会从内部分裂和崩溃。这显然是约书亚不愿意看到的。

因此，当务之急不是对北方展开进攻，而是在好好消化南方战果的同时，等待北方的变化。毕竟，几十万人屯兵境上，迦南人没有一些军事举动肯定是不正常的。任何军事举动都有破绽，真正高明的军事家，正是在军事行动中充分发挥自身的优势，掩盖其破绽与弱点。

手握重兵、屯扎吉甲的以色列人静观待变；而迦南各国在巨大的生存压力面前不得不首先迈出步伐——联合一体、共同防御。于是，一个联合了迦南北方主要民族和城邦的跨越种族、信仰和价值观的庞大联军在最北端的夏琐王耶宾的倡导下形成了。

夏琐王耶宾统治着一个非常强大的北部城邦。从当代的考古发掘上看，当年耶宾的夏琐城邦已经是一个人烟稠密、工商业走向成型化的大城市。

耶宾是一个德高望重的北部君王，他的势力范围紧邻腓尼基而远离吉甲，但是高瞻远瞩的战略眼光与某种坚定的使命感使他决定站出来，倡导组成对抗以色列人进攻的联合军队。

他首先联合了玛顿、伸仑和押煞等各城邦组成联合力量，接着联络了加利利湖南面亚拉巴地区和地中海沿岸多珥山岗的各个邦国和游牧部族。随着联盟的扩大，东面和西面的迦南君主也逐步加入进来。由此，一个包括亚摩利人、赫梯人、比利洗人、耶布斯人、希未人、亚衲巨人，甚至赫赫有名的非利士人的庞大联军形成了。

从人数上看，这支部队"多如海边的沙"；从武装水平上看，这支部队不但拥有常规武器，还拥有马拉战车、弓箭手这样的特种部队；从士气上看，这支部队确实到了背水一战、无路可退的地步；从作战水平来看，由于长年征战，他们都是能征惯战的战士，同时由于职业军人出现，使其中一些城邦和民族派出的部队的训练水平高超、战斗力极其强大。

如此庞大的一支军队出现在以色列人面前，实在令他们大吃一惊。

联军部队的主要杀手锏是骑兵和马拉战车。

我们现在在影视作品中看到的骑兵部队是何等威风凛凛，但那是现代人的理解。在马镫发明之前，几千年来的骑兵往往只是一种象征性的震慑和特种运载方式。公元3世纪，中国人首先发明了骑兵马镫，使战争发生了彻底变革，重装骑兵踏上历史舞台，欧洲的骑士制度由此形成。从此，无数马上英雄驰骋疆场，在旧大陆的旷野与草原上建功立业。可是在约书亚时代，骑兵部队是没有马镫这个东西的。此时的骑兵，实际上是一支特种作战力量。因为没有马上骑乘的着力点，骑兵的双手得不到充分解放，无法在马上使用近战武器，只能成为一支迅速接近敌人进行弓箭射杀的机动性攻击部队。另外，相当多的骑兵实际上是急速冲入敌人阵地后方，就地下马与敌人展开近战的突击队——类似于现代战争中的空降兵。当然，由于战马的作用，他们可以迅速撤离或者进入战场，从而给对方造成巨大的压力。毫无疑问，在马镫发明之前，骑兵并不是战争的主力。

马拉战车是公元前26世纪苏美尔人最先发明的。大约在公元前1800年，双轮马拉战车投入西亚战场。这种战车的发明者是赫梯人。此战车成员一般为三人，包括一个驾车人和两个射箭或者短矛投掷手。在约书亚时代，大多数战车都是木制的，上面蒙上皮子，功能战法有点类似现代战争的坦克。与骑兵相比，战车在约书亚时代是更加可怕的，因为这些东西不但灵活机动，而且对于缺乏重装铠甲的以色列人来说，杀伤力惊人。可以想见，战马冲锋、战车冲阵之后的步兵掩杀，将会给以色列人带来多大的伤亡！

与联军部队的先进武器和装备水平不同，以色列人的军队基本都是轻装步兵。虽然为了维护这支部队所付出的代价要小很多，但在正面冲阵、彼此对攻的战斗中，很容易吃大亏。

这支队伍实在太强大了，以色列人如何应对呢？大多数人可能会选择有保留地退却，另一部分人建议就地防守，很少的人选择发起进攻……约书亚的参谋们为此争论不休。

时间不等人，当以色列人在指挥部里争论的时候，联军队伍已经在夏琐附近的米伦河谷集结完成，准备向南面的以色列人发起进攻了。

此时吉甲的以色列智囊们乱作一团，各种作战理论和作战意图正在反复推演。猛然间，参谋们发现他们的首领约书亚失踪了。

约书亚深知这一战关乎双方的生死存亡。胜利了，以色列人进驻迦南的伟业基本奠定；失败了，他们已经取得的成果将全部丧失，甚至连河东都不再有他们的立足之地。他必须选择一个最可行的办法和战术。面对众多看上去都很有道理的推演，约书亚无法取舍。于是，他离开众人向上帝祷告。

当约书亚再次出现在众人面前的时候，他的眼睛恢复了神采奕奕的光芒，雪白的长胡须威严地飘动。他只轻轻地说出一句话便彻底结束了争吵："集合队伍，出击。"短暂的沉默过后，以色列人匆匆散去，各就各位，为马上就要进行的最大规模的出征做准备。

米伦河是巴勒斯坦北部靠近非利士平原的一条小河。千万年来，这条时旱时盈的不知名小河，一直默默地静卧在约旦河西侧、加利利湖北面。如今，人马的喧闹与战车掀起的滚滚尘沙打破了溪谷的静谧——联军部队在此集结，夏琐王耶宾为联军统帅，准备对以色列人发动攻击。

尽管早有心理准备，但是当以色列人前进到米伦河南岸，与联军隔河相对的时候，所有人依然被惊呆了。

对以色列人来讲，此前与五王联军的战斗是他们见过的最大规模的战争，而眼前的敌人则是他们连做梦都没想过的对手：铺天盖地的招展旌旗、日光下耀眼的刀枪盔甲、一眼看不到头的庞大军阵，还有他们的移动战斗堡垒战车，以及风驰电掣的骑兵……对习惯于徒步作战的以色列人来说，眼前的一切景象简直令他们恐惧得发抖。他们实在不知道该如何对付骑在马上、如同天神一样的敌方骑兵，更不知道如何对付那些发出雷鸣般声响的冲阵战车。有些胆小的人甚至打算掉头而逃。

北部迦南联军看到的景象也让他们吃惊，面前的以色列人队伍实在庞大，几十万人的队伍驻扎在河南岸，气势惊人。现在只能是狭路相逢勇者胜了。

凡打仗，没有勇气是不成的；但光有勇气，没有智慧恐怕更危险。战争是一门需要使用头脑进行计算和推演的艺术，交战双方的武力冲击场面虽然宏大震撼，但若没有前期枯燥的运筹帷幄和细致演算，只能是一场杂乱无章的群殴。

此外，战争考验的也是双方的组织力。再好的作战部署，再高素质的将领战士，如果没有严密的组织形式，没有对统帅决策坚决的执行力，而是各自为战、不相呼应，多好的决策都无法顺利下达，战场瞬息万变的情况又没法迅速上报，再强大的军队也难免崩溃。

我们盘点一下以色列人和迦南联军的实力对比状况：

一、以色列人

人数：30万～40万

武器装备：步兵常规武器

战士来源：单一以色列民族的十二个支派

战斗统帅：约书亚

二、迦南联军

人数：30多万人

武器装备：战车、战马、步兵、铁制武器、长弓大箭，特种部队数量较大

战士来源：整个迦南北部20多个城邦、7大民族

战斗统帅：夏琐王耶宾（名义）

仔细审视战斗双方的优劣，可以看出，以色列人丝毫占不到便宜，甚至还要吃亏！他们没有先进的武器和数量众多的特种部队，人数上也不占什么优势。看来以色列人似乎在劫难逃了。

且慢，先别绝望！当我们再次分析对阵双方，发现了另一个问题：以色列人与对手最大的区别有两个——单一民族对多民族联军；实际领袖对名义统帅。

自古联军出动，虽然看上去人多势众，但却难逃各自为政的局面。迦南北方各国为了绝地求生，尽遣主力前来，有的国家甚至倾巢出动，押上了自己的全部老本！即使尊耶宾为盟主，恐怕从自身安全和保存实力两方面考虑，各城邦也不太可能把实际的指挥权交给与自己实力相仿的夏琐人。

与迦南联军不同，以色列人拥有非常高效的管理机制。统帅约书亚是继摩西之后唯一的军政领袖，也是以色列人的上帝代言人。约书亚的所有战略意图和思路，都可以通过这个高效运转的指挥体系得到不折不扣的贯彻执行。通过几十年的体制改革，此时的十二支派长老只是具有血统宗族的象征意义而不再是拥有太多权力的领袖。军队将士不再有实力保存的隔阂，而是在约书亚的统一指挥下完成战略安排。应该说，以色列人还是具有优势的。

以色列人还创造了一种非常实用简练的"集团战法"，就是在敌方摆队未完或不等对方将军叫阵，一下子把自己的部队全部压上去，直接彻底地冲击敌方阵形。以色列人摧城拔寨、势如破竹，与这种先进的集团战法有直接关系。这种战法的实质是集中力量、攻敌一点，进而造成敌阵的满盘皆输。此后横扫欧亚的蒙古骑兵使用的也是这种战术。

北部联军部队刚刚在北岸集结，准备攻击，约书亚就安排部队迅速渡河。

按照旧大陆上古时代的战争礼仪，对阵一方针对正在渡河的敌手发起迎头进攻是不道德的做法，所以联军没有行动。然而刚刚登岸的以色列人突然发起了一场毫无预兆的冲锋！

根据双方的实力对比，任何一个有头脑的主帅都不可能指挥以色列部队主动对联军发动攻击。事实上，以色列人能够守住阵脚已经是奇迹，他们居然还要冲锋！

疑惑、惊愕、心照不宣的微笑……这也许是面对以色列人，联军一方耶宾王和其他首领们的心理变化吧。

短暂的慌乱之后，迦南联军的反冲锋开始了！

骑兵部队迅速接近以色列人，一时间马蹄如雷、箭如飞蝗，冲击敌阵的以色列战士纷纷倒地。迦南骑兵径直冲入以色列军阵后方，与此后跟上的战车部队遥相呼应展开攻击。突然间，以色列人纷纷如潮水般退开，由军阵后方涌出一群手拿奇形怪状长武器的以色列人。这种武器的形状很可能类似于中国《说岳全传》里提到的"钩镰枪、拐子棍"。以色列人把长长的武器伸向战马的马腿，专砍战马的蹄筋！一时间，耀武扬威的联军骑兵纷纷落马，还没弄清楚怎么回事就被以色列人砍成肉泥。

联军战车渐渐接近了，后面跟着黑压压的步兵，第一排的以色列士兵已经能看见驾车武士的脸，甚至有人被战车上射出的箭和掷出的短矛刺倒在地！以色列人居然还没有行动！

距离太近了！以色列人的队伍突然散开，无数巨大的、浸着油的草制的球燃着熊熊烈焰滚出战阵！同时，火把、带火的箭，如蝗虫一样纷纷投向迦南人的战车。很快，迦南战车成了烈焰飞腾的喷火怪兽。拉车的战马疯了一样掉头狂奔，冲向自己的阵地！密密麻麻的迦南步兵措手不及，可怜的勇士瞬间陷入一片火海！

然而，最可怕的事情还没有到来。随着号角的吹起，以色列人的军队再次全线冲锋！

此时的联军部队，骑兵被消灭，战车被焚毁，前队步兵遭重创……一连串的打击搞得整个部队阵脚大乱。夏琐王想迅速调整力量和阵法，但此时联军弊端开始发生作用——这些来自20多个城邦和部族的精锐，虽然战斗力超群，但缺乏统一训练和指挥，遇到挫折时，只有本部的指挥官可以调动本部的人马，其他的指挥官，包括耶宾这个名义上的盟主在内，根本说不上话。此外，由于迦南民族割据战争不断，大家虽然联合作战，但终归互有隔阂甚至是仇恨，在这个关头，为了整个战争的胜利，挺身而出替友邻部队顶住压力的可能性非常小。

令人毛骨悚然的冲锋号响起，以色列人全线出击。

这场战役是以色列人生死攸关的大决战。与迦南联军相比，以色列人在任何一个局部战阵里都占压倒性的优势，并且一旦在一点突破、分割、包围，友邻部队马上呼应协助，防止敌人的反扑和救援。而指挥不畅的联军勇士们只好以城邦队伍为作战单位各自为战。

战争异常惨烈，但由于双方组织力的差异，在刚刚开始武装冲突的时候，胜负结局就已经很鲜明了。

联军的阵地垮掉了——穿着各色战衣的联军士兵混在一处，如同决堤的洪水一样转身奔逃。夏琐王耶宾的部队被冲击得立足不稳，眼看也要溃退。面对着自己辛苦组织起来的联军部队土崩瓦解，心有不甘的耶宾只好迅速集结部队，边战边退，收缩入城，准备据险固守。

盟主脱离战场，其他参战部队更加无心恋战。一场大规模的、数十万人参加的"逃跑比赛"开始了。

迦南联军向北溃逃，一直败退到腓尼基人的领地。本指望强大的腓尼基人可以吓退以色列追兵，谁知道以色列人毫不在乎这些人，径直冲入边境，追赶溃兵。几十万人在第三方境内展开生死肉搏和屠杀，着实令腓尼基人胆战心惊。腓尼基人实在分不出入境作战的敌友关系，也实在不知道该保护谁，于是，腓尼基人不得不采取一种看似无能却也无奈的办法：谁也不帮，闭门坚守——乱军如果入城之后烧杀一番、穿城而走，做主人的可就承受不起了。

溃败的联军先是向北逃到地中海沿岸腓尼基的一个城市——西顿城（现在黎巴嫩境内），不得其门而入；然后大回转沿地中海向南逃到米斯利福马音；最后向东一直奔向米斯巴平原。一路上以色列军队紧追不舍，一茬又一茬联军士兵被消灭，最后一支抵抗力量在米斯巴平原被歼灭。由此，以色列人胜利完成对迦南诸城有生力量的大歼灭和大决战。

现在，还剩下那颗坚硬的钉子——夏琐城。

看到以色列部队回师夏琐城的时候，耶宾彻底绝望了。他知道，如果不是联军被彻底歼灭，以色列人的主力不可能回过头来攻打自己。此刻，只剩下他一家进行绝望的抵抗，一切可能的外援都已经不复存在。耶宾不是傻子，他十分清楚——夏琐就要灭亡了！

以色列人的攻城部队就像永不知疲倦的蚂蚁，与夏琐城人展开了一场与其说是攻城倒不如说是攻心的战斗。防守武器告罄了，粮草耗尽了，战损越来越严重……其实，当指挥自己的军队收缩防守的时候，耶宾就已经意识到：夏琐败亡的命运已经注定了。

夏琐是迦南最强大的城邦，也是迦南诸国之首，即使为了荣誉，耶宾也必须挺下去。但这需要何等毅力啊！无数鲜活的勇士纷纷倒下，老弱妇孺不得不被派上第一线……繁荣富裕的夏琐城成了一座巨大的坟墓，到处都是战死的和奄奄一息的人。

当以色列人破城的时候，夏琐王耶宾正亲自带领部队展开反冲击。对伤得浑身是血、饿得奄奄一息的夏琐人来说，反冲击等于送死。但无论是耶宾还是其他人，大家都找不到停止抵抗的理由。以色列的雄兵勇将蜂拥入城，只一个回合，夏琐王带领的部队就彻底崩溃，耶宾战死在乱军之中——对军人和勇士来说，战死疆场也许正是荣誉所在吧。

以色列人纵兵焚毁了夏琐城——把这座迦南名城变成了残垣断壁。

如今，以色列人占据了从巴勒斯坦南端的加底斯巴尼亚到北端现今叙利亚境内的黑门山之间的广袤土地。在这片土地上，除了以色列人之外还生活着大量其他民族。虽然以色列人先后攻破了三十一个知名的较大规模的城邦，但迦南毕竟是以农耕文明为主要生活方式的地区，主要人口并非城市居民，城邦承担的主要职能是军事、政治中心和商品交换中心。换句话说，统治者在城里，被统治者住乡下。

以色列人占领各城邦，给整个迦南地区的政治结构、人口关系等带来巨大的变化。虽然他们基本完成了对土地的攻占，但后面逐地逐城的战争还是持续了许多年。以色列人和迦南各族人混杂相处，彼此有争斗也有合作、交易和互相影响。随着时间的推移，很多迦南当地人归化进入以色列人中，当然也有一些以色列人融合到了迦南各族中。

从客观上说，如今巴勒斯坦本地的以色列人与阿拉伯人除去宗教信仰之外，从人种特征上已基本没有什么分别。他们的族群分立也许来自于以实玛利在旷野中的奋斗，也许开始于以扫和雅各的兄弟反目。但是从历史发展来看，两大民族的血统融合似乎比分立要多得多。虽然许多以色列人的领袖坚决反对融合，但这更多是由于信仰造成的障碍。当迦南人接受以色列人相同的信仰时，以色列人也不反对通婚结合，比如说以色列的大卫王。有据可查，他的先祖中就有至少两位迦南女子，其中一位是耶利歌城的交际花喇合，另一位是摩押人的女子路得。

13. 分　地

米伦河战役以及夺取夏琐城的胜利，彻底奠定了以色列人入主迦南的地位。

但是，此时的迦南并不是我们想象的那样任由以色列人驰骋。事实上，以色列人只是攻占了主要大城市，而在广袤的迦南土地上，依然散布着数量可观的本地居民。他们有些与以色列人杂居相处，有些和以色列人划地毗邻而居，虽然达成了某种条件下的平衡关系，但也为日后以色列人面临的民族冲突和矛盾埋下了隐患。

另外，以色列人已经攻占的土地甚至一些城市，迦南本地居民卷土重来，掀起旷日持久的征战历程，还有些地方直到所罗门王时代都没有夺过来。

就在以色列人屯兵迦南中部，全力以赴向北备战的时候，迦南南部的一些地区再次被攻陷。比如偏向南面的希伯伦，由于离主战场较远，以色列人在北方打仗的时候无暇南顾，城市被亚衲族人占领。

这些亚衲族人就是前面提到过的巨人，他们虽然在北方被打败，大多数被歼灭，少数逃入非利士人的领地，但南方的亚衲人基本没有受到太多的攻击。在以色列人全力以赴攻打亚摩利人的时候，亚衲人既没有帮助以色列人也没有救助亚摩利人。当以色列人攻破希伯伦城并且只派一小批人驻守而尽遣主力北上征战的时候，亚衲人突然袭击占领了残破的城池，并且迅速恢复了城防工事。

北方战争取得胜利，以色列人终于有机会喘一口气。但是，当约书亚环顾四望的时候，忽然发现：已经被征服的城市正受到来自周边势力的觊觎，首当其冲的就是南方重镇希伯伦！

如何收复和加强对这些土地的占领与管理，成为摆在约书亚面前的一大难题。

以色列人进入迦南之前，在摩西的主持下，对未来被占领土地进行分割的方针政策已经确立，并且指派了各个支派协助分地的首领。尤其是在约旦河东岸预先分得土地的两个半支派，更成了以色列人在西岸勇于进取的榜样与动力。如今，大局已定而又强敌四伏，是建立统一化的领导体系，实行集权统治，还是按照预先的计划分配土地，组成联盟？约书亚面前摆着这两条路。

客观来说，集权化管理对以约书亚为代表的领袖和祭司阶层来说是最为受益的。历经几十年的旷野生活以及几年的征战，以色列人内部的管理体系已经日臻完善，宗族体制基本上被官吏管理制度所取代，此时完全可以建立一个以约书亚为领袖的以色列王国。当然，如果打破承诺，收回分地政策，很可能会面临一系列的动荡与反对。然而，从约书亚拥有的如日中天的权力和威望来看，整个以色列民族中恐怕没有一个人具备与其对抗的能力。

此时的约书亚已经接近百岁高龄，即使头脑再不灵光的人也会想到，他现在安排的政策与体制，更多是为子孙们考虑，对他自己来说，意义已经不大了。

当人们对未来窃窃私语的时候，约书亚做了两件他认为最重要的事情：主持十二支派分地与信仰的重新纯洁化运动。

分地，意味着几十年的集权化领导体制走向瓦解，以色列人重新回归支派，更意味着以约书亚为代表的领袖阶层将结束自己的历史使命，重新回到原先的普通以色列人状态。毫无疑问，原先数十年的集权化统一领导的确达到了提高效率和战斗力的目标。但是，这表面上的高效率，正是以色列人对"拥有属于自己的土地"这一美好愿景的自觉追求与付诸实践的结果。

民心可用的同时，民心也是不可欺的。摩西点燃了人们摆脱受奴役命运、向往自由生活的火炬，而约书亚则继承了这把火炬并坚定地走下去。如今，阶段性的终点就在眼前，如果领袖反悔，那么整个出埃及、战迦南的事业，会让每一个人看上去更像是在经历一场巨大的骗局。生活在约书亚时代的以色列人是幸福的，因为他们的领袖公正、守信，不但坚定不移地战胜人对于权力与财富的贪婪欲望而分割土地，更对各方的合理要求尽可能地照顾。

分地之后的以色列人在自己的势力范围内各自为战又互相协助，化整为零地对付周边的异族势力。比如当年和约书亚一同上迦南探察情况的迦勒——他被安排在希伯伦一带。迦勒带领子孙奋勇战斗，最终驱赶了亚衲巨人，重新占领了希伯伦。

另一件与土地相关的事情，是在以色列人中安排了六座较大规模的城市——逃城。约旦河西有基低斯、示剑和希伯伦；约旦河东有比悉、基列拉未、哥兰。这六座逃城都是以色列十二支派中利未人的产业，它们的功用是为保护无心犯错的人而设的。约书亚时代，法律还不完善，各报血仇的情况比较普遍。一旦分地之后，血仇相报的行径得不到原先集权化管理体系的制约，很容易发展为宗族支派内甚至是支派之间的巨大冲突和矛盾——这对整个民族的发展是不利的。根据规则，利未人虽然不能拥有产业地盘，但却可以经营这六座逃城，以接纳那些无意间犯罪杀人者免遭血族复仇。"逃城"的设立充分体现了一种人文主义的关怀。

大局已定，有两件一直拖而未做的事情也要完成了。

第一件事情：从埃及带出的约瑟的骨骸终于在他魂牵梦绕的故乡——迦南下葬。他的坟墓设在示剑——现在这里依然是犹太人和阿拉伯人的共同圣地之一。

另一件事情：已经分得土地，又随着以色列大部队征战多年的河东两个半支派的以色列人终于完成任务，回家乡经营自己的产业去了。

所有的事情忙完，放下重担的约书亚终于可以轻松地享受自己的生活。

享有崇高威望的约书亚晚年没有更多的重大决策。如同前任摩西那样，他集中精力在人民中强化信仰的宣传，重新对人民申明"十诫"律法。以色列人与周边强敌对峙时，一直坚守自己的信仰与信念，这与约书亚的巨大贡献是分不开的。约书亚去世的时候，年110岁。以色列人把他安葬在约书亚自己的以法莲支派的土地上。这位承上启下的伟大领袖从摩西手中接过的不仅有权力，更有巨大的挑战与重托，他用一生的时间交上了一份令所有人都满意的答卷。约书亚死后的几百年间，以色列人再也没有产生像他这样优秀无私的领袖，各个支派正式进入各自为战的松散联盟体系中。从此，以色列人的一个新时代——波澜壮阔的士师时代开始了。

第九章 ● 士师时代

　　当以色列人需要规范彼此的内部关系、对抗外来敌人的时候，原先他们在旷野和战争中形成的官吏制度的变体——士师就出现了。士师的权力来自百姓推选和个人声望，也就是说他们是拥有相当号召力的人。

1. 士师秉政

"士师"是中文翻译，其希伯来文是 shophetim，在古迦太基和乌加列语以及迦南语中，这个词是"民政官"、"行政首长"或"审判官"的意思。

以色列人在以支派划地自处之后，虽然还有共同的信仰、生活方式以及共同的敬拜地点，但在军事、政治和民生方面，彼此相对独立。因此，当以色列人需要规范彼此的内部关系、对抗外来敌人的时候，原先他们在旷野和战争中形成的官吏制度的变体——士师就出现了。士师的权力来自百姓推选和个人声望，也就是说他们是拥有相当号召力的人。

和平时期，士师们负责百姓的日常事务管理，包括民事纠纷的调解、重大事项的召集，等等。

战争时期，士师们要披坚执锐、带队杀敌。这时士师们的军事统帅任务多于行政长官职能。

以色列人的士师时代大约持续了三百年，先后涌现出许多伟大的士师，较为著名的有十二位：俄陀聂、以笏、珊迦、底波拉、基甸、陀拉、睚珥、耶弗他、以比赞、以伦、押顿和参孙。其中，俄陀聂、以笏、底波拉、基甸、耶弗他和参孙这六位士师的战迹遍及四面八方，他们所对付的敌人不同，战斗也是地区性的，卷入战斗的支派也不一致。

让我们来一一叙述这些士师们的英雄业绩吧。

2. 赶走亚述人的俄陀聂

以色列人定居下来，却终究没有彻底赶走迦南当地的各个民族，而是与其杂居相处。随着时间的推移，迦南人的宗教习俗越来越猛烈地冲击着以色列人的宗教信仰和价值观。迦南人较高水平的物质生活方式、开放淫乱的社会风气、火爆放荡的祭祀场面，诱使尚无定型的越来越多的以色列青年加入其中，甚至不能自拔。民族的重要特征是文化，而文化的根本基础是民族的信仰体系。对上帝的依靠与信仰，使以色列人在艰难困苦面前勇敢地走过来，并且取得了一个又一个胜利。然而此时，新的生活方式、广袤富饶的土地、富于刺激而又新鲜的宗教意识、淫乱随便的社会风气，使新一代以色列人成为迷茫的一代。

以色列人在西奈山接受"十诫"，实际上是一种信仰层面的契约形式，其中很重要的戒律是杜绝奸淫、禁止从事迦南宗教活动。

以色列人的迦南"本土化"运动没有给他们带来安定祥和的生活，相反，失去了信仰与文化脊梁的以色列各支派先后遭到迦南本地力量的打压与奴役。

当以色列人征服迦南的时候，在他们的北面，一个日益兴起的王国正一步步将其势力的触角伸向这片丰腴的土地。这个王国，就是坐落在幼发拉底河东岸的美索不达米亚国，其现代称呼是亚述。

亚述的最早居民是胡里特人，后来塞姆人迁徙而至，两个民族逐渐融合，成为亚述人。由于亚述地理上被异族包围，经常受到敌对民族威胁，加上国土和资源非常有限，亚述人养成了好战尚武的性格。

经过长期战乱，衰落的早期亚述为冉冉升起的中期亚述所取代。公元前14世纪中叶，亚述王亚述乌巴利特一世（约公元前1365～前1330）击败米坦尼，建立强大的亚述帝国，史称古亚述帝国。此后，另一位亚述国王尼努尔塔一世（约公元前1294～前1208）击败赫梯帝国和巴比伦，占领整个两河流域。

中亚述时期，政体向君主专制过渡，中央集权加强，专属于国王的官吏已经产生，国家常备军也已经存在，其来源主要是自由民。经过短暂的衰败，至提格拉·帕拉萨一世（约公元前1115～前1077在位）时亚述国势复兴。公元前11世纪末，在亚兰人迁徙浪潮打击下，亚述再度衰落。

以色列人占领迦南的时候，亚述也正在趁势进入迦南。此时的亚述国王叫做古珊，以色列人称其为"古珊利萨田"，意思是"双料邪恶的古珊"。可以想见，刚刚安定下来的以色列人在强大的亚述军队面前吃了不少亏，尤其是亚述人杀戮屠城的残酷做法，令所有人不寒而栗。他们不是让敌人痛痛快快死去，而是发明了许多种迫害战俘的办法。

虽然以色列人在迦南战争中所向披靡，但是，毫无疑问，连年的迦南战火造成全地区所有民族力量大大削弱。就在此时，趁火打劫的亚述人渔翁得利，迅速占领了迦南。昔日打得不可开交的各民族如今一下子全都沉默了。以色列人在亚述人的强力统治下俯首称臣整整八年。

亚述人连年征战，除了给被征服民族带来无穷无尽的灾难，更消耗了大量的民脂民膏。作为一个资源稀缺、本土狭小的国家，帝国的自身财富根本支持不了越来越大规模的对外用兵，而且，随着土地的扩张、人口的增加，亚述军队对付烽火燎原一般的各地人民起义也常显得捉襟见肘。

已经无法活下去的被征服民族如雨后春笋一般纷纷揭竿而起。在帝国西线日益强大起来的亚兰人也开始给予亚述人以巨大的压力。

由于连年征战，本土亚述人越来越少，外来的亚兰人通过各种途径，或是直接进入亚述版图，或是不断蚕食寇边，搞得亚述狼狈不堪。这个四处出击，胡乱杀戮了几百年的军国主义国家，在众叛亲离中逐步走向衰落。

以色列人渴望一位领导他们战胜亚述人的领袖。终于，这个人——迦勒的侄子俄陀聂出现了。

俄陀聂是以色列人中一位赫赫有名的统帅，他曾经带领以色列犹大、西缅和便雅悯支派的联军，先后攻陷了耶路撒冷、希伯伦和底壁，不但击败了卷土重来的亚摩利人，更战胜了亚衲巨人！此外，俄陀聂还带领军队向地中海东岸的非利士人发起进攻，虽然在对方先进的铁制战车前停止了进攻的脚步，但成功地将非利士人从平原赶向山地。

此时，俄陀聂站出来号召广大以色列军民追随自己，对亚述人展开最后一击。

面对汹涌而来的人民起义，大势已去的古珊不得不狼狈地退回幼发拉底河岸边，苟延残喘地保全最后一点帝国的余脉，以图东山再起。

以色列人在俄陀聂的带领下驱赶了亚述人。以色列人不但获得了自由，更获得了迦南各个民族的认可，四境的平安保持了四十年。俄陀聂士师不但推翻了亚述的暴政，更给以色列人一次信仰的洗涤与纯洁化。

3. 忍辱负重的以笏

几十年过去了，老一辈人纷纷死去，新成长起来的年轻人开始重复他们父辈的故事。坦率地说，没有多少人能够在纷繁复杂的诱惑中始终坚持纯净的生活方式，宣泄、奢靡与淫乱对任何民族都是极富吸引力而又具有深刻伤害的。

新一代以色列人对民族信仰的淡化甚至消失似乎是大势所趋——以色列人正在慢慢地迦南化——毕竟，他们定居于此，总要变通一下原先固有的东西。但是很遗憾，迦南化的生活不但没有给以色列人带来新生活与新希望，反而令整个民族的道德水准、战斗精神和团结意识空前衰败！

几十年前的战争换来了现在和平与安定的生活，以色列青年们也许认为这种生活会持续下去，永远不会终止。

当原本纯净的头脑中塞满污秽淫乱，手中的刀枪换作醇香美酒，一个新的强大威胁正在以色列人的歌舞欢宴中悄悄逼近，而他们却浑然不知。

摩押人似乎是一夜之间冒出来的。

几十年前,以色列人打败了摩押人,杀掉了他们的国王巴勒。摩押人表示臣服,并且几十年无声无息。但是如今,摩押人有了一个新国王——伊矶伦。伊矶伦是一位有为的君主,他联合亚扪人与亚玛力人,从约旦河东岸突然渡河,进入西岸,攻占了耶利歌城。

伊矶伦以此为基地,对约旦河东面两个半支派的以色列人首先展开武力打击。由于他占据了约旦河东西两岸以色列人的交通要道,造成东岸以色列人孤立无援。蓄势已久的摩押人、亚扪人与亚玛力人联军迅速控制住了东岸的局面。

当伊矶伦虐待东岸以色列人的时候,西岸的笙歌并没有变成集合的号角,以色列人几乎是坐以待毙地眼看着异族联军逐渐强大,直到其兵锋调转过来,攻入便雅悯的地界。几乎没费多少力气,便雅悯就臣服了,接下来是一个又一个西岸的支派纷纷臣服。

但是,亡国奴的日子不好过,以色列人臣服伊矶伦十八年,每年不但要向伊矶伦进贡,而且作为被征服者,他们还不断受到摩押人的掠夺、骚扰和压迫——这是所有被征服民族都会面临的命运。离摩押人驻地耶利歌城最近的便雅悯支派首当其冲,深受其害。

"乱世出英雄"——此时,便雅悯支派出了个叫做以笏的人。

以笏是个左撇子。便雅悯人推选以笏给伊矶伦送贡品,进献贡品的地方在耶利歌城,十八年来,每年以色列人都要到这里进贡表示臣服。面对这座他们祖先最先攻取的西岸根据地,丰碑一样的城墙,酸楚与耻辱如同野兽一样撕咬着大多数以色列人的心。

当然,也有死心塌地、顺从有加的,至少以笏看上去就是这样一个人,而且,他是获得伊矶伦信任的少数以色列人之一。

伊矶伦坐在高高的宝座上,以一种居高临下的姿态注视着眼前这些被征服的人——几十年前摩押人的战败,在他的心中埋下太多仇恨的种子。如今,恭顺的以色列人给他带来的,则是一丝征服者的快感和对被征服者的蔑视。他并不怎么信任以色列人,在他眼里,这些来自旷野的游牧人除了运气好之外,纯粹属于劣等民族。以色列人的土地是从伊矶伦所代表的摩押人那里偷来的。因此,虽然有以笏这样看上去效忠的以色列人,但伊矶伦依然只是把他看做间接统治和奴役这些天生应该被摩押人征服的以色列人的工具罢了。

以笏像往年一样带来了以色列人的进贡物品，恭顺地行礼请安之后离开。看着以笏恭恭敬敬退离的身影，伊矶伦突然觉得这个人好像有什么事情要做，欲言又止的样子。这些希伯来人，总是神神秘秘、古古怪怪——伊矶伦简直不敢相信他们的先辈曾经威震过约旦河两岸。也许过不了多久，以笏还会回来跟自己说点什么。冷笑在伊矶伦的嘴角泛开——他准备等等看，试验一下自己对这个死心塌地的以色列人的预测是否准确。

果真没过多久，以笏又回来了，他声称给伊矶伦带来了一个重要的内部秘密。于是，对自己的判断深为满意的伊矶伦屏退左右，他要听听以笏秘密汇报的内容。

以笏近前来耳语，肥胖的伊矶伦站起身来倾听……

突然，以笏撩起右腿的衣襟，左手伸向右大腿的位置，迅速拔出一柄长约45公分的双刃剑！电光火石一般，伊矶伦尚未搞明白是怎么回事，以笏手中的利剑已经贯穿他的心腹，从后背穿透出来！这一下用的力量实在太大了，连剑柄都刺了进去！以笏奋力想要从伊矶伦身上拔出剑来，连拔几下都没有成功——强壮肥硕的伊矶伦如同一座小山一样轰然倒下！

所有这一切发生得实在太快了！伊矶伦连一声惨叫都没有发出就被刺死，无声无息地倒在血泊之中。此刻，伊矶伦的卫士们刚刚退出大厅，关好门，或许连门前站岗的队形都没有排好。

以笏冷静地关闭了所有门窗，然后从前门大摇大摆地出来。

多年和伊矶伦打交道，他很清楚这位摩押君王的习惯——他准备如厕的时候都会关闭门窗，而且很讨厌别人进入打扰——看来这位彪悍的摩押领袖还有颇为害羞的一面。因此，当以笏离开的时候，伊矶伦的士兵对他丝毫没有怀疑，任由他平安脱逃。

这一次以笏进贡是有备而来的。事实上，多年来他一直在为今天做着准备。他获得了伊矶伦的认可与信任，摸清楚了对方的生活规律与习惯。为了能够达到出其不意、一招制敌的效果，他甚至隐瞒了自己左手便利的特征——这都是为了今天的奋力一击。

以笏专门请人打造了一柄双刃剑——就是刺死伊矶伦的武器。这柄剑长约 45 公分，可以捆扎在右侧大腿上而行动自由。这样，他就可以有机会利用随身武器攻击敌人了。

也许有人怀疑摩押人的安全保卫工作怎么那么差？伊矶伦王的侍卫难道是傻瓜，不会对进出大殿的以笏进行搜身么？别忘了时间会改变许多东西，或许开始的时候伊矶伦的卫士们会对以笏细细搜检，但是随着时间的推移，大家成为常来常往的老朋友，摩押人对以笏已经越来越放心。在摩押人眼里，以笏只有与自己这些占领者的利益紧紧捆绑在一起才有希望和机会；回到以色列人中，人们会把他当做内奸对待。由于以笏刻意掩饰，人们不知道他是左撇子。如果身上揣着刀剑，肯定要把右手伸到左半侧去拔出来，而不太可能用左手去右边拔剑。当摩押士兵搜查以笏左腿上没有武器暗藏的时候，想当然地认为他根本不会在右腿上暗藏武器，因此也就忽视了对他右腿的检查。

以笏如何掌握刺杀的时机？以笏的聪明正在于此。他没有趁着献礼物的时候动手，因为这时候卫士如林，随从们一窝蜂地扑上去，刺杀未必成功，就算成功了，他也逃不回来。以笏采取了只身去而复归的方式，不但卫士们大大松懈，连伊矶伦也被骗过。

以笏逃到以法莲山地，吹响了聚集众人的号角！

战士们迅速出动，封锁了约旦河渡口，群龙无首的摩押人顿时乱了阵脚，难以组织有效的对抗和进攻。为了控制西岸，摩押人的主力基本都驻扎在耶利歌城附近。因此，以色列人的攻击等于是对摩押人主力的歼灭战。

国王已死，指挥混乱的军队哪里是同仇敌忾的以色列人的对手？短短一两天的工夫，一万多摩押勇士战死，无一人过河逃脱。此时，对岸的以色列人也动手了！亚扪人、亚玛力人和摩押人联军在突然而来的攻击面前全面崩溃！

如同一场短暂而精彩的大戏，压在头上十八年的乌云消散，以色列人终于可以再次呼吸到自由的空气！以笏的刺杀和起义，为以色列人争取了八十年的太平生活。

4. 了不起的底波拉

以笏死后没多久，新的危机又来了。

约书亚时代，以色列人与迦南北方联军展开了一场大决战——"米伦河之战"。大部分的联军被以色列人消灭，只有一部分逃入地中海沿岸的非利士人领地。

非利士人来自于爱琴海地区，最早乘船侵入埃及尼罗河畔、地中海沿岸的赫梯人（Hittites，在土耳其）地区、塞浦路斯和迦南地。与他们最早发生战争冲突的是埃及。埃及强大的陆上部队不能抑制非利士人的强大攻势，非利士人最终在迦南北部、地中海东岸地区驻扎和强大起来。战争中有相当数量的非利士人被消灭和俘虏，埃及人把俘虏来的非利士人安插在远离自己势力范围的迦南西南部，一方面企图通过这个办法让非利士人在众多的迦南民族攻击下消亡，另一方面也悄悄给当地的主要控制者赫梯人造成一些麻烦。

非利士人是极其坚忍不拔的民族，在强敌四伏的迦南西南部，他们不但开拓了自己的地盘，更迅速与当地民族融合，成功迦南化。连"巴勒斯坦"这个称呼都与非利士人相关，意思是"非利士人的土地"。

公元前1200年左右，赫梯帝国在"海上之民"潮水般的攻击下彻底崩溃，最后被兴起的亚述彻底征服与消灭——辉煌的赫梯文明在地球上彻底消失。

这段时期是冶铁技术的扩散时期。最早掌握成熟冶铁技术并应用于兵器和工具打造的民族是赫梯人。那个时候，各个民族如果想要获得铁，需要花费不菲的代价向赫梯人购买。随着赫梯帝国的灭亡，非利士人俘虏到赫梯的冶铁工匠并学得了铁制品冶炼和制造技术，迅速将之应用于军事领域。从此，铁器不再局限于一国一族，而是逐步扩散到全世界。

此时在巴勒斯坦北部的夏琐，原先被征服的地方，冒出了一位强大的国王——耶宾。这位耶宾和原先被约书亚打败的耶宾不是同一个人。

以色列人对付前一位耶宾战车的办法是采用火攻，可见那个时候的战车还是木制的。而现在的耶宾，他指挥的军队中，居然拥有900辆铁制战车！在那个时代，这可是一支不得了的重装部队！为了拉动沉重的铁车飞驰，还需要大量优良战马，这不是一个小小邦国可以承担的。从这些数据可以看出这个新兴的夏琐是何等强大。

以色列人初入迦南的时候，尚没有掌握马匹的驾驭本领，更没有习得战车的使用知识。因此在这位新崛起的耶宾面前，他们不得不选择忍气吞声。夏琐王国迅速占据了迦南北部，压迫了以色列人二十年。

在民族危亡时刻，一个了不起的女性站了出来，促成了迦南北部甚至整个迦南地区以色列各支派的联合，展开一场以弱战强、力量悬殊的决战。这位女性的名字叫做底波拉。

在以色列的历史中，有一类人充当了非常重要和特殊的角色，他们被称为先知。先知向人民传达上帝的旨意，指出领袖和百姓的问题。先知一般不会世袭罔替，哪些人成为先知不是由个人决定，而是来自于上帝的旨意。因此，他们成为非常神秘的一群人。

在以法莲山地，居住着一位德高望重的女先知——底波拉，是以色列历史上绝无仅有的女性士师。以色列人对她推崇有加，因为她是一个坚持信仰、公正无私的领袖。

以色列人被夏琐人压迫了二十年，虽然表示臣服了，但依然摆脱不了对方准备将自己赶尽杀绝的企图。

当夏琐王耶宾的战将——西西拉带领的武装力量咄咄逼人地向以色列人施加压力的时候，面临灭种的以色列人到底波拉那里寻求帮助。

底波拉道出了自己的主张：既然忍辱未必换来偷生，那么，以色列人起来战斗吧！

要打仗首先需要一位作战统帅。底波拉是女性，披坚执锐、鏖战疆场恐怕难以胜任，更何况她的年龄已经趋于老迈，不适应戎马生涯。不过她已经看好了一个优秀的统帅——巴拉。

巴拉住在夏琐西北面的一座小城——基底斯。底波拉叫人把他找来，准备对其委以重任。

此时的巴拉可谓忧心忡忡。西西拉强大军队的推进目标就是消灭以色列人，给他所有以色列人的军队，他也没有打赢这场战争的把握。更令人感到忧虑的是，在召集迦南北部以色列十个支派的联合誓师大会上，有四个支派干脆就没来——抗击强大的夏琐人，保卫以色列民族的重担只能落在北方六个支派的肩膀上了。即便如此，此次集结的军队也不是以色列六个支派的全部精锐。除了拿弗他利和西布伦一共出兵一万人之外，剩下的四个支派只是象征性地动员了一些兵丁。面对强大的敌手，带领缺乏训练的区区一万步兵，巴拉觉得自己是去送死。于是，他对底波拉说了一句与他这个勇士身份实在不相配的话：要是你去前线我就去，你要是不去我也不去了。没想到底波拉很干脆地答应了巴拉的条件，她告诉巴拉：这次战斗最光荣的荣誉将不再属于巴拉，而属于一个女人！

巴拉带领军队打起抵抗夏琐人的大旗。他们没有如祖先那样向北到米伦河去讨战，而是把部队带到基顺河流域的耶色列平原，驻扎在耶色列平原上唯一的山地——他泊山上。

西西拉的重型装甲部队已经跨过米伦河谷，向南一直进发到基顺河流域，随时准备与以色列人展开决战。

夏琐人拥有的900辆铁制战车全部被派出。根据当时的军力配置，每辆战车有一个驭手，一个弓箭手或者投矛手，还有一个要么是弓箭手要么是盾牌手。

以色列人驻扎的他泊山位于加利利南端，拿撒勒以东10公里，海拔488米。其四周均为平原，只有这座山孤零零地拔地而起。站在他泊山上俯瞰耶斯列平原，美丽的景色一览无余。可惜，现在的以色列人虽然占据了山顶，但谁也没心思欣赏风光，几个支派仅仅派出这么点人来，对付西西拉的铁车简直是以卵击石！好在西西拉的军队由于登山不便，只能在平原上围困，可是如此旷日持久地对峙，以色列人的给养马上就会出现问题。

以色列人希望基尼族人作为一支援军从背后攻击西西拉。基尼人不是以色列人，但是与以色列人世代同盟，因为基尼族是摩西内兄何巴的后裔。但时过境迁，两个民族间的友好同盟变得徒有其表。基尼族的一个支派领袖——希百，带领他的族人迁居到夏琐以北的地区，如果他们偷袭夏琐城，岂不是会解掉西西拉之围么？但是很可惜，希百不但没有表现出与以色列人同仇敌忾的姿态，反而与夏琐人尤其是西西拉交情甚好！在这种状况下，怎么能够指望基尼人帮忙呢？

天边滚过沉闷的雷声，浓密的乌云就像以色列人的心情一样令人压抑。突然，一道巨大的闪电划过阴霾的天空，一场特大暴雨从天而降！

西西拉驻扎的基顺河是一条季节性河流，除了雨季之外，其上游水量很小，甚至基本干涸。虽然此刻正值雨季，但基顺河的水流量不会过大，西西拉没有担心基顺河水泛滥的必要性。

然而，此时的特大暴雨却非比寻常。大雨降落在基顺河上游流经的、与他泊山遥相对应的迦密山北崖一带，山洪从迦密山呼啸而下。更糟糕的是，由于水量常年很小，基顺河的河道中堆积起大量泥沙，造成下游河道越来越浅，几乎形成地上河。此刻的特大山洪倾泻而下，基顺河却难以行洪，大水冲出河道，漫布于耶斯列平原。土质松软的耶斯列平原顿时成为一片泥泞的泽国！

西西拉的战车部队彻底瘫痪了。铁制战车自身重量很大，车轮陷入泥中。西西拉命令兵士拼命地抽打战马，可是沉重的战车在泥水中依然被牢牢困住，难以摆脱。如此贵重的战车可是夏琐王的命根子啊，一定要拉出来！

然而，随着令人胆战心惊的号角，趁着彻地连天的重重雨幕，在划破天际的闪电照耀下，以色列一万勇士如同下山的狮子，向狼狈不堪困在平原上的西西拉部队展开了总攻！不久前还忐忑不安的以色列人，在雷声和暴雨里突然迸发出难以言表的活力。刚才还自信满满的夏琐人，此刻却被雨水打得昏头转向，他们纷纷调头，渡过基顺河向西面的夏罗设溃逃。大部分兵车被以色列人缴获。

巴拉带领以色列人随后追赶，在夏罗设展开歼灭战，将这支夏琐人最精锐的部队彻底消灭了。

西西拉没有随着大部队溃退，而是跳下车徒步向北逃去。西西拉实在没有胆量也没有脸面去见夏琐王，只好绕过夏琐，一直向北逃到希百那里。

希百把西西拉藏到自己妻子雅亿的帐篷里。在中东，女人的帐篷除了丈夫与父亲，其他任何男人都不允许进入。即使是奉命搜查，也会遭到对方整个家族的拼死反抗。

安顿好西西拉，雅亿到帐篷外观风。毕竟男女有别，到帐篷外边，至少不会给别人留下什么口实。

大败的西西拉，仓皇逃跑、奔波了这么久，终于有一个地方可以安静休整一下。在温暖的被褥中，西西拉不知不觉进入了梦乡。

然而，西西拉的梦永远也醒不了了。一个身影悄悄地潜入帐中，昏暗的

雅亿悄悄潜入帐中，熟睡的西西拉身处险境

灯光映出雅亿那张因紧张而苍白的脸。雅亿左手拿着一支削得异常锋利的用来固定帐篷的木钉，右手拿着一柄大锤。酣梦中的西西拉翻了一个身，侧躺着继续沉沉睡去。紧张得额头冒汗的雅亿悄悄潜行到西西拉身边，轻轻地把钉尖对向西西拉鬓边的太阳穴，高举起右手的锤子，奋力向木钉头上砸去。只一下，锋利的钉尖就刺入了西西拉的头颅！熟睡中的西西拉本能地抽搐着，恐惧与血腥令精神几近崩溃的雅亿继续挥动着锤子，一下、两下、三下……钉子穿透西西拉的头，一直钉入地中！一代英雄就这样毫无尊严地死掉了。

当巴拉的军队一路追赶到希百这里的时候，精神亢奋得快要疯掉的雅亿领着以色列人到自己的营帐中去看西西拉的尸体，他的头依然被钉在地上！

西西拉的到来，对希百来说确实是一件很难办的事情。收留吧，杀红眼的以色列人说不定会屠灭自己这个部族；不收留吧，传统的规矩总不能破，况且西西拉身为迦南名将，一旦在绝望中发起疯来，希百一家依然难逃厄运。当希百举棋不定、一筹莫展的时候，妻子雅亿替他解决了问题。虽然雅亿的做法实在缺乏道义，恐怕从今以后再也没有人愿意信任希百一族，但是很无奈，这是他们可以选择的唯一避祸方式。

就在以色列人欢天喜地庆祝胜利的时候，一位孤独的老人正坐在窗棂前苦苦地等待永远也不会回来的儿子。迦南的夕阳照在她落寞而苍老的脸上，她就是西西拉的母亲。早已经知道噩耗却不敢告诉老人的使女不断地安慰她，而她也一遍遍小声埋怨着儿子是不是忙于分战利品而忘了向自己请安问候。也许老人已经预感到噩耗降临——母子之间总会有所感应，但她却一遍遍自言自语安慰自己。西西拉的母亲成为《圣经》上极少出现的、以以色列敌方亲属身份被记载下来的人。虽然我们看到的仅仅是一个定格的画面，但是那苍老的皱纹、昏花的泪眼、丧子的哀痛……所有这一切，无论是迦南人、非利士人还是以色列人，有什么区别么？

残阳如血，风沙漫天，每个在血雨腥风的战场上驰骋的武士背后，是否都有一位望眼欲穿的母亲？每一个马革裹尸的壮烈英雄事迹，是否都伴随着孤儿寡母的哭声？那位在窗前盼望儿子归来的苍老母亲给我们留下如此凄惨的印象，虽然她儿子的战车轮下，无数家庭的幸福也曾经被碾为齑粉，她儿子也造成无数母亲的痛苦等待，但那夕阳中的苍凉等待本身就是对战争的无声控诉。

鲜血与泪水换来了和平。夏琐王回收势力，不再觊觎迦南事务。以色列人太平了四十年。底波拉，作为唯一的女士师，直接指挥了这场决定性的大战，名垂以色列历史。以色列人终于可以安安静静地生活了，从到达约旦河东岸开始计算，此时的以色列人已经在迦南居住了二百多年。

5. 庄稼汉基甸

此时，从北部、东部非洲到中东，包括整个美索不达米亚地区、迦南、埃及，传统的强权势力正在先后衰落。

先是几个世纪前强大的巴比伦王国（史称古巴比伦），在赫梯人的打击下土崩瓦解，剩下小小的城邦之国在两河流域苟延残喘，重新崛起要再等几百年；显赫一时的亚述则在起义浪潮的冲击和亚兰人的打击下气息奄奄，复兴之日还要再等上至少两三个世纪；曾经如日中天的赫梯与埃及则一起携手走向衰落：赫梯人在"海上之民"非利士人的攻击下国破家亡，埃及则朝代更迭、动荡不安。

传统强国无暇他顾，迦南地区的各个民族松了一口气，终于得到了喘息和发展的机会。

约旦河东的米甸人兴起了。近二百年来，约旦河东的米甸人、亚扪人、亚摩利人等民族依然没有改变原有的生活习惯，他们还是以游牧和贸易为主要经济支柱。很不巧的是，此时的亚洲，尤其是中亚和西亚地区持续了四个世纪的干旱，原先优良的天然草场纷纷缩小，草场单位面积载畜量下降，游牧民族赖以生存的畜牧业受到巨大影响。而从西亚、埃及到地中海沿线，强大富裕的帝国纷纷衰落，诸侯小国林立，也给国际商队的通行制造了无数麻烦，商贸活动受到了不小的打击。

而以色列人则改变了生存和生产方式，绝大多数以色列人已经放弃了游牧生活转为农耕。他们过着自给自足、悠然的农耕生活，主要粮食作物为大麦和小麦，主要的经济作物为葡萄，他们还压榨葡萄酒。每年阳历11月为雨季的开始，到来年的四五月雨季结束，作物收割。以色列人是勤劳、聪明的，从学习耕作开始，他们便成为农业生产的专家。因此，即使天气发生变化，对勤劳的以色列人来说，粮食生产不会受到太大影响，更何况气候稍稍干旱，还会使酿酒葡萄的质量得到提升。

此时，生活受到影响、收入无法保障的河东民族把目光投向了农耕的以色列人。于是，每年播种的时候，东岸的米甸人、亚扪人等民族就纷纷结伙而来，手持刀抢，驱赶骆驼，肆虐于以色列人聚集区。这些人不是来争夺土地，也不是来夺取政权，而是来抢夺以色列人的财产，尤其是粮食。成群结队的抢粮队伍，最多的时候从迦南南部一直席卷北部，大有愈演愈烈之势。

面对强盗抢劫，以色列人几乎毫无办法。几十年的和平生活提升了他们的生活水准，却消磨了他们的战斗意志和信仰状态。以色列人纷纷离开平原，把人口、财产转移到山里面挖洞而居。迦南，几乎成了米甸人任意支取的粮仓和银行。

以色列人并不是温顺如羊任人宰割的。当米甸人的扫荡队伍侵犯他们土地的时候，他们曾经在他泊山与米甸人展开保卫家园的抵抗。怎奈寡不敌众，以色列人战败，米甸人残忍地将以色列人俘虏并杀死。从此之后，以色列全境一听说米甸人来了便慌慌张张地望风而逃，再也没有人敢出头组织反抗了。

不仅以色列人害怕，就是与以色列人毗邻而居的其他民族也不敢招惹这些来势汹汹的米甸人。绝望的以色列人呼求上帝，他们多么需要一位新的士师站出来，领导他们战胜敌人啊！

新的士师领袖终于出现了，他的名字叫做基甸，又叫做耶路巴力。

与其他士师不同，基甸出生于一个弱小支派玛拿西的贫寒家庭，无权无势。他是一个普通庄稼汉，虽然生来雄壮威武，但由于家道寒微，说话根本没有影响力和号召力。他已经基本掌握了米甸人抢劫的规律，也知道躲过他们，保护自己的劳动果实。他很想领导大家起来抗争，但谁会站出来跟他一起呢？

基甸每天要做的除了埋头干活，就是琢磨着怎么躲过米甸人的搜刮。

天使到达基甸家里的时候，他正在酒池里打麦子。凡有农村生活经验的人都知道，到了收割季节，全村人都会把粮食弄到村子公用的禾场上脱粒、晾晒。然而，如今正是米甸人肆虐抢劫的时候，以色列百姓只好化整为零地在酿制葡萄酒的池子里打麦，一旦米甸人抢粮，他们可以迅速想办法把粮食收起来。

天使来了，不是扑闪着翅膀，也不是乘着金光闪闪的太阳车，而是以普通旅客的身份，到了基甸家。基甸跟他的父亲约阿施住在一起，约阿施接待了天使。

古代中东的游牧民族，有一个很纯朴的规矩：一个行路人，在饥饿和口渴的时候，到达任何一家人的帐篷前，只要摸到了这家的帐篷穗子，这家人就必须尽心尽力地接待，不论是否认识。

当天使坐在约阿施家的老橡树下，看着基甸干活的时候，突然对这个庄稼汉说："大能的勇士啊，耶和华与你同在！"此话一出，四座皆惊，只有基甸丝毫没有停住手里的活儿："上帝要是真的与我们同在，还能让我们受这样的苦？"天使只好进一步把话点明：现在，是你带领以色列人起来反抗的时候了！

老实巴交的基甸显然被惊呆了。一盘散沙的以色列人经过一系列打击，还有人愿意跟随他这个来自小家族的穷庄稼汉抗争吗？他的第一反应是推托，他首先要试试看：上帝是否真的命令自己起来抗争，这个天使到底是真的还是冒牌的。

以色列人有献祭的传统，基甸准备做一次献祭，看上帝是否真的会接受——须知，如果有上帝的命令给自己，那这些献祭的东西也会被上帝接受的。试验的结果令基甸震惊：一股巨大的火焰从磐石中发出，基甸所献的祭品顷刻之间被烧得丝毫不剩！

基甸无话可说，只好接受指派。不过基甸是一个有血有肉的普通人，他的信心并不那么坚定。

以色列人在迦南居住了二百年，和迦南民族杂居相处的过程中，相当多的以色列人接受了迦南文化和迦南人的宗教信仰。

从历史记载来看，此时的以色列人是中东地区唯一信仰一神教、反对淫祀、血腥献祭、崇尚纯洁化生活的民族。但是很不幸，凡是纯洁化的生活往往都不如淫荡的诱惑、暴力的宣泄、血腥的刺激来得令人兴奋。因此，越来越多的以色列人开始崇拜迦南的巴力神。

迦南人信仰的是多神教，最主要的神为巴力。根据迦南宗教理念，巴力是伊勒和亚舍拉的儿子，是雨神、庄稼之神。巴力的妻子叫做亚那斯，是性爱与繁殖的象征，又是战争女神。迦南人的生活方式普遍淫乱，乱伦、通奸比比皆是。

在基甸生活的地方，有一座巴力庙，很多迦南化的以色列人在此聚集。然而，这种生活方式马上要结束了！

一天晚上，基甸召集了十个手下，连夜把巴力神坛给拆毁了，为耶和华造了一座祭坛，又把巴力的塑像砍倒，当成给上帝献祭用的柴禾烧了！虽然基甸干这些事情都是天使指派他的，但生怕会招来麻烦的基甸只敢在半夜里偷偷施工。

早上的时候，人们发现巴力祭坛面目全非，给他们带来思想解放的巴力只剩下一堆冒着烟的木炭，大家全都惊呆了。经过查访，人们把基甸揪了出来，高呼着要把他处死。

此时，同样经历过天使指点的约阿施站出来为儿子辩解：你们吵什么？如果巴力真的有神通，让他自己出面跟基甸算账吧。于是，人们从此称呼基甸为"耶路巴力"，意思是说：他拆毁巴力的神坛，让巴力自己跟他理论吧。

此次的冒险行动使基甸一下子名声大噪，人们开始关注这个小支派的小人物，原来他看上去也不是那么平凡，至少还敢于做一些惊天动地的事情。

这只是一个小插曲。对以色列人来说，收获粮食入仓是当前最紧迫的事情，因为米甸人、亚玛力人、亚扪人、亚摩利人、摩押人等好几个河东民族又来抢粮了！联军渡过约旦河，在耶斯列平原驻扎下来，等以色列人把粮食打好、晒好，他们前去抢劫。今年的抢粮大军人数格外多，至少有十三四万人，黑压压的营盘一眼看不到边。他们并不是乌合之众，而是有组织、有纪律的部队。

基甸站出来了，他吹响了号角。原本已经对基甸刮目相看的本族人很快聚集了过来。接着他又派人联络了其他的各个支派。短短几天时间，一支以基甸为首、拥有三万多人的反抗队伍形成了。

大军跟随在基甸身后，而基甸却突然陷入彷徨。以色列人只有三四万人，比起联军十三四万的人数，显得太单薄，仅仅是人家的一个零头。越来越多的以色列人在来势汹汹的河东联军面前丧失了斗志。

自己挺身而出真的是上帝的旨意吗？还是此前的许多事情不过是一个精心布置的骗局？基甸突然心乱如麻，他动摇了。

没办法，好几万人跟随了自己，基甸只能硬着头皮支撑着。他很担心自己一个无权无势的庄稼汉被那个天使给耍了。说实在的，从内心深处，基甸不认为自己有什么资格带领以色列人搞民族解放。忐忑的庄稼汉基甸向上帝祈求：他在禾场上放置一团羊毛，如果上帝真的要他拯救以色列人，那么明天早上，就让那个羊毛团成为唯一被晚上的露水打湿的东西，而其他地方都是干燥的。第二天早上，干燥的禾场唯独这团羊毛被打得湿透，足足拧出了一盆水！基甸再次祈求上帝：明早的时候，能否让禾场里面到处都被露水打湿，唯独羊毛是干燥的。次日起来，果然如此！

两次试探获得的结果令基甸信心大增！好吧，既然上帝看好自己这个默默无闻的庄稼汉，要求自己带兵冲锋、迎接胜利，他又有什么理由去反对呢？于是，基甸带领众多追随者，向耶斯列平原进发。

他们到达耶斯列平原上的摩利山附近，在河东联军的北面驻扎下来。

此时的对阵双方各自心怀忐忑。从以色列人方面说，几十年的和平生活使他们武备废弛，农耕生活更让他们不再具有祖先尚武的风骨，除了保家卫国的愿望，他们从精神风貌到体格状态都与当年那个驰骋大漠、平原的以色列族相差甚远。对河东人来说，多少年来他们的祖辈、父辈在与以色列人的征战中负多胜少，只要以色列人成建制、大规模地发动战役，迦南当地民族往往丢盔弃甲、落荒而逃。联军的目的很明确——抢劫！可不是为了争夺生存权而性命相搏。雨季结束，旱季快到了，赶快抢些东西回家，家中的牛羊需要照看，老婆孩子正盼着自己满载而归，谁愿意跟这好几万以色列人真的开仗呢？

基甸把部队驻扎在耶斯列平原的哈律泉旁后，下达了第一个命令：凡是害怕的，都可以回家。这命令不是来源于基甸本人，而是来自于他从上帝那里祷告获得的信息。战场上的恐惧与毛躁往往有传染性，有时候局部的损失可能会在参战者内心造成无限扩大的挫折和失败感，进而引发全线崩溃和大奔逃。一般两军对阵中即使只有 10% 的战士四散奔逃，其对于军心的恶劣性影响也跟 100% 的全面溃败相差不远。事实证明，基甸的命令下得很合适——2.2 万人离开了队伍。现在只剩下一万多求战意识旺盛的战士了。

但作战激情并不是全部，以色列人必须全胜，否则只要给了敌人喘息之机，就算是造成重创而不是消灭，残酷的报复、无穷无尽的后患也会让以色列人的境况雪上加霜。

凭着这一万多情绪高涨的乌合之众，基甸能够完成这个历史使命么？

基甸指挥剩下的人到哈律泉边。干渴的以色列人纷纷摘下防护，丢下武器，乱哄哄地趴在地上牛饮起来。只有大约三百人没有放松警惕，他们站在水中，低头捧水而饮，同时注意对四周情况的观察。

等人们喝足了，纷纷拿起武器和装备，基甸又下了一个命令：刚才那三百人留下，其他人都回营帐待命。这三百人就是此次进攻米甸人营地的

基甸在哈律泉边挑选了由三百人组成的先锋部队

先锋部队。

黑夜来临了。

这个晚上对垒双方都很难熬。基甸这边的以色列人忐忑不安，河东联军营地中的战士们一样经历着一夜十惊的煎熬。当基甸悄悄潜入敌营探听消息的时候，一个营帐中从睡梦里惊醒的人们的对话给了他很大启示——有人梦见可怕的景象，而同样惊慌的同伴给他解的梦则是：基甸要遵照耶和华神的旨意拿刀来杀我们啦！一时间，说的人毛骨悚然，听的人魂飞魄散。看来，貌似强大的米甸人也不是那么不可撼动的。

深夜，基甸带领三百人的队伍悄悄埋伏在敌军大营四周。在基甸的带领下，每个人突然打破手中预先带好的陶瓶，吹亮了藏于瓶中的火种，高擎火把，然后每个人拿出号角吹起冲锋号！凄厉的号声划破黑夜，接着，是黑暗中冲天的呐喊："耶和华和基甸的刀！！！"

联军大营震动了！从睡梦中醒来的士兵们惊慌失措之下以为大队敌人杀来，顷刻间十几万人魂飞魄散，匆匆披挂准备迎战。

联军的弊端于此刻暴露了出来：由于是多族、多部落出动，各部之间互不统属，造成指挥脱节。乱军像无头苍蝇一样匆匆奔走，语言不通、服装各异、战法不同……黑暗中看到那么多与自己不同的人从四面涌来，每个人都陷入了各自为战的绝望境地。顾不上辨认敌友，每个人都向企图朝自己靠拢的黑影抡起了刀枪。一时间惨叫连连、血肉横飞，踩踏倒毙者不计其数。恐惧是有传染性的，而血腥则是恐惧的催化剂。以色列人角声不断、喊杀冲天，联军战士们进入自相残杀的癫狂状态。

混战持续了一夜，黎明的时候，借着熹微的晨光，幸存下来的联军战士在死亡枕藉的尸山血海面前震惊地发现，原来大家是在自相残杀！但是如梦初醒的联军已经没有时间组织起有效的反攻，三百以色列勇士挥刀杀入营中。被杀得晕头转向、心胆俱裂的联军哪里是以逸待劳的精兵强将的对手？残兵败将纷纷向南夺路而逃。

基甸带领三百人的精悍队伍一路掩杀。以色列人全军出动，尾随攻击。约旦河西岸的各个支派趁势闻风而动，以法莲支派则派人把守住了主要的约旦河渡口，防止联军渡河逃遁。

尸横遍野、血流成河……经过拼死的冲锋和突围，溃败的联军只有一小部分逃过约旦河。当他们到达东岸的加各再次集结、清点人数的时候，他们的两位君王——西巴和撒慕拿痛苦地发现，渡河的众军只逃回来1.5万人，剩下的12万战士阵亡了！不仅如此，河东联军的两员统兵大将——俄立和西伊伯都被俘虏并且处死了。

再次集结的河东联军决定最后一搏。但是，驱赶军心动摇、魂飞魄散的战士作战谈何容易？以色列人几乎毫不费力就冲破了敌人的防线，彻底击溃了米甸人的最后一次进攻。当他们抓住并且处死了米甸两位君王之后，彻底丧失作战信心的米甸人四散奔逃——庄稼汉基甸带领以色列人大获全胜！

基甸深夜偷袭，米甸人溃逃

在振奋鼓舞的以色列人眼里，基甸是从天而降的统帅、横空出世的英雄！鉴于多年受到外族的欺压，有人建议，推选基甸为以色列人的国王！

基甸拒绝了。基甸不是一个被胜利和荣誉冲昏头脑的人。他太明白自己是谁，为什么会获得今天这样的成功。作为一个来自小支派的普通人，能够带领以色列人战胜敌人，成为士师，基甸已经十分满足。他实在不敢奢望自己成为一个真正的国王。

基甸像那些前辈一样，安安静静地回到家乡，继续做一个无忧无虑的庄稼汉。当然，他同时承担了士师的职责，为百姓排忧解难、解决纷争。

与基甸同时代的以色列年轻人是幸运的，对他们来说，基甸的成功有重要意义，他给许多在社会底层过着平庸生活的人们以改变生活的榜样和信心。

基甸做了几十年的士师，他的公正让他获得了各个支派的广泛认可，许多支派将自己的女儿嫁给基甸为妻。基甸还通过与外族通婚，在一定程度上保证了以色列人与周边民族相安无事的局面。

基甸一生娶妻甚众，这些以色列和其他民族的女子，一共为他生了70多个孩子！

基甸是一个没有野心的人，可是他的孩子在养尊处优的荣耀中长大，自然希望继续保有这种权力与生活方式，甚至想要一劳永逸地拥有这种权力。一方面是对外的权力把持，一方面是自家兄弟之间的激烈竞争，基甸死后，他的家族迅速挑起白热化的血腥冲突。正是这种冲突，使繁荣的基甸家族走上了没落。

无论如何，基甸的功绩使以色列人和平地生活了四十年。

6. 自立为王的亚比米勒

基甸去世的时候，给自己偌大的家族留下了无穷的隐患。此时基甸的孩子们正在为继承家业和对以色列人的继续统治权而勾心斗角。

这个时期的以色列人经过二百多年的战斗、失败、再战斗的过程,已经开始有寻求共同、稳定的领袖的想法。从约书亚开始到基甸的众多士师只是对以色列人进行松散管理,责任远大于权力。各位士师并没有征收税款、组建军队、任用官吏,但是情况到基甸这里似乎发生了变化,不管他是否征过税,也不管他是否拥有庞大的机构,这个普通的庄户人确实在士师这个位置上获得了地位的提升、家族的繁荣,并且获得了他人所没有的财富和权力。因此,他的众多儿子对延续这种繁荣,继续扩大权力与财富的欲望随之膨胀起来。对一个没有世袭君主制度的民族来说,立长立嫡与否的概念并未深化,几十个儿子争起来自然难有规矩可循。实力,尤其是武装实力,就成为权重最大的组成部分。

大多数基甸的儿子都来自以色列各个支派的尊贵人家,这样一来,他们的矛盾很快上升为各个支派之间的竞争。尽管这种竞争尚没有发展到武装冲突的程度,但毫无疑问,这种相对均势的保持迟早要打破,说不定会由此引发大的民族内战。

然而,一件事情的发生使这场几乎难以避免的战争没有出现,并且由此使以色列人的士师时代又延续了一百年。

事情的主角,就是基甸在示剑走婚生的那个儿子——亚比米勒。《圣经》上凡是提到亚比米勒母亲的时候,均称其为"妾",而基甸其他妻子,则称之为"妻"。以色列人是一个比较高傲的民族,这些以"上帝选民"自居的人们,习惯于把与外族通婚所娶的女子称为"妾",甚至"娼妓"!《圣经》提到,基甸的这个"妾"就住在示剑。如此看来,这个"妾"没有住在夫家,这对男女之间的婚姻基本可以认定为"夫访式"。此时的示剑臣服于以色列人,不管是子因母贵还是母因子贵,反正亚比米勒一家在示剑的地位很高,很富有号召力。

亚比米勒把自己的舅舅们请来,问他们:你们愿意做基甸70个儿子的臣民,还是愿意做我一个人的臣民呢?这简直是不用脑子就可以想明白的问题:亚比米勒一个人能有多大的物质需求呢?即使再大也可以支持得起,可是如果基甸那70个养尊处优的儿子全都来统治他们,恐怕就是榨干示剑人的骨髓也难以承受。况且亚比米勒还拥有一半的示剑人血统。权衡利弊之后，示剑人同意立亚比米勒为王。亚比米勒成为以色列人中最早一个试图称王的人。但是因为亚比米勒得位不正，因此，只能称之为"伪王"或"伪政权"。

以色列人的领袖，都是上一领袖任命或者大家推选产生，而亚比米勒却是通过武力胁迫获得政权，这违背了大多数人的意愿，其王位得不到大家的认可。

为了获得支持，亚比米勒从示剑的母族那里集资了一笔经费，用这笔钱组建起一支雇佣军，这也是我们现在已知最早的雇佣兵。亚比米勒带领他们出其不意地攻陷了自己的父亲家，把那70个目瞪口呆、不相信眼前事情的兄弟们毫不留情地杀死。只有他的一个兄弟约坦逃走了。

亚比米勒毫不留情地杀死了自己的70个兄弟

亚比米勒的所作所为确实太过分了，他的70个兄弟丝毫没有不利于他的行为，或许他们根本没把这个血统不纯的兄弟当成什么竞争对手，他却利用外界力量将自己的兄弟几乎屠杀殆尽——古今中外，这种行径都是十分可耻的。正因如此，绝大多数以色列人都拒绝服从亚比米勒，使这个鲁莽的年轻人成了真正的孤家寡人。

虽然自己的舅氏势力很大,但亚比米勒屠杀兄弟的行为,在示剑人眼里也是让人唾弃的。也许因为这个原因,亚比米勒并没有把自己的权力机关设在示剑,而是带着雇佣军住在亚鲁玛。

终其一生,亚比米勒统治的范围都没有超过示剑周边的区域,连大带小只有四座城市,示剑及附属小城镇——米罗、亚鲁玛和提贝斯。米罗只是一座大神庙,由于它占地面积大,所以被作为一个小城镇看待。

既然是雇佣来的队伍,就必须拿钱来维护。亚比米勒的武装没有思想工作和理想建设,只有"你拿钱我卖命"的赤裸裸的金钱交换关系。亚比米勒必须想尽办法寻找财源维持军队开支,否则,经费一停,队伍马上就会瓦解。

亚比米勒的主要财源是向示剑来往的商队征税。示剑位于南北商业交通的重要位置,在以往漫长的几百年里,示剑人的重要财源就是向商队收取保护费。因为示剑周边山路崎岖,常有劫匪出没,为了过境安全,商旅会向示剑人缴纳保护费,示剑人的武装则警告那些打家劫舍的人们远离自己的地盘。

现在示剑人的收入变成他们新国王预算的一部分。面对这样一种与民争利的行为,示剑人非常不满。

示剑人偷偷埋伏在山上,凡是向亚比米勒交过保护费的商队无一例外遭到抢劫。商队在示剑人那里交了费,路过亚比米勒这里还要交费。由于赋税沉重,示剑繁荣的商道渐渐凋零。不论是示剑人还是以色列人,都十分怨恨亚比米勒,只不过忌惮他拥有的那支雇佣军,大家并没有撕破脸。然而,这种局面很快就被打破了。

在亚比米勒统治的第三年,终于出事了。

某一天,示剑城突然来了一个叫做迦勒的人,他带领着许多弟兄。迦勒对示剑人说:你们为什么要臣服于亚比米勒呢?不是还可以臣服于哈末的子孙么?当年雅各的儿子因为示剑城主哈末的儿子——示剑玷污了自己的妹妹,悍然对其发动进攻,杀光了全城男子。这其中也许有逃过当年一劫的,这个迦勒很有可能是当年哈末的后代子孙。迦勒带来了一个大家族,力量不小。他宣称:只要示剑人跟随我,我就把大家从亚比米勒的手下解放出来!绝大多数示剑人,甚至包括亚比米勒舅舅家的亲戚,都站出来表示支持迦勒，反对亚比米勒的王权。反旗一举，各城响应。除了亚比米勒驻扎的亚鲁玛，示剑、提备斯和米罗都反了。

迦勒向亚比米勒发出战书，力求决战。

亚比米勒在示剑城任命的邑宰叫做西布勒，他佯装臣服于迦勒，却向亚比米勒偷偷通风报信。通过对迦勒实力的了解，亚比米勒事先做好了安排。

一大早，亚比米勒带领军队来到示剑城下，向迦勒挑战。迦勒面对亚比米勒的军队，开始动摇了，怯懦不敢出战。邑宰西布勒在一边阴阳怪气催促迦勒快快出战，在西布勒的激将法和示剑城居民的殷切期望下，迦勒带领手下，硬着头皮出发了。

两军刚一对阵，亚比米勒的军队就从四面围裹上来。在亚比米勒残暴的雇佣军面前，迦勒的手下完全变成乌合之众，他们转身向示剑逃窜。然而，西布勒已经里应外合发动了政变。他带领忠于自己的队伍，将迦勒留在城中的兄弟家族全部驱赶出城。于是，凄凄惶惶的迦勒一家悻悻然匆匆撤离。

次日，预感到大祸临头的示剑人纷纷托儿挈女出城避难。毕竟，示剑全城反叛亚比米勒，虽然为首的迦勒逃走，但怎么能够指望对自己亲兄弟都毫不下手留情的人怜恤反叛者呢？

示剑人的判断是正确的。当他们离开城门，进入城外田野的时候，亚比米勒的伏击部队突然现身了！亚比米勒把手下分成三队，一队自己亲率，冲向城门并且牢牢把住，防备遭到攻击的百姓返身逃回城里；另外两队则对野外的百姓展开迂回攻击。转眼之间，手无寸铁的示剑百姓在亚比米勒训练有素的雇佣军面前纷纷倒下，示剑城外顿时成为血肉横飞的人间地狱！

城上百姓眼睁睁地看着自己的同胞被亚比米勒的军队残酷屠杀。他们紧闭城门，据险死守。

示剑作为受以色列人保护的城市，本可以向以色列人求援。但如今，以色列人不但不会帮助他们，就连其他的民族城邦也不屑与他们为伍。问题还是出在示剑人自己身上。正是由于示剑人的直接支持和参与，亚比米勒才屠杀了自己的70个亲兄弟，而这些兄弟都来自各个以色列支派和其他迦南显赫家族。如此一来，不但亚比米勒，示剑人也成了以色列人的共同仇人。如今甥舅之间发生冲突，各个民族宁可幸灾乐祸地作壁上观，也绝不可能伸出援手。

攻城战打了一整天，黄昏的时候亚比米勒的雇佣军冲破了城门。杀红了眼的军队一进城，就开始肆无忌惮地烧杀掠夺。残余的示剑人纷纷退向米罗——那个巨大的巴力神庙，希望凭坚固的神庙能够保存生命。

此时亚比米勒根本顾不得这是自己从小生长的家乡，他砍下一根树枝，士兵们纷纷仿效。他们把树枝堆放在神庙四周，点燃了枝条。冲天的烈焰映红了暗夜的天空，随着撕心裂肺的惨叫，一千多示剑男女被烧死在神庙中。

亚比米勒将示剑城夷为平地，撒上盐——这是一种仪式，意思是把这座城市永远荒废掉。

亚比米勒为了保持尊严，命令随从杀死自己

最后一个叛变的城市——提备斯是一座很小的城市，亚比米勒的军队在这里根本没有遇到什么抵抗，城池就被攻破了。全城的百姓逃进一座坚固的城中堡垒。亚比米勒指挥军队堆放柴草，准备烧死这些人。

提备斯的百姓已经知道米罗的惨剧，手无寸铁的人们只好尽全力进行微弱的抵抗。当亚比米勒靠近墙下的时候，一位妇女从窗口丢下一个磨盘石，亚比米勒的头顶遭到了致命一击。他的天灵盖被打破了，奄奄一息。在亚比米勒看来，一个战士战死疆场是本分，但如果被手无寸铁的女人杀死，则是一个抹不掉的耻辱。为了保持最后的尊严，他命令身边的随从杀死自己，给自己一个男人的死法。随从很理解他的苦衷，于是拔出刀来，一下刺透了亚比米勒的胸膛。

亚比米勒死了。群龙无首，他的雇佣军纷纷退出战场，各回各家。虽然东家的死宣告了他们雇佣兵生涯的结束，但是这几天的收入已经让很多人可以脱离这个行业而衣食无忧了。

亚比米勒的死，宣告了这个历时只有三年的短命小朝廷的结束。荒唐的亚比米勒不是被别人灭亡的，而是他亲手毁灭了自己的根据地，将自己从小生长的故乡夷为平地——顺理成章地，他也死在那里。如果树可以拔起自己的根，那不能说明树的果断与勇敢，只能说树是用最愚蠢的方式自寻死路。

亚比米勒死了，但是兄终弟及的场面并没有出现，从此基甸家族彻底衰落，家族中唯一幸存的儿子约坦再未走上政坛。以色列人经过一番周折，又回到了平平静静的士师体制中。

7. 旷野英豪耶弗他

亚比米勒之后的五十五年里，以色列人换了两位士师——陀拉和睚珥。

这些士师的功绩暂且不论，单是他们的排场就大得惊人。士师们继承了基甸的传统，多妻多子，其财富也很可观。尤其是睚珥，他有30个儿子，每个人都分别拥有一个村镇——这样的排场是从前的士师从来没有过的。

士师从一个为国为民的英雄身份悄悄地发生着变化，原先造福人民、披坚执锐的人民领袖，如今变得大富大贵起来。作为士师，他们还没有权力对人民收税，但却有权力操纵商品交换，对行商客旅征收费用，他们财富中的一部分明显来自与他们地位相关的收入。

以色列人由于贫富分化、地位变化，引发了一系列社会问题，许多人在信仰上开始彻底走向迷茫——他们不知道那位曾经带领他们的祖先离开埃及为奴之地，跨过红海穿越沙漠来到迦南的上帝，是否继续拥有权力和神迹来处理眼前越来越明显的不公正现象。

以色列人在迦南生活了三百年，他们的世界观和信仰不断地与本地民族发生融合。这种以色列人本地化运动的直接结果，就是民族习俗的迦南化和以色列人世界观的多元化。此时由于社会的复杂与不公正，越来越多的以色列人对保持纯正信仰开始动摇，他们在信仰上走向拜物、多神和偶像崇拜；社会生活上，许多以色列人开始与外邦人通婚。虽然以色列女孩儿嫁给外邦人的不多，但是男人娶外邦女子的却不少。这些外邦女子所生下的孩子或是送到夫家，或是留在妻家，但迦南女子很少搬来与以色列人同住。走婚和多夫多妻制度依然在迦南人中盛行。与迦南人通婚生下的孩子在以色列人的社会中很难获得认可，被看做是下贱的孩子。由于歧视，大量的混血孩子因为没有民族归属和家族温暖而进入旷野大漠，形成一支又一支的武装力量。这些人介于强盗与侠客之间，他们虽然也会打家劫舍、危害商队，但同时肩负维护一方秩序的职责。当然，长期的歧视与疏远，使他们中的大多数人对以色列人充满渴望融入又恼恨怨怒的复杂情绪。亚比米勒屠杀亲兄弟的暴行，就属于其中最极端的行为。

约旦河东岸有一个地方叫做基列，是以色列迦得人聚集之所。迦得支派中有个叫做基列的人——与当地地方同名。基列有一个不合法而生的儿子——耶弗他，《圣经》上说，耶弗他的母亲是妓女。但是根据严酷的以色列人法律，以色列人做妓女只有死路一条。由此看来，耶弗他的母亲肯定是外族人，并非妓女，只不过在以色列人眼中地位十分低下而已。基列与外邦女子所生的儿子耶弗他在以色列人的眼里，也就备受歧视了。

基列的元配妻子还给他生了好几个儿子，几个自认为血统纯正优良的兄弟们排挤耶弗他，甚至剥夺了他的继承权，把他赶走了。可怜而无辜的耶弗他凄凄惶惶地离开了家。父亲对哥哥们的所作所为毫不阻挡。

耶弗他找不到自己的母亲，他向北流浪，离开以色列人的聚居地，来到一个叫陀伯的地方。在这里，他既可以逃避兄弟们对自己的加害，又可以和亚扪人的疆界相对。

耶弗他身处旷野大漠，战斗与狩猎磨炼了他的筋骨与意志，当他成年的时候，已经成长为一位著名的勇士，并且招募了一大批愿意追随他的敢

耶弗他的女儿第一个从家里出来迎接父亲

死之士，做着亦正亦邪的无本营生，成为东北部地区影响力甚大的一支武装力量。

此时约旦河东岸东部的高原上，三百年来一直建树不大的亚扪人兴起了。他们一方面骚扰东岸的迦得支派基列地区，一方面跨过约旦河，侵入西岸的犹大、以法莲和便雅悯支派，搞得以色列人苦不堪言。

这一年，亚扪人渡过约旦河，对以色列人施行骚扰掠夺。以色列人的大军在米斯巴集结，准备与亚扪人对抗。

此时以色列人迫切需要一位指挥征战的将帅。几十年的和平生活，让以色列百姓武功废弛，统帅更是不谙战事而越来越精于理财。人们把目光投向那个带有一半以色列人血统，曾经被虐待和歧视的耶弗他。

耶弗他已经建立起一支强大的武装，成为游离于任何政权之外的一股力量。耶弗他常年与亚扪人作战，积累了一套富有成效的对战经验和战术。然而，鉴于他多年来受到的不公正待遇，他是否会接受邀请还是一个谜。

解铃还须系铃人，只能由本地的长老亲自出面请耶弗他出山了。

当长老们来到陀伯，向耶弗他说明来意，多年来郁积在胸中的苦闷与哀伤一起袭上耶弗他的心头：你们不是讨厌我，赶我出来么？现在来找我干什么？长老们没有为过去的事情解释什么——以色列人根深蒂固的宗族思想在他们头脑中难以更改，直到如今他们也不认为当初驱赶耶弗他是错误的。

长老们只陈述一个事实：我们现在请你回去，为了人民与亚扪人决战，你可以做基列人的领袖！

耶弗他接受了长老们的建议，从一个凄惶离家的野孩子，变成荣归故乡的士师。他不像亚比米勒那样对自己的同胞怀有畸形的深仇大恨，而是无时无刻不在寻找机会证明自己——血统如何并不重要，重要的是为国为民做出一番轰轰烈烈的事业。

耶弗他的出现，挽救了日益颓废变质的士师制度，将他们从高高在上的云端带回到平民与草根之中。耶弗他与其他许多草根士师无疑给年轻的以色列人做出一个美好的表率：正直的内心、坚定的信仰、平和的功名之心，给朴实的人们在黑暗的夜路中点燃了一盏理想主义的明灯。

耶弗他是一个刚猛中带着智慧的人，他深知训练有素的亚扪人不容易对付。亚扪人多年来一直在做一件很不光彩的事情——篡改历史。自从以

耶弗他的女儿和伙伴在高山上痛哭

色列人打败强大敌人，定居于约旦河东西两岸以来，躲在堡垒后面的亚扪人一直这样教育自己的孩子们：以色列人现在占领的大片领土并不是他们固有的，是从我们手中夺走的，要让他们偿还！

针对如此情况，耶弗他先派使者做了一件重要的事情——历史宣讲。他派遣使者到亚扪人的大营，当着满朝文武百官和军民百姓的面与亚扪王展开辩论。使者把以色列人出埃及、进迦南、发生战争等事情原原本本地叙述了一通。虽然宣讲的结果在亚扪王那里得来的是意料之中的拒绝和否定，但很多亚扪军民多少听到了一些不同的声音。

不要小看宣传的作用，古代就有被说得含羞退兵或临阵倒戈的。亚扪王既没退兵也没投降，而是恼羞成怒准备开战了。

耶弗他带领的是一群乌合之众，虽然这批乌合之众平时心高气傲，此刻士气高涨，但他没法保证战争的胜利，甚至都不能保证本人可以活着回来！

耶弗他向上帝祷告：如果我们可以打败敌人，如果我能够活着回来，我会把第一个从家里出来的献为燔祭！

这是一个危险的誓言。当时的以色列人有驱赶牛羊犒赏军队的习俗，头羊或头牛往往是最棒的个体,也许耶弗他的意思是献上最好的头牛或头羊。可问题是,如果有人出来该怎么办?

谙熟亚扪人战法的耶弗他巧妙地调动兵力部署。这一仗亚扪人大败而逃,虽然伤亡损失不大,但是他们在约旦河东岸苦心经营多年的二十个要塞和据点尽数被以色列人攻破。从此亚扪人被再次压缩回东北部山地,不再拥有进攻和骚扰以色列人的实力与支点。

耶弗他班师回营,前来迎接他的并不是成群的牛、羊、骆驼,而是自己打扮得漂漂亮亮的女儿!耶弗他流落他乡多年,身边除了这个女儿之外再无其他亲人。

看到压抑多年的父亲终于扬眉吐气,为以色列人打了一场大胜仗!从小跟父亲相依为命长大的女儿兴高采烈地换上节日的盛装,打上手鼓,远远地奔出营门来迎接父亲的大军。此时的耶弗他悲痛欲绝。他不明白命运为什么对自己这么不公平!当他披坚执锐冒死迎敌的时候,强大的以法莲支派拒绝调遣。这是一场多么艰苦的战斗啊!现在终于胜利了,可自己唯一的女儿却要被自己亲手杀死!

得知父亲这个决定的前因后果,耶弗他的女儿表现出少有的镇定与安详——既然你已经发下誓言,就应当去执行。可怜的女儿提出一个请求,请父亲允许她和自己的小伙伴一起到高山上哀悼痛哭两个月。悲痛的父亲接受了女儿的请求。此后耶弗他的女儿生死未知,命运成谜,但有一点可以确定,她一生都是处女,没有接近男人。

耶弗他打败亚扪人,收复失地的事迹使他本人的声望迅速窜升。这个当年被赶出家门的野孩子、流落他乡的响马头儿,如今成了领导以色列人战胜强敌的领袖。

现在,受到侵扰的以色列人终于获得了和平,耶弗他还有继续当领袖的必要么?

对这一点,首先发难的是以法莲支派。以法莲人是当年在埃及做宰相的约瑟的直系后代。由于约瑟为整个民族作出了卓越贡献,以法莲人一直受到推崇和优待。在约旦河西岸定居分地时,以法莲支派获得的也是最肥沃、最好的中部地区。士师时代,圣约柜所在地示罗、宗教圣城伯特利和名城示剑都在以法莲境内。由于以法莲一直以来拥有较高的地位,所以族中虽然没有涌现出什么著名士师，但以法莲人仍十分自负与高傲，尤其面对那些草根士师更是趾高气扬。

起初，基甸领导以色列人大败米甸人的时候，以法莲人就曾经向基甸寻衅，幸亏这个宽厚温和的长者谦卑应对，才让对方安定下来。如今，以法莲人再次对耶弗他提出指责：你与亚扪人打仗为什么没有叫上我们？看我们不放火烧了你的房子！

其实，在战争最紧张的时候，耶弗他的确向以法莲人发出过召唤，希望强大的以法莲兄弟们能够出兵，帮助战斗力有限、兵力捉襟见肘的耶弗他一臂之力。然而，高傲的以法莲人根本不屑在这个混血的响马贼面前低下高贵的头，更不屑于接受他的调遣。此前他们对基甸颇有怨言，责怪基甸没有依赖他们，却调遣他们把守渡口以切断米甸人的退路。如今他们更是对耶弗他的命令充耳不闻。战争结束，以法莲人对小小的迦得支派的基列人居然能够成为抗击亚扪人的主力，甚至还能够取得胜利，感到十分不受用。

争吵在两个原本相安无事的支派间展开，并迅速升级为攻击与谩骂。随后，凭借强大的武力，以法莲人侵入了约旦河以东迦得人的基列地方。一场毫无意义的血腥内战掀起了。

耶弗他是一个做事斩钉截铁，一旦决定了就绝不让步的人。长期的旷野生活养成了他尚武的性格，面对以法莲人的进攻，他迅速把基列地方的迦得人动员起来，全面投入保卫家园的战斗中。

高傲的以法莲人从来没有把小小的迦得人看在眼里。但是当他们渡过约旦河来到基列的时候才发现，他们错了。整个基列已经全民皆兵，以法莲人陷入了人民战争的汪洋大海。

骁勇善战的耶弗他可以指挥军队打败亚扪人，更能够对以法莲人给予迎头痛击。久不征战的以法莲人缺乏战斗经验，面对迎头出击的基列人忘记了自己的高傲与身份，纷纷扔下武器掉头逃窜。

然而，当狼狈的以法莲人逃到约旦河渡口，准备退回去的时候，才惊恐地发现，耶弗他已经安排了一支精兵，把守住渡口——看来耶弗他要把以法莲人赶尽杀绝。

约旦河渡口是公共渡口，除了以法莲人和迦得人，其他各个支派需要过河办事的人一直没有中断过。耶弗他的军队把守渡口，不是对其他支派宣战，而是为了对付以法莲人。问题有点复杂了，如果以法莲人穿上便装渡河，这些把守者根本很难阻止。

关键时刻，基列人终于找到了区别以法莲人的办法——辨别口音。一方水土养一方人，以色列人在约旦河两岸划地而居且又与周边不同民族杂处，几百年来口音发生了微妙的变化，不同支派的以色列人在某些词句的发音上有所差别。比如，以法莲人与其他支派发音不同的词是希伯来语"大河"。这个词的希伯来语读法为 shibboleth，中文音译为"示播列"，而以法莲人读为 sibboleth，中文译音"西播列"。

于是，滔滔的约旦河边，成千上万的人一遍遍重复着一个词"大河"。大部分没有思想准备的以法莲支派的人都被基列人从往来人群中揪了出来并就地处死。

养育了诸多支派的约旦河见证了这一幕悲惨血腥的画面。极短的时间内，4.2万以法莲人惨死于同胞的刀下。

英语"shibboleth"这个词有考验词、通过密码之类的意思，也是从这个典故而来。

以法莲人一蹶不振，原本最可能产生以色列人国王领袖的支派再也没有机会一展风姿了。

8. 悲情英雄——士师参孙

士师时代末期，以色列人的生存环境与周边民族结构不断发生改变。当年显赫一时的不少民族，在渐渐崛起的非利士人以及慢慢恢复元气的埃及人和亚述人面前先后走了下坡路。

非利士人是来自爱琴海地区的入侵民族，坚韧、强大、富有扩张和侵略性。经过战乱和迁徙，有一部分非利士人在迦南的西南沿海一带定居下来并迅速适应了当地生活，发展壮大起来。但是非利士人并没有建立起统一的帝国或者王国，而是在迦南西南海岸地区建立了五个城邦国：迦特、迦萨、亚实突、亚实基伦和以革伦。

凭借他们掌握的冶铁技术，非利士人对周边民族形成了技术垄断，并由此装备了强大的重装盔甲部队。由于他们保留了"海上之民"这一特性——非利士人并不是以一个单纯的陆地居民形貌出现，而是拥有强大的海上灵活性，在他们定居迦南的几百年时间里，其海上航线和海上贸易从未荒废，可以说这个民族绝对不是目光短浅之辈。

随着非利士人的兴起，原本生活在迦南西南部沿海地区的亚摩利人纷纷向内陆地区迁徙，由此引发大规模的民族冲突和战争，在该地区居住的以色列人纷纷北移，躲避战火。

但是非利士人的强大似乎不可阻挡，他们的实力迅速扩张，对以色列人形成巨大的挑战和压迫。

非利士人掌握了先进的冶铁技术，当以色列人打算使用铁器的时候，不得不向非利士人购买，甚至农具坏了都不得不送到非利士人那里修理。

非利士人由于垄断了高水平铁制武器的制造技术，在武器装备上拥有了压倒性的优势。

非利士人在耶弗他死后不久就开始兴起，以色列人牧歌般的生活结束了，异族入侵再次成为他们的心腹大患，首当其冲的是离非利士人最近的以色列但支派。

非利士人对以色列人作威作福的时间很长，从士师时代延续到大卫王时期，直至参孙的出现。

参孙，希伯来语"光明"的意思。参孙属于以色列人中并不强大的但支派，从这个名字中我们似乎可以看到他被赋予了很大的期望，他也最终成为一个亦正亦邪的民族英雄。

与其他士师不同，参孙一生从未带领过一兵一将，更没有组织过任何一场战役，但他却让非利士人闻风丧胆。由于参孙复杂而戏剧性的一生，多年来他一直是各个剧作家创作的素材来源之一。十七世纪英国著名诗人弥尔顿曾经根据参孙的事迹写出著名长诗《力士参孙》。

强壮的狮子被力大无穷的参孙撕裂了

根据《圣经》记载,参孙的父母老来得子。天使答应给他们一个孩子的时候与他们做了如下约定:将来生下的孩子不得饮酒,不得接触尸体,不得吃不洁之物,不得剃发。

这个孩子就是参孙,他终生要做"拿细耳人"。"拿细耳"大约是"分别出来"的意思,是指一个人要脱离世俗化的状态和不洁的生活方式。一般说来,做拿细耳人需要当事人起誓离俗一段时间,基本相当于自愿出家。参孙与别人的不同在于:他并非自愿,还没出世就已经被指定;不能还俗,终生要做拿细耳人;身担重任,从此将开启一个新的历史阶段。

做拿细耳人很清苦,他们必须一生不饮酒、不接触尸体、不剃发。而参孙这个极其雄壮、力大无穷的年轻人,也许是父母老来得子的娇惯,也许是对自身强大体格的骄傲，他除了没有剃发之外，从来没有认真遵守过任何关于拿细而人的清规戒律。打架、饮酒对他来说犹如家常便饭，甚至眠花宿柳在他看来也没有什么不可为之处。

狂放不羁的参孙一天天长大，很快到了婚娶的年龄。参孙的家乡在琐拉，此时的非利士人已经十分强大，以色列人时刻受到他们的压迫。许多非利士人移居到以色列人的地盘，琐拉西南大约五六公里的梭烈谷中有个叫做亭拿的地方，这里已经是一个非利士人的定居点了。

参孙在亭拿见到一个美丽的非利士姑娘，他们很快相爱了。参孙回来请求父母替自己向女孩儿家求婚。参孙一个人走在路上的时候，一只强壮的狮子向他扑来。力大无穷的参孙一把抓住狮子，拎住它的双腿，只一下就把它撕裂了！之后，他把狮子的尸体丢到一边，继续忙着自己的婚事。

西亚的气候干燥酷热，被撕裂的狮子没有腐烂，而是迅速变成了风干的木乃伊。当参孙正式去亭拿下聘提亲的时候，看到那只被撕裂的狮子体内已经有野蜜蜂筑起了蜂巢，并且有蜂蜜。于是参孙干了一件现在看来多少有点异食癖的事情——他掏出狮子尸体里面的蜂蜜吃了，并且还拿回家给父母吃。如此一来，作为拿细而人的参孙违背了不能接触死尸，更不能吃不洁食物的规定。当然，此时的参孙丝毫没有自我使命意识，也谈不上清心离俗修行，于是他把这些羁绊丢在一边了。

特立独行、天马行空的参孙绝对是一个敢恨敢爱的勇士。为了娶到他所深爱的非利士女子，他千方百计说服了父母，多次奔波于前往亭拿的道路上。终于，女孩儿家同意了这门婚事。于是，参孙在岳父家大摆宴席招待客人。陪伴坐席的有三十个年龄相仿的青年男子。

按照当地风俗，婚宴要摆上七天，在这七天里年轻人可以尽情饮酒、猜谜、行令，直到满七天之后正式成婚。此时的非利士人大概还处于夫访式婚姻风俗状态，参孙来结婚但并不等于迎娶新娘，只是定期或者不定期地前来与妻子相会。

参孙又一次违规了，拿细而人不可以饮酒，但这次参孙不但喝了，还喝了不少。年轻人酒后轻狂是常有的事情，参孙和与他同席的三十个小伙子也不例外。不知道是谁起的头，大家开始猜谜、行令。借着几分酒力，参孙与那三十个伴宴的宾客开始打赌，赌注是一身衣服。如果参孙输了，就给这三十个人每人一套内衣、一套外袍；如果那三十个人输了，他们就要给参孙三十套内衣和外袍。在那个时代，贴身的内衣由细软的布料缝制而成，而外袍则往往是精心裁剪缝制的礼服。这样一套衣服，价格相当昂贵，一般人家每个人只能置办得起一套。因此参孙的赌注绝对是非常大的，属于豪赌。在如此高额的赌注面前，那三十个非利士小伙子同意了，于是参孙开始说谜语：吃的从吃者出来，甜的从强者出来。

双方约定，在婚宴七天之内说出答案，否则就算对方输了。头三天气氛还算良好，但是随着时间的推移，大家对答案越来越没底，眼瞅着每个人都要损失一笔不菲的财产，大家纷纷来到新娘那里，威胁她必须套出参孙的谜底来，否则就要烧死新娘及其家人！

于是新娘每天到参孙面前哭哭啼啼，硬逼着参孙说出答案来。英雄难过美人关，再铁血的猛士都有柔情似水的一面，参孙无奈地将答案告诉了新娘。

到了第七天黄昏的时候，作弊取胜的非利士人来到参孙面前，对他说出答案：有什么比蜜还甜呢，有什么比狮子还强大呢？这个谜语的谜底，其实正是指参孙亲手杀死狮子并且吃它身上蜂蜜的事情。

眼瞅着自己的谜底被非利士人作弊揭开，参孙终于知道自己的未婚妻为什么会一直哭着找自己要答案。根据约定，参孙必须兑现自己的赌注，这可不是一笔小数目，估计赔付了赌金，参孙就要倾家荡产了。

愤怒的参孙做了一件匪夷所思的事情，他步行四十公里，来到一个叫做亚实基仑的地方。在那里，参孙亲手杀了三十个非利士男子，剥下他们的衣裳，拿回来给了那些打赌的人！

参孙对自己深爱的女人公然背叛自己感到异常愤怒和痛苦。干完这件打家劫舍的勾当，参孙愤然回家，连新娘子的面都没见。

岳父一看这情势实在难办，参孙干了什么事情他大约有所耳闻，如果让自己的女儿继续嫁给参孙，恐怕寻仇的人马上会来。然而，婚宴已经摆过，如果不给个说法他们一家都会蒙羞。一不做二不休，无奈之下，由老人做主，新娘子被草草嫁给了同席的一个伴郎，算是让这件事消停下来。

随着时间的推移，参孙渐渐淡忘了未婚妻背叛自己的事情，他开始思念起这个心爱的女子。麦收的时候，参孙来到岳父家要见妻子。直到此时，参孙才知道自己走后，妻子已经嫁给了别人。

　　失去妻子的参孙暴怒无比，他恨死了那些非利士人。他认为，这些非利士人一直在给自己设圈套伤害自己，谋夺自己的妻子。力大无穷的参孙没有伤害深爱的女人和无奈的岳父，而把满腔怒火发向其他非利士人身上。

参孙凭一人之力用驴腮骨大败一千个非利士战士

参孙又干了一件令人不可思议的事情：他捉住三百只狐狸或野狗之类的动物，一对对捆住尾巴，点上火把，将它们散放到田野中。此时正值麦收季节，气候干燥，几百只尾巴上点着火的狐狸或野狗疯狂地在麦垛间跑来跑去，由于负痛又纷纷向麦堆里钻以求平安，结果引发大面积火灾。大火迅速蔓延到非利士人的橄榄园，富含油料的橄榄树被付之一炬。

　　损失惨重的非利士人很快查明原因。惹不起参孙，他们又来欺负新娘一家，恼羞成怒之下，他们将新娘一家活活烧死！

　　听到噩耗，参孙怒不可遏，他向杀死女孩儿一家的非利士人宣称：我要报仇！

　　复仇的烈火在参孙的胸膛燃烧，他手持兵刃，来到亭拿。参孙身边没有一兵一卒，与他相伴的只有他自己异常高大的孤独身影。此时的参孙更像一个行走天涯、亦正亦邪的游侠。在亭拿，参孙对烧杀他妻子与岳父的非利士人进行了残酷的报复。那些行凶者一个不留地被他杀掉，他们的死状极其惨烈：有的被砍断腿，有的被砍断腰……报复场面十分血腥，以至于轰动了整个迦南西南部，大家闻风丧胆。不论是非利士人还是以色列人，只要听到参孙的消息就会发抖。

　　杀了这么多人，参孙难免担心有人会报复他。于是，他没有向北面的家乡逃遁，而是一直向东南，到达属于犹大山地的一个叫做以坦的地方。这个地方地形复杂，易于隐蔽，而且山势陡峭，怪石嶙峋，非常适合参孙躲藏追杀。

　　但是参孙的行踪还是被非利士人察觉了，一大批非利士士兵到达犹大地区驻扎下来，并准备向犹大支派的以色列人发动进攻。犹大人惊慌失措，连忙向非利士人求饶。非利士人的条件很直接：交出参孙，我们撤兵。

　　犹大人派出三千战士包围了参孙的驻地。虽然他们在非利士人面前显得很怯懦，可在同胞落难之时却煞是威风。参孙知道同胞的疾苦，毕竟这里离非利士人太近，如果犹大人反抗，非利士人早上发兵晚上就可以血洗大部分犹大山地！

　　参孙没有反抗，但是他提出了一个条件：以色列人不要伤害自己。参孙一生中从没有伤害过任何一个同胞；尽管他被不同的女人出卖和背叛，他也从来没有伤害过女性。

参孙和大利拉

　　参孙被同胞们用两条新绳子捆绑，送到非利士人的驻地。看见被传说得神乎其神的杀人魔王乖乖地束手就范，非利士人兴奋得欢歌畅饮。被捆得紧绷绷的参孙却显得若无其事，也许作为一个勇士，他最讨厌的事情之一就是使用阴谋诡计害人。为了抓到自己，非利士人不惜举兵将刀枪指向无辜的同胞百姓，仅此一点，就十分令人蔑视。卑鄙的人要受到惩罚，绑架老弱妇孺的罪犯要付出代价。非利士人的行动与绑架别无二致,此次参孙被送到非利士人营地,正是他要开始实施惩罚的一部分。

在喧闹的人群中,力大无穷的参孙一使劲,两条崭新的粗绳子就像被火烧过似的绷断脱下。参孙低头从地上捡起一个还没干掉的驴腮骨,奋力向身边的非利士人打去。狂欢中的非利士人措手不及,纷纷倒地。

当非利士人从短暂的慌乱中清醒过来,发现面前仅仅是参孙一人的时候,他们毫不畏惧地从四面八方手持兵器围裹上来。双方的情势简直是众寡悬殊,然而参孙就像天神下凡一般,手挥一个小小的驴腮骨,如同可怕的旋风冲向了汹涌而来的非利士战士。

这场一个人对一群人的战争持续了很久。当筋疲力尽的参孙打倒最后一个敌人的时候,他发现了一个连自己都难以置信的场面——参孙以一人之力击杀了一千个非利士战士!

体力极度透支、脚步踉跄的参孙站在夕阳如血的大漠荒滩上,身边是堆积如山的非利士战士的尸体。

他挥臂丢掉手中的驴腮骨,驴腮骨所落之处被称为"拉末利希",就是"腮骨之丘"的意思。

经此一战,参孙简直成了战神的代名词,人们从此尊参孙为士师。

与其他众多士师不同,参孙对管理老百姓并不感兴趣,更不像此前一些利用职位谋财致富的士师那样迅速发迹。这位挂名士师依然独来独往,特立独行。

参孙以单人之力杀敌一千,简直是前无古人。从此之后,再也没有人敢当面向他挑战。这个天生无拘无束的人在以色列和非利士的土地上随意出入,尽情享受着他一个人的快乐生活。尽管非利士人继续对以色列人进行欺压,但无论是非利士人,还是其他民族的人,都对参孙避之唯恐不及。尤其是非利士人,虽然害怕参孙,但他们心中的仇恨从来没有减弱一天,一直躲在暗处等待着参孙犯错误,以期一击得手。

经过上一次的婚姻失败,参孙对家庭生活似乎彻底失望了,他不再娶妻而是四处放纵。他来到一座非利士人的城市——迦萨,在那里,他有了一个情人。那个女子不是被非利士人收买的,就是被非利士人派来的,因为参孙在此留宿的消息,很快就被通报给了非利士人的首领。

非利士人在城门边埋伏，不断派人窥视着参孙的一举一动，企图在凌晨干掉睡得迷迷糊糊的参孙。参孙是个很警觉的人，他意识到有人正在算计他。如果掉头逃跑可能会引得敌人提早动手；如果冲出门外厮杀，敌人在暗处，容易遭到暗算。参孙索性倒头呼呼大睡，养足精神，准备动手。

半夜的时候，参孙起身，他要用一个最令人不可思议的方式出手。

参孙所在的迦萨，是非利士人的五座设防城之一，城门非常高大、厚重，一般使用厚重的上好木头制成，并用铁皮包裹以防敌人火攻，门板高三四米。参孙当着远远埋伏在城门口的敌手们的面，徒手把城门的门扇、门框和门闩一道拆了下来，扛在肩膀上大摇大摆地从洞开的城门洞里走了出去！

看到这一幕，埋伏者的震惊、恐惧简直无法形容，想必心底在暗暗庆幸——多亏刚才没有贸然动手，否则自己一定是有去无回。

参孙扛着迦萨的城门，一路大步流星直走了六十公里，来到犹大支派的主城希伯伦。他徒步登上山坡，把迦萨的城门放在那里。曾经出卖过参孙的犹大支派，被参孙的举动吓得没人敢出来搭话——这也算是给他们当初出卖自己的一个警告吧。

虽然参孙此次不战而屈人之兵，但却依然难逃悲伤，因为伤害与出卖他的正是那个迦萨的女人——他的情人。

非利士人已经不再指望把参孙围堵在什么地方歼灭了，他们知道，即使围堵成功也奈何不了参孙，只是徒增己方伤亡而已。他们现在迫切需要了解参孙力大无穷的奥秘，希望从此入手消灭参孙赖以取胜的依靠。于是，大利拉这个女人进入了人们的视线。"大利拉"，原意是"奉献"的意思，当时，只有女子做庙妓才会起这个名字。参孙离开迦萨，在梭烈谷认识并爱上了这个女子。

不管是什么民族，神庙都是比较神圣的地方。杀人献祭也好，聚众宣淫也罢，都是宗教习俗。如果冲入神庙武刀弄枪，大打出手，这在任何信仰中都是大不敬的。参孙不是刀枪不入的天神，他知道自己如果总是在非利士人面前招摇而过，早晚有一天会遭到暗算。于是他采用了非常稳妥的方式——躲进迦南人的神庙中，这似乎可以保护他的安全。

参孙如此选择也是出于无奈。犹大族人的出卖已经使参孙对同胞的庇护彻底失去信心，妻子和后来迦萨女子的背叛也让他对甜言蜜语彻底失望。参孙此时成为一个中间性的信仰者,他既信仰耶和华,同时对于多神的偶像崇拜也不反感,甚至还有亲近感。

大利拉是参孙最为信任的人——尽管她是一个庙妓。非利士五大城邦的首领决定一起出手除掉参孙。他们找到大利拉,提出了自己的条件:每个城邦给大利拉1100舍克勒银子,只要套出参孙力大无穷的秘密;不需要大利拉亲自伤害参孙,而由非利士人自己动手。对于一个出卖身体的庙妓来说,这笔巨款的诱惑力实在惊人,于是,大利拉接受了非利士人的条件。

参孙很爱大利拉,当大利拉向他问起自己的力量来源时,他丝毫没有怀疑对方要害自己。但这个秘密关乎自己的性命与责任,参孙还是知道轻重缓急的。于是,参孙编出一些谎言搪塞对方——用七条未干的青绳子或七条新绳子捆绑他,要不然把他的头发与纬线同织。大利拉按照参孙说的试验,结果都失败了,绳子无一例外全都一下子被挣断,甚至把他的头发用木桩钉到地里,都被参孙一甩头轻而易举地拔了出来。

巨款不能到手,大利拉彻底豁出去了,她每天在参孙面前哭哭闹闹,不套出参孙力大无穷的秘密誓不罢休。心烦意乱的参孙无可奈何,于是告诉了大利拉自己的秘密——从小到大,作为天生的拿细耳人,参孙从来没有剃过发,这是他与上帝的约定。一旦违背了这个约定,剃掉头发,参孙的力气就将消失。

当晚,熟睡中的参孙被大利拉找来的人悄悄剃光了头发。然后大利拉摇醒参孙说:非利士人来捉你了!

当任何危机来临的时候,参孙都没有想过躲到大利拉的身后,而是挺身迎敌保护自己的女人。这也透出参孙的悲哀——他一心想要保护的女人正是出卖和伤害他的人。

失去头发的参孙与普通人别无二致,在蜂拥而至的非利士人面前,参孙被轻易地打倒、捆住。为了防止参孙逃走,非利士人剜掉了参孙的双眼。怕他再有神力,他们把他的手脚都砸上铜制的镣铐。

参孙身披镣铐,在迦萨苟延残喘地活着。非利士人让这个伟大的勇士在监狱里推磨——这本来是分配给女奴的工作。

一天天过去,参孙在黑暗中忍受着痛苦与煎熬。他也许认为自己一生的宿命就是如此。然而,痛苦有时候并不算是一件糟糕透顶的事情,它至少让当事人知道自己还活着；黑暗也不见得是最坏的环境，参孙至少可以在无尽的黑暗中反省往事。当他终于知道自己肩膀上到底是什么样的重托，而自己曾经怎样虚耗时间、精力与强大的能力的时候，悔恨无时无刻不在吞噬着他的灵魂。

参孙爆发出最后一次神力，他高呼：我愿与非利士人同死！

  时光荏苒，参孙的头发悄悄地生长出来。
  一年过去，收获的季节到了，非利士人的首领召开盛大的聚会献祭仪式。聚会在农神——大衮的神庙中举行。这座神庙中央有一个大的表演场，四周有看台环绕，看台上面还有平台屋顶。观看献祭仪式的时候，权贵和有身份的人坐在看台上，百姓则坐在平台屋顶上。

这一次来的人很多，光屋顶上就有大约三千人！之所以有这么多人前来，是因为此次他们会见到那个多年来被他们传得神乎其神的以色列士师——参孙。非利士领袖们要在众人面前好好戏耍参孙一番，并用这种侮辱与戏耍彻底从人格上摧毁以色列人的反抗意志。

宴乐之中，参孙被一个小孩子牵着锁链拉来了。非利士人命令参孙做出各种侮辱性的动作，站在两根柱子中间做出各种表演，以赢得在场所有人的哄堂大笑。

令人奇怪的是，曾经以粗暴著称的参孙居然顺从地接受了指派，以至令在场众人慢慢失去了对他的兴趣——昔日的雄狮现在成了一只温顺的猫，参孙在非利士人那里失去了娱乐价值。

宴会还在继续，人们还在狂欢取乐。参孙央告牵拉自己的孩子：让我靠一靠大殿的柱子吧。于是小孩子把参孙牵引到大殿的柱子旁。柱子支撑着房顶，下面是石头的柱墩。两个柱墩距离很近，正好可以让参孙一手抱住一个。含羞忍忿的参孙小声向上帝祈求给他最后一次神力，他蹲下身，双手突然发力，口中高呼：我愿与非利士人同死！

这是参孙生命中经历的一次奇迹，也许并非是他人生中的第一次，但肯定是最后一次。参孙的神力又回来了！巨大的柱子被他生生从柱礅中移出来，整个大殿的屋顶为之晃动，屋顶上欢歌雀跃的三千人无疑加速了神殿的倾颓。神殿中宴乐的首领与权贵们顷刻之间被砸在瓦砾之中。这次参孙杀死的人比他过去杀死的所有敌人都要多。

参孙是一个悲情的勇士。他一生都在寻求爱与公正，但是背叛、阴谋与出卖却伴随着他的一生。只有在最后时刻他才明白自己肩上的重任是什么，并且为此做出最后一搏。

这就是参孙，一个敢恨、敢爱、狂放不羁的勇士。他孤独地行走在迦南的土地上，一生都渴望成为一个普通人，却毫无选择地走了一条坎坷与悲壮之路。他愿意为他爱的人付出一切代价，即使是那个不得已背叛他的妻子。遗憾的是，参孙一生没有得到任何一个女人的真爱，她们视参孙为获利的工具并加以出卖。

参孙死了。他亲手结束了一个士师披坚执锐抗击敌手的时代。天边非利士人的战车如同乌云一般隆隆而来,即使是参孙也不能阻止这些可怕的敌手。

以色列人从此进入更加团结的时代——王国时期。直到大卫王时代,以色列人终于击溃了非利士人的进攻。

9. 最后的士师——伟大的撒母耳

以色列人所占领的迦南土地大约相当于如今海南岛一半的面积,而且被复杂的地形地貌割裂。在他们已经占据的土地上,还分布着不少异族的城邦或堡垒,成为一个个暗藏的定时炸弹。

以色列人处于各自为政的一盘散沙状态,迦南西南部兴起的非利士人正一步步逼向以色列人的土地。在强大的铁制兵器与训练有素的非利士战士面前,手拿简陋铜制刀枪的以色列民兵根本不堪一击,只能束手无策任凭非利士的雄兵铁骑驰骋于以色列人的领地。屡战屡败的以色列人看来必须有一位真正的、全体的统帅完成拯救民族危亡的使命了。

几百年来,尽管风俗受到影响,以色列人仍然保有共同的价值观——信仰。以色列人的圣所所在地在示罗,是他们进入约旦河西岸最早的落脚点之一。每年重大节日,以色列各个支派的人都要到示罗朝圣敬拜——如果没有士师,大祭司就是他们心目中的领袖。

此时大祭司一职由以利担任。以利是一个温和、慈祥的老头,很受众人爱戴。可是以利的儿子们品性却不怎么样。他的两个儿子都在圣所任职,却利用职务之便巧取豪夺,侵吞百姓的贡物和祭品。他们还凭借自己崇高的职务和威望,与在圣所中任职的女子淫乱!可以看出,此时以色列人的信仰制度已经开始发生腐败化和特权化的倾向——信仰体系正在人民的怨声载道中日益走向衰败。

利未支派的歌辖族人中有一个家庭,丈夫叫做以利加拿,妻子叫做哈拿,这对老夫妻一直没有孩子。有一天,一位先知来到他们家,告诉这对老夫妇:他们将会生一个孩子。与参孙类似,这个孩子从小就要做拿细而人。

老来得子的夫妻俩对此不但完全接受而且快乐无比。成为终身的拿细而人虽然清苦一些,但对他们来说绝非难以接受。孩子出生后,夫妻俩给他起名撒母耳。

撒母耳被人们称为以色列人的最后一个士师,他是摩西和约书亚之后第一个被全体以色列人认可的领袖,其地位远远高于原先的那些士师,而且身兼祭司、先知、士师之职。作为一个从士师时代向君主时代过渡的关键人物,撒母耳堪称无冕之王。

撒母耳断奶后,他的父母将其送入圣所示罗,直接在老祭司以利的管教下成长。非常幸运的是,老祭司以利给予撒母耳最好的教育与关照。

撒母耳早年就显示出作为先知的超能力。据《圣经》记载:上帝通过撒母耳告诉以利——他的儿子必然被消灭,以利的家族也将衰败,另一位大祭司将被选立。事情一件件应验了,撒母耳小小年纪就得到全体以色列人的承认。随着年龄的增长,撒母耳的影响力大大增加。但他依然住在示罗,侍奉在老祭司以利的身边。

许久以来,以色列人已经不再考虑开疆拓土、扩大定居地的问题了。他们所面对的,是如何应对非利士人的进攻,保存现有的生存空间不被过分挤压。

大约公元前1150年,一场对整个迦南至关重要的战争在非利士人和以色列人之间爆发了,史称"亚弗之战"。

战争的爆发地在亚弗,距离以色列人的核心区域不远。这一战,以色列各个支派基本都派出勇士参战,总数在四万人以上。武器简陋、缺乏训练的以色列人在装备先进、训练有素的非利士职业军队面前只能以血肉之躯拼死相搏,但这无非拖延了失败的时间而已。一场战役下来,以色列人牺牲了四千人!

前锋受挫,失败的消息传到以色列各地,各个支派大为震惊。虽然以色列人以血肉之躯阻挡了非利士战士进攻的脚步，但这只是暂时性的。非利士人风驰电掣的铁制战车和控弦待战的赳赳武士很快会击溃以色列人的营垒而长驱直入。

亚弗告急，全以色列告急。束手无策的长老们聚集在一起，商讨该如何应对眼前的民族危机。

每当以色列人遇到民族危急之时，上帝总会予以拯救。现在以色列人虽然在信仰领域全面出现迦南化倾向，对耶和华的信仰逐步走向衰落与崩溃，好在他们仍然维系着微弱的信仰之光。为了坚定信仰，"重塑民族精神"，长老们做出了一个荒唐的决定——扛着约柜上战场！

长老们来到示罗，请求抬着圣约柜上战场。

约柜可不是简单器物，它在以色列人的信仰中至关重要。这是出埃及时代，摩西根据上帝的旨意而造，其中有摩西"十诫"的石板，用金罐装着的以色列人在旷野中食用的吗哪，以及亚伦的手杖。以色列人跨过约旦河的时候，就是扛抬着约柜的祭司首先进入河中，引起约旦河水断流，使以色列军民顺利通过。

谁也不能否定约柜的重要性和神圣性，但归根到底，约柜是建立在信仰基础上的器物而非信仰本身。在以色列人的信仰走向全面崩溃的时候，将期望寄托在一件器物上面并渴望由此产生神迹，这显然是不切实际的。

老祭司以利再清楚不过，但98岁高龄的他如今重病缠身、双目失明，内外事情均由两个儿子掌控。这两个人虽然身为祭司，但除了巧取豪夺与寻欢作乐之外，似乎再难有什么建树，信仰对他们来说只是谋生赚钱的手段而非看待世界、处理人生难题的基础。因此，他们对抬出圣约柜迎敌的想法十分赞同。

抬着约柜出征，这在以色列人出埃及、入迦南以后从来没有发生过。由于神圣约柜的影响，无数以色列勇士纷纷出征，以色列人的数量在亚弗骤增。每个人都在以色列人的胜利与抬出来的约柜之间确立了某种联系，每个参与其中的人都信心百倍。

以色列人的欢呼与声势着实吓了非利士人一跳。此战不过是他们计划逐步吞噬迦南的诸多战争中的一场，绝非是势在必得的大战役。然而此次以色列人兴师动众前来，显然摆出了决战的架势！这可不得了！非利士人根本没有做好决战的准备。面对越来越多从四面八方涌来的以色列勇士，非利士人开始发抖了。当听说圣约柜被搬来，他们更加确信这将是一场极难对付的大仗。

鉴于此前多年的经验，以色列人尽管受到强邻欺压，可是一旦发生大规模的决战，以色列人往往取得胜利，而且民族强弱关系迅速调转过来。非利士人不愿意眼睁睁看着自己的国土被占领，自己从征服者变成奴隶，于是他们不得不迅速增兵，将一场规模本来不大的战争扩大化。

面对隆隆飞驶来的铁制战车，以色列人背靠约柜，展开了一场堪称可歌可泣的浴血决战。此时以色列人除了高涨的热情之外，已经谈不上信心与信仰根基，更缺乏高明的军事统帅。非利士人则措手不及地将一场寇边战役迅速扩展为生死存亡的决斗。

双方军阵胶着，小小的亚弗瞬间成为尸山血海的人间地狱。以色列人以步兵为主，因此折损极其严重——已经有三万人战死了！慢慢地以色列人的脚步退缩，阵列动摇，一个又一个勇士倒下，以色列人的信心也越来越弱。

在非利士人铁甲战车一轮又一轮的左冲右突中，在刀枪如林、箭雨如蝗的战场上，以色列战士全线崩溃。溃逃的以色列人无暇顾及约柜的安危——既然它不能保佑以色列取胜，谁还会拼命保护这个劳什子！

整个亚弗战役，以色列人被歼灭3.4万人，圣约柜被非利士人缴获，以利的两个儿子死在乱军之中。

此时以利正心急如焚地等待前方的消息。他十分清楚自己两个不孝子的所作所为，上帝已经给过启示，这两个人早晚要遭天谴，也许就应验在此次亚弗之战上。如果儿子战死，意味着圣约柜被缴获或遭毁坏，做了几十年大祭司的以利将成为千古罪人，无法面对自己的同胞。

前线败退下来的人赶来给以利报信，他最担心的事情发生了：两个儿子战死，比生命还珍贵的圣约柜被非利士人缴获了！以利如五雷轰顶，顿时仰面倒下气绝身亡。以利的一个儿媳正在临盆待产，听闻丈夫战死、约柜丢失、国破家亡的噩耗，痛苦难产而死。弥留之际，她给自己新生的儿子起名叫"以迦博"，希伯来语意思为"荣耀不再"。

非利士人的部队没有停留在亚弗，而是一路驱兵直到东面的示罗。高歌猛进的非利士人遇到粮草装备给养不足的问题，四散奔逃的以色列人没有给他们留下什么给养。于是，在将示罗彻底毁坏之后——几百年来，示罗第一次被异族攻破——非利士人凯旋而归。

夺得以色列人的约柜对非利士人来说无疑是一件重大的事情。以往攻城略地、掠夺寇边，俘获的不过是牛、羊、人口，消灭的不过是对方的抵抗力量。如今非利士人深知他们打击到了以色列人的精神寄托与心灵彼岸。这种攻击，比攻陷一座大城、占领一块土地意义要大得多。因为无论占领多少地方，消灭的往往是一个个体或某些群体的人，而信仰领域的打击与占领，摧毁的则是更深层次、更广范围的敌人，甚至是民族意义上的"人"。

然而事情的发展颇具戏剧性，在约柜被缴获七个月之后，非利士人却将这个重要的战利品送了回来！兵强马壮的非利士人既然缴获了约柜，为什么还要送回来呢？

非利士人在迦南西南部建有五座大的城邦，亚弗之战是五座城邦联合出战。非利士人把缴获的约柜搬运到亚实突，停放在大衮庙里。这种做法是迦南地方的惯例——消灭一国之后，要将这个国家的族神缴获过来放置在本族的族神面前。但是第二天，亚实突人震惊地发现他们的主神——大衮神像倒下，头和手不翼而飞，威严的农神只剩下一个孤零零的躯干。事情还不仅止于此，亚实突发生了大面积的鼠疫，甚至出现一种绝少见到，令人啼笑皆非的鼠疫症状——痔疮。

被痔疮折磨得心力交瘁的亚实突人赶忙把约柜送到迦特，然后是以革仑。很不幸，鼠疫和由此引发的大面积痔疮症状如影随形，在约柜所到过的城市肆虐，一时间不论男女老幼，个个叫苦不迭。

鼠疫的流行持续了七个月之后，无奈的非利士人终于决心把战利品——约柜送还给以色列人。为了证明这件事是否真的跟耶和华的神迹有关，非利士人特意做了一个试验。

他们牵来一头正在哺乳的母牛，把它从自己的孩子身边分开，套上车向以色列人的地方赶去，非利士的首领则远远地跟在后面。母牛不愿意离开孩子而一路鸣叫，但似乎有一种巨大的无形力量牵拉着它向以色列人的领域走去，并最终停在一片以色列的田地里。

非利士的领袖们终于长出了一口气——请神容易送神难啊，好歹算是把这惹不起的约柜送回去了！不但如此，非利士人还送去了他们的赎罪祭。神奇的事情发生了，非利士地区的鼠疫和痔疮消失了。

以色列人还没有圣殿神庙，以前他们把约柜停放在会幕里。会幕平时都是关闭的，以圣约柜为核心的会幕是以色列人精神家园的重要寄托和民族凝聚力之所在。亚弗之战后，约柜被非利士人缴获。圣所示罗被毁，即任为新大祭司的亚希米勒抢救性地把会幕迁往挪伯，挪伯成为新的敬拜中心。尽管非利士人送还了约柜，但约柜并没有被送往挪伯，却停放在了基遍的基列耶琳，使约柜和会幕分离了很多年。这样以色列就出现了两个宗教中心和领袖力量，一个是转移保护会幕的新任大祭司亚希米勒及其所在地挪伯；另一个是一直在圣殿中生活长大的年富力强的撒母耳，他的活动区域在伯特利、吉甲、米斯巴和拉玛（撒母耳的家乡）。

与亚希米勒不同，撒母耳没有正式成为大祭司，但他却拥有大祭司的无上尊贵和权威。按照常理，撒母耳应当直接护送约柜到挪伯，或者迁挪伯的会幕来基列耶琳，何以让两者分隔几十年呢？其中也许有如下因素：

一、约柜前往挪伯并不安全。挪伯坐落于耶路撒冷以北，当时尚处于以色列人和耶布斯人势力交汇地区，耶路撒冷也控制在耶布斯人手中，经历过约柜丢失的以色列人实在不敢再让约柜经受风险。

二、亚希米勒此时已经身为大祭司，是否迁移会幕很大一部分意见来自他本人，而从权力到利益诸多方面考虑，会幕继续停留在挪伯似乎对他本人意义更大，至少可以从名义上确认他本人的一部分领袖权威。

三、经历大败、国破家亡的以色列人已经筋疲力尽，无暇再为礼仪之争挑起新的冲突，从而使约柜与会幕分离的状态持续了很多年。当然，在某种程度上这是好事情，至少告诉人们，某一件神圣器物也好，高贵圣所殿堂也罢，脱离了真正的信仰基础，除了美观与艺术审美价值，它们都毫无意义。在这几十年间，正是由于撒母耳的艰苦工作，才使以色列人逐步认识到这一点。

停放在基列耶琳的约柜成为众多以色列人关注的中心，而这个地区的掌控势力以撒母耳为首。可以想见撒母耳与亚希米勒之间的确存在明争暗斗，但祭司之间的矛盾现在并不重要——无论对撒母耳还是亚希米勒都一样，因为以色列民族的生死存亡正处于关键时刻。

攻破疆界的非利士人在以色列人的土地上纵横驰骋，如入无人之境。约柜所在地虽处于以色列人的中南部心脏地带，但也常常受到非利士人大股部队的侵扰。

一盘散沙、国门大开的以色列人几乎丧失了一切斗志。面对隆隆而来的非利士战车，他们似乎只剩下两个选择——引颈受戮和卑躬屈膝。反抗对他们来说已经是久违的念头，除了徒增伤亡之外，反抗根本没有任何意义。

为了民族的生存与复兴，民族精神的重塑成为重中之重，这甚至比一两次军事上的胜利都重要得多，而信仰正是民族精神的基础。在重建信仰、寻回精神支柱的运动中，撒母耳起到了中流砥柱的作用。

重塑民族信仰运动的最高潮，是撒母耳在米斯巴召集的，由全体以色列人代表出席的民族大会。这次会议意义极大，首先是各个支派重新宣誓重归耶和华信仰，第二是共同承认撒母耳为自己的领袖。事实上，米斯巴的撒母耳已经远远不再是什么士师的身份，而是无冕之王！与此同时，挪伯的亚希米勒依然拥有大祭司的崇高地位以及世袭罔替的特权。正是在这种微妙的平衡与统一战线中，以色列各个支派终于在进入迦南三四百年后第一次空前团结起来，受到压迫与奴役的以色列人要吹响民族解放的号角了。

米斯巴的集会正在进行，非利士五王的镇压部队就到了。

集会的最后一个程序是撒母耳代表全体以色列人向上帝献祭。当这个过程将要结束的时候，非利士的大军已经集结在小小的米斯巴城外。在铺天盖地的非利士人铁骑前，以色列各位长老和代表面临着严峻的抉择：拼死一战还是四散奔逃，或是屈膝投降？人们把目光投向了撒母耳。

对垒双方的力量如此悬殊，纵然是最伟大的战略家和最聪明的将军，也不敢轻言出战。但如果不出战又能如何呢？刚刚建起来的以色列信仰基础将会土崩瓦解，紧接其后的是以色列民族的彻底放弃——战则无异于以卵击石，降则等同于民族自杀。绝望中的撒母耳只有离开众人，像当年的摩西、约书亚那样，向上帝祷告。当撒母耳再次出现在众人面前的时候，他只做了简短的发言："迎敌！"

战后余生的以色列人已经没有调兵遣将、排兵布阵的必要，无盔无甲，手拿棍棒、石块的褴褛之师，在盔明甲亮的非利士战士面前简直如同螳臂当车。但是为了捍卫最后的尊严，他们宁肯在隆隆的铁车轮下化为齑粉！

令人心悸的非利士号角吹响了，一场大屠杀就要展开。褴褛的以色列军民尽可能地挺直身躯，展开战阵，他们也吹响了号角，准备完成人生中，或许是整个民族的最后一次冲锋。

非利士的战车如同天神下凡一样冲击而来，车轮碾过地面发出震耳欲聋的声响，如同隆隆的雷鸣！

起初人们以为这雷鸣是非利士人车轮的声音，然而当天空中巨大的闪电低低划过阴霾的云层的时候，人们才明白，真的有巨大的雷声传来！

雷声一阵紧接一阵，闪电一道又一道划过人们的头顶。非利士人停住了，手持长矛、头顶盔甲或者驱赶铁制战车的战士被雷电击中丧命的几率非常大。短暂的面面相觑之后，他们纷纷脱下盔甲、跳下战车、落荒而逃！

这是一场连锁反应一般的追逐与溃逃，以色列全境都起来参加战斗了。即使再有铁甲雄师，面对如同汪洋大海一般的抵抗浪潮，非利士人也难以施展了！

非利士人终于退回到他们的固有疆界。

以色列人为了更好地牵制非利士人，与亚摩利人建立起同盟关系，两个弱小民族携起手来，与非利士人保持了多年敌对的均势关系。

米斯巴之战胜利的那一年，撒母耳刚好40岁，春秋正盛。当他率领以色列人解放大部分被非利士人占领的土地，一定程度上维护了疆域的安全之后，撒母耳的声望如日中天。

到撒母耳60岁的时候，依照惯例，他需要指派自己的接班人。

也许在自己的孩子面前，世界上最圣明的君王和领袖都难免被慈爱蒙上眼睛。撒母耳指派的接班人正是自己的两个儿子——约耳和亚比亚，他们的驻地为迦南南部的别是巴。

别是巴是希伯伦西南45公里左右的一座古老的圣城，最早亚伯拉罕与以撒挖井就是在此处。别是巴处于以色列人的南部疆界，属于边境重镇，派驻两个儿子在这里，充分说明撒母耳对他们寄予厚望，也是守边御敌、保护民众的必须之举。以后，撒母耳的两个儿子又分别在伯特利和别是巴行使权力，从而形成撒母耳一家势力的全面覆盖。

撒母耳的想法不能说不好，但是与他的前任老祭司以利类似，撒母耳的两个儿子——未来的接班人品性实在不怎么样，他们凭借自己崇高的地位贪赃枉法、巧取豪夺,以致百姓怨声载道。

爱戴撒母耳并不等于要接受错误的人选做自己的领袖,各个支派的长老和民意代表来到撒母耳这里表达了他们的共同呼声:不愿意接受撒母耳儿子们的管辖,希望撒母耳帮助人民册立一位君王。

此时,一向强大的埃及正处于七零八落的国内割据时期;巴比伦王国气息奄奄地蛰伏在两河流域苟延残喘;曾经显赫一时的亚述,也在默默无闻地韬光养晦;并不遥远的地中海彼岸,希腊人正经历着跌宕起伏、群雄并起而又不失浪漫温情的荷马时代。正是在这样的国际大环境下,缺乏制约的非利士人以强势的姿态出现在历史舞台上。虽然二十年前他们退出了以色列人的部分土地,但是其强大的实力、先进的武器,使他们时刻成为奴役与压迫以色列人的可怕敌手。以色列人不得不采取介乎臣服者与同盟者之间的态度对待他们,这实际上等于在自己头顶悬挂了一把达摩克里斯剑。

面对这种巨大的压力,以色列人认识到了自己的民族危机。其实他们从西奈山时代开始是有君王的,这位君王就是上帝本身,遗憾的是多年来他们并没有把上帝作为上帝来看待。每当面临国破家亡的生存危机时,以色列人才会走向上帝。一旦危机解除,他们又很快滑向放纵的泥潭。现在以色列人渴望建立一个国家,推选一个掌权统兵的国王来统治自己。

无奈的撒母耳只得接受大家的要求。实际上撒母耳是被一场和平政变剥夺了他自身世俗的权力以及儿子们的特权。虽然看上去很难堪甚至尴尬,但客观地说,这对大多数人而言不见得是坏事。首先,撒母耳摆脱了世俗事务的缠累,从可能走向腐朽与昏聩的道路重新坚定和纯洁了其信仰的基础;其次,他的儿子们虽然被剥夺了权力,但好歹没有在犯罪的道路上越陷越深,保住一些荣誉,安享一生太平,对他们来说岂不是更好?

撒母耳的时代既是以色列人士师时代的结束,也是王国时代的开始。虽然直到士师时代末期,以色列人在迦南依然没有真正安定下来,但是伴随着天边非利士人铁甲战车的雷鸣,以色列人王国时代的号角正在吹响。这些曾经跋涉在旷野沙漠中的人们,将会彻底在这片"流着奶与蜜的故乡"安居下来。

撒母耳放弃了统帅的权力,成为辅助以色列民族政体和平过渡的伟大人物,而以色列人也进入了王国时代,他们将要融入到充满传奇色彩的迦南风云中去。

图书在版编目(CIP)数据

摩西！摩西！：犹太民族四千年史诗式小说/沈恒著．
—重庆：重庆出版社，2011.10
ISBN 978-7-229-04443-5

Ⅰ.①摩… Ⅱ.①沈… Ⅲ.①长篇小说—中国—当代 Ⅳ.①I247.5

中国版本图书馆CIP数据核字(2011)第183812号

摩西！摩西！
MO XI! MO XI!

沈恒 著

出 版 人：罗小卫
策　　划：华章同人
责任编辑：陈建军　王水
特约编辑：刘祥英　孟繁强
封面设计：视界创意

重庆出版集团
重庆出版社 出版
(重庆长江二路205号)
北京温林源印刷有限公司　印刷
重庆出版集团图书发行公司　发行
邮购电话：010-65584936
E-mail：haiwaibu007@163.com
全国新华书店经销

开本：787mm×1092mm　1/16　印张：18.5　字数：251千
2011年11月第1版　2011年11月第1次印刷
定价：29.80元

如有印装质量问题，请致电023-68706683

版权所有，侵权必究